U0943762

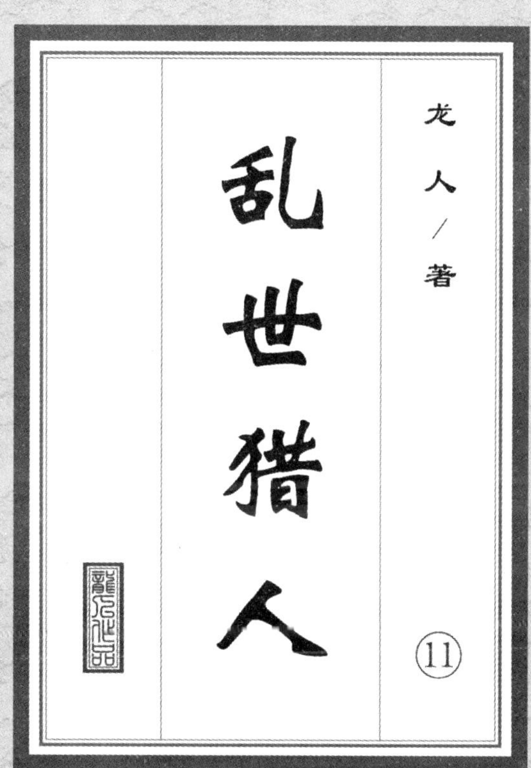

二十一世纪出版社集团
21st Century Publishing Group
全国百佳出版社

图书在版编目（CIP）数据

乱世猎人：全14册／龙人著．-- 南昌：二十一世纪出版社集团，2017.10

ISBN 978-7-5568-3104-3

Ⅰ．①乱… Ⅱ．①龙… Ⅲ．①长篇小说－中国－当代 Ⅳ．①I247.5

中国版本图书馆CIP数据核字(2017)第243763号

乱世猎人：全14册　　龙　人　著

责任编辑　敖登格日乐
出版发行　二十一世纪出版社集团
（江西省南昌市子安路75号　330025）
www.21cccc.com　cc21@163.net
出 版 人　张秋林
经　　销　新华书店
印　　刷　北京龙跃印务有限公司
版　　次　2018年2月第1版　2018年2月第1次印刷
开　　本　710mm×1000mm　1/16
印　　张　224
字　　数　2327千
书　　号　ISBN 978-7-5568-3104-3
定　　价　700.00元（全14册）

赣版权登字—04—2017—746
如发现印装质量问题，请寄本社图书发行公司调换 0791-86524997

目　录

第一百四十三章　寒刀屠僧

通天上人双手交缠，身旋如翻转的风车，劲气卷起地上凌乱的积雪，如一团膨胀的球体。

三子的眸子之中闪过一道狂热的杀机，剑气丝丝，似乎在绞切着什么。

“嘭嘭……”雪花断枝化成碎末四散而飞，通天上人的身形暴露于虚空之中，但是三子的剑却被通天上人的铁手钳住。

即使三子也不知道对方用的是什么手法，不过，被对方钳住了剑，这是不争的事实。

通天上人的面上闪过一丝得意的神情，而当三子发现这异样的神采之时，通天上人的另外一只手已捏成拳势凶猛无匹地击向他的胸膛。

一缕淡淡的气劲犹如冰魄，三子感到有点寒冷。

天气本就十分寒冷，但通天上人的拳劲——不，应该说是刀——似乎使天气变得更为阴冷。

冷意，源自于一柄刀，犹如惊鸿划过虚空，冷极的锋芒，杀意张狂地激射暴旋。

刀，是三子的，自左手划出，通天上人也似乎并不清楚对方的刀来自何处，但却明白刀的目标是断他手臂，更要割开他的咽喉。

通天上人在吃惊的同时，拳势立改，右手挥出，一股汹涌的气劲震开三子的长剑，双手陡然交叉，右手朝内外压，中指竖起，指头弯曲如钩，竟化为护身印。

“轰……当!”通天上人曲起如钩的两根中指相撞，劲气迸发之中，通天上人两手尽张，成为鹰爪之势，直捏向三子的咽喉，之中变化快得不可思议。

“哧……”通天上人似乎忽略了三子的剑，“当！”三子的刀横至胸前，刚好撞在通天上人的鹰爪之上，而剑却在通天上人的左臂上划开一道长长的创口。

鲜血飞溅之中，通天上人狂号一声飞退，三子也同时倒跌而出，闷哼之下，竟呕出一大口鲜血来。

通天上人的杀招并非鹰爪，而是脚，无声无息的脚，却有着疯狂的爆发力。

三子虽然反应快，变招快，但依然着了道儿。

“呀！”通天上人再次发出一声惨叫，一支短矢如电般射入他的背部，直没尾端，他不应该忘了还有两个环视于暗处的敌人。

通天上人身子坠落，借力飞射向树林的暗处，他必须离开这里，如果他不想死的话，那支箭矢还并非致命之物。

“想走?”三子手中的剑脱手射出，直追通天上人的背脊。

通天上人并不傻，自然防到了这一手，虽然身上的伤势颇重，但仍然极为灵活地借着错杂的树枝相阻，竟然避过这要命的一剑，没入林间。

“砰！”通天上人的身子倒跌而回。

“和尚，此路不通！”说话的是莫言，莫言趁乱偷袭，竟然将重伤之下的通天上人逼了回来。

通天上人身子一落地，脖子上便多了一柄刀，正是三子的杰作。

“和尚，究竟是谁派你来的?”三子的声音极冷，胸口被通天上人踢了一脚，仍隐隐作痛，心头禁不住恨意大起。

“他妈的，竟敢踢老子！”三子一脚正中通天上人的胸前，却并未用太大的力气。

通天上人惨哼一声，怒道：“要杀就杀，休要折磨人！”

“哦，和尚挺有傲气的噢，难得难得！”三子有些揶揄地道。

“三子少爷，我看还是将这和尚砍了，快去找三公子，这些走狗似乎也在寻找三公子。”莫言显身道，表情上显出了一丝忧郁之色。

“轰！”一声巨大的闷响自不远处传来。

三子、莫言和通天上人同时吓了一跳，隐隐之中，三子捕捉到一声凄厉的惨叫。

“同归于尽吧！”通天上人趁三子分神之际，两只手上各闪出一柄短刃，向三子飞扑而上，根本就不在意自己的生死。

三子吃了一惊，挥刀之时，刀锋却为一柄短刃所挡，通天上人的另一柄短刃已向他心脏猛扎而下，狠厉无比，通天上人似乎恨极了三子，才会做出如此不顾生死的打法。

莫言出刀，通天上人的背门大开，根本就不作任何防范，他只是想将三子杀死，至于自己怎么死却毫不在意。

“找死的秃驴！”三子不屑地低骂道，右手犹如兰花一般在胸前绽放。

一朵、两朵、四朵、八朵……千万朵，通天上人的眸子中一片迷幻，一片模糊，而此时他的短刃深深扎进了兰花之中，但却再也无法寸进。

“砰！”三子一脚重重踢在通天上人的胸口上，刀锋斜斜一抹，一颗硕大的秃头滚落于地，而那柄短刃依然在三子的手中紧握着。

莫言收刀而立，他根本就不用出刀，刚才刀出到半途便已收回，因为他知道自己的动作简直多此一举，三子绝对有能力解决这点小问题。

“我们去看看！”胡忠的脸色有些难看地自灌木丛中蹿出来道。

三子也知道发生了什么事情，虽然刚才那一声巨响极大，可他也清楚地听到那巨响之中所夹的凄厉惨叫，不过，他无法辨出究竟是谁发出的惨叫声。

无名十三的突然举措，就是陈楚风也为之一愣，脸色亦为之一变，但见酒楼之中箭雨横飞，立刻知道变故再生。不过，他并不清楚这究竟是怎么一回事。

这一切已经不再重要，重要的只是杀戮。

无名十三的手中多了一把小弩，箭头闪着蓝汪汪的寒芒，但这把小弩并非无名十三的，而是那已经被他捏断脖子之人手中的利器，不过，此刻却成了无名十三的利器。

无名十五和游四立刻明白是怎么回事，酒楼之中的所有人也在这一刻明白了是怎么回事。

掌柜的拉起他的女儿凤珍便向后门跑。

酒楼之中的确已经成了是非之地。

“哗!”那被无名十三捏碎脖子的尸体重重砸下，竟将几名持弩者撞翻于地。

“锵……”拔刀之声先后响起。

“杀死逆贼游四，谁杀了他，田将军赏金五百两!”一名浓胡汉子高声呼喝道。

包机和包巧此刻才明白到底是怎么回事，原来对方竟是军中之人。

所谓的田将军，正是田中光。田中光曾是武安郡太守，以军功起家，又与邯郸元府结亲，甚得皇上宠信，在鲜卑族统治的江山，可谓左右逢源。而此刻葛荣弃定州而南攻，朝中可用之将已经派出得差不多，只好让田中光率军固守临城。

虽然临城此刻稍稍安宁，可是如果柏乡一破，葛荣立刻兵临城下，氐河此刻根本就不能作为天险阻止敌人，这时的氐河之水已结冰，只会更方便葛荣挥军南攻。

葛荣的大军一向以冬天攻城出名，别人说，兵家忌于冬天攻城，可葛荣偏会选择冬季攻城，而且是先自城内外攻。这是葛荣惯用的伎俩，也是攻无不克的主要原因。

葛荣当然也明白，冬天要攻下坚城，若打攀城战，绝对会是惨败而归，在冬天打攀城战，即使有超过敌人十倍的兵力都不可能成功。而在攻城之时，坚城重镇往往便是被葛荣自内部瓦解，这也是让官兵惊骇之处。

田中光自然也知道葛荣的厉害，是以，他早早地便在城中各处布下眼线，官兵便装而出，混迹于百姓群中，的确让人难以发现。今晚是元宵节，战乱之中，节日是最容易发生变故的。特别是战危之处，最容易让人麻痹大意，被敌人以奇兵突袭而成。

田中光深明此点，越是节日，就越要加强防备。不过，因为葛荣的大军只是在柏乡，并未抵达临城，因此他只是派出一些兵将在城中以便衣巡逻。

这些人见慈魔蔡宗与包家庄的人相斗，起初这些巡逻兵将并未在意，只是在一旁凑热闹，但当无名十三和无名十五两人暴露身份之后，他们便有所准备，只是无名十三和无名十五的武功太过可怕，令他们不敢轻举妄动，何况有包家的人打头阵，他们落得坐山观虎斗，直到游四的出现，他们才开始紧张起来。

游四可以说是葛荣的左膀右臂，如果能够杀死游四，那功劳之大，自然会让人惊羡，说不定还可以升为裨将。而且田中光早已下了密令，也可以说是朝中下了密令，谁要是能够击杀游四，可赏金五百两，这是多么巨大的一个数目，足够寻常之人十辈子衣食无忧。重赏之下，必有勇夫，况且此刻游四身在危城之中，孤军作战，他们怎会惧怕？是以，他们准备对游四进行偷袭，可是他们估错了无名十三和无名十五的厉害。

与陈楚风相比，无名十三与无名十五当然不算什么，可是与这些小喽啰相比，那简直有天壤之别，他们一开始动手，就被无名十三发现，从而将对方所有的攻击尽数瓦解。

那高声呼喝的人，双脚站于桌上，架势倒是极大，可惜与游四众人相比，他们太不堪一击了。

酒楼之中银光闪烁，游四的圆月弯刀便若无坚不摧的幽灵，蝶舞般飞旋于每一个角落。刀，仿佛是由游四的心神所控，欲达何处便达何处。

黄尊者禁不住神色也有些古怪，以他的眼力自然可以看到那系于圆月弯刀之后的一根极细的银丝，圆月弯刀就是由这根细丝所控，来回杀人如斩瓜切菜。

能够以如此小的细丝控制刀身不停地杀人，其功力绝对不容小看，包机和包巧面面相觑，游四的武功比之无名十三和无名十五似乎更要可怕一些，也难怪他如此年轻便能够成为义军之中的巨头，这一切的确不是侥幸所致。

“嘭嘭……”几束旗花在夜空中炸开，光彩夺目，但放射旗花之人终究未能逃过无名十三致命的一击，死者也是酒楼之中最后一名官兵。

游四于瞬间击杀十三名便衣官兵，根本没有人能够抗拒其一击之力。

圆月弯刀一闪，回到游四手中，刀身如雪，几颗血珠被游四轻轻一吹，便滑落于地。刀，依然光洁无瑕，半点血渍都不沾。

“好刀！不颠兄终于找到了一个好传人！”陈楚风似乎有些感慨地赞道。

“又为前辈添麻烦了，实在不好意思，前辈最好先找个地方休息一下，临城之中待会儿将会有一场大战，只怕将波及飞雪楼！”游四恭敬地道，并不隐瞒今次的行动。

“啊，葛荣已经打到这里来了……”酒楼之中，有许多人开始骚乱。

“晚辈先行告退！”游四说完，再次扫了凤珍一眼，再扫过包机和包巧，只见两人脸色变得苍白无比。

“我们走！”游四转身踏出大门，远处已经传来了马嘶人号之声，显然是大批人马向这个方向赶来。

游四抬头望望夜空之中的月亮，那朦胧的光彩似乎给大地披上了一层薄纱，一时豪情大发，忍不住一声长啸。

啸声若凤鸣龙吟，直冲九霄，传越数里，城中无人不惊。

啸声良久不绝，直到游四的身影消失在飞雪楼门口，消失在众人的视线之中，余音依然回荡不绝。

尔朱情，唯一个没有中毒的人，但却成了侏儒和农夫第一个对付的对象。

无论对方是出于怎样一种心理，尔朱情绝对不是个束手待毙的人，他更对自己的武功极为自信，因此，他出手一剑绝不留情。

那农夫冷哼一声，侏儒却露出了满意的笑容，高深莫测地道：“果然没有中毒！”

尔朱荣的心头在发凉，这一群人竟然知道尔朱情未曾中毒，一下子便瓦解了他本来以为可以是杀招的优势，让他翻本的机会都没有。

尔朱情的剑在空中绕了个弯，却是向那侏儒切去，同时错步、旋身，身法之奇，比那农夫有过之而无不及。

尔朱情的打法出乎众人的意料之外，不过尔朱荣立刻明白他是想擒贼先擒王，这侏儒明显是对方的首领，只要控制了他，其余的人自然不敢轻举妄动，否则，以尔朱情一人之力如何能敌十余人的攻击呢？

尔朱仇也为尔朱情捏了一把汗，单凭那农夫的武功，就知这侏儒的武功绝对不俗，如果一击不成的话，那引来的将是群起而攻之，那种结果，不用猜也会知道，就是以尔朱荣之能，在完全没有受伤的情况下，也没有把握能够胜过如农夫般身手的十多人。何况，那侏儒的武功也许更为可怕。

尔朱情不是没有想到这一点，但他必须赌一把，无论是输是赢，他已经没有机会考虑后果，皆因事情的变故太快。

尔朱情的确是孤掷一注，他看到侏儒眼中有一丝怜悯的神情，嘴角间也牵动了一丝高深莫测的笑意，而这个时候，尔朱情的剑，距那侏儒只不过两尺来远。

那农夫意外地收手而立，似乎根本就不在意侏儒的生死，抑或他对侏儒绝对有信心，所以他只是袖手旁观。

尔朱荣的心被农夫那种淡然自若的神情给弄乱了，他隐隐感觉到尔朱情这次的攻击只会有一个结果，那就是败亡！

侏儒出手的时候，正是尔朱荣心乱的那一刹那，尔朱荣神情恍惚之中，虚空之中多了两团半圆形的光弧。

尔朱荣竟没能看到那两团光弧是从哪儿出来的，或许，这应该算是一种失误，对方便是要趁他心神混乱之时出招，这绝对不是一种巧合。

两团光弧在侏儒的面前竟拼成了一面盾，一面散发出森寒杀气的盾。

“叮！”一声轻吟，尔朱情的剑并没能破开这光弧，而是被一股强大的反震力道震得剑身弯曲。

光弧破碎，呈现万道寒芒，以一种玄奇的弧度旋射而出。

“‘幻弧如意铲’！你是冥宗的人！”尔朱荣忍不住惊呼出声。

尔朱情也同样大惊，他的眼中尽是一道道虚幻的光弧，在火光的映衬下，是那般灿烂夺目，此刻他有些后悔不该将那些柴火抛出来，但他已经没有任何退路，唯有闭目出剑。

武功达到尔朱情这种境界，以耳代目并不是一件难事，不过，在寒风呼啸之中，他的反应已不如平时灵敏。

每一道光弧都似是一道实体，劲气自每一道光弧之中散射。不过，尔朱情依然找到了真实的杀招所在。

“当当!”尔朱情笨拙了斩出两剑，身子禁不住一震，闷哼一声，身形疾退。

虽然尔朱情挡住了致命的两击，可是却似乎稍迟了一点，身上已被划开一道近三寸的伤口，鲜血迸射，当他再睁开眼之时，却看到了侏儒手中的兵刃。

那是两柄小巧的月牙铲，铲身如钩，如两支象牙般向外突起，闪亮如银，竟未沾半点血迹。

“尔朱家族果然高手如云，连一个护卫也能破本尊的幻弧千斩，看来，盛名之下并无虚士!”侏儒啧啧地赞道。

“你是冥宗的人?”尔朱荣的脸色说多难看就有多难看，声音更是有些发颤。

侏儒向尔朱荣露出一个高深莫测的笑容，悠然道：“本尊哪有福气成为冥宗之人。”

“那你怎会得到大魔头燕惊的‘幻弧如意铲’?而且连铲法也传给了你?”尔朱荣冷冷地质问道。

侏儒脸色一变，眸子之中暴出一团冷厉的杀意，深深地望着尔朱荣。

尔朱情大惊，挺身挡在尔朱荣的身前，生怕侏儒暴起杀手要了尔朱荣的命。

“尔朱荣，我只想告诉你，世上绝不会有人比我师父更善良，也没有任何人比我师父更仁慈，更没有人胆敢称她为大魔头!我警告你，如果你一定要激怒我，这对你绝对没有好处!”侏儒的声音竟冷得让人心头发寒，杀意更浓得像烈酒。

尔朱荣没想到就只因一个“大魔头”的称呼，竟让这侏儒如此激动，而从来都没有人敢如此对他说话。

要知道，尔朱荣在江湖中，被人尊为武林泰斗，神话般的人物；在尔朱家族之中，乃一族之长，被人尊为族王；在朝野中，更是举足轻重。因此，从来都只有他咄咄逼人，就是连当今的皇上元诩也不敢对他不敬。可是此刻，却被一个侏儒如此威逼，只让他心中怒火狂升，更在心中发誓，只要有任何机会，绝对要把这侏儒碎尸万段。

尔朱荣没有再说话，他知道，此刻作任何挣扎都是无谓的，好汉不吃眼前亏，留得青山在，不怕没柴烧。不过，尔朱情却气得脸色发白，忍不住大骂道："燕惊不仅是个大魔头，还是个人尽可夫……"

"去死吧！"侏儒真的被激怒了，打断尔朱情的话，拖起一团强劲无伦的气旋向尔朱情撞去。

这一击与刚才那虚幻得让人眼花缭乱的"幻弧千斩"之气势完全不同，但却带着一股浓重的死亡之气，似乎要吞噬所有的生命，吞噬整个天地。

尔朱情在大骂燕惊之时，就已估到侏儒会出手攻击，只不过没有想到这侏儒一出手竟然如此强霸，与刚才一击有着天壤之别。

"当！"一阵猛震，尔朱情飞退。

"当当……"尔朱情再退，一步一个脚印，每退一步身上便多添一道伤口。

侏儒的功力比之尔朱情还要高一筹，攻势之猛，竟令尔朱情没有还手之力，只能一味地死守。可是侏儒因身材矮小，攻击的角度刁钻古怪，招式也令尔朱情防不胜防。

尔朱情在倒退第十八步的时候，发出了一声撕心裂肺的惨号，那侏儒也闷哼一声。

尔朱荣看到了尔朱情的心，鲜红鲜红的血自暗红色的心脏，顺着月牙铲滴下。

那侏儒的小腹被尔朱情重重踢了一脚，却被侏儒硬挺下来。

"我说过，任何污辱我师父的人，都绝对不会有好下场，我本不想杀你，这是你咎由自取！"侏儒说完自怀中掏出一块手帕，擦了擦嘴角的鲜血，冷冷地道。

尔朱情眼睛瞪得很大，至死也不敢相信自己会是这样一个死法。

尔朱荣想吐，他虽然今生杀人无数，可是却从来都没有见到过有人掏出敌人的心脏之后，仍然像是欣赏宝石一般欣赏着。

侏儒不仅是欣赏那颗心，而且将那颗几乎有拳头大、仍在跳动的心脏纳入大口之中。

尔朱情的尸体在风中缓缓倒下，而尔朱家族的几人全都开始呕吐，他们从未见过有人居然会将人心吃得如此津津有味。

侏儒的残忍实在超出了众人的想象。

血水自侏儒的嘴角滑出，淌成一种别样的凄惨。

三子快步赶到声音传出之处，却发现野狗王天网吐着舌头蹲坐在一堆篝火旁，更有几只野狗蹲在其后，它们正望着前面一块巨石之下惨哼挣扎的普其。

地上有三只野狗的尸体，鲜血溅得满地都是，场面显得极为怪异。

三子、胡忠和莫言全都看呆了，想不到这番邦汉子竟中了机关，想必是这些野狗的功劳。

“杀了我……快杀了我……”普其以双手拼命地推着压在自己双腿之上的巨石，可是那巨石犹如生了根似的根本不动分毫。

三子忖道：“两条腿恐怕废了，这番狗可真是硬骨头，居然没有昏死过去。”

看着普其在巨石之下挣扎的痛苦模样，三子的心头禁不住有些不忍，篝火之中，血水自巨石下面渗出，更有着一种别样的惨烈。

野狗们见三子和莫言诸人到来，全都紧张地凝神以对，似乎怕三子突然发动攻势。

野狗王天网曾见过三子，但是世上除蔡风之外，它根本就不再看得起谁，对三子并不作出任何亲昵之举，甚至只是斜眼望了望三子，目光再次移向普其，露出凶芒。

“杀了我吧……求求你们，杀了我吧，我不……不要死在野……野狗口中……”普其哀求道，他奇迹般地没有昏死过去，只是想到了桑拉遭受野狗分尸，活活咬死的惨况，虽然他并没有亲眼所见，但却可以想象出其中的惨烈。他宁可被人杀死，也不想死在野狗群的口中，只是此刻的他痛得连自杀的力气也没有了。

莫言和胡忠虽然杀过很多人，但普其痛苦挣扎的表情的确让他们有些心寒，毕竟对方还是自己的同类，杀人不过头点地，可是这种让人慢慢被狗噬食的滋味实在残忍了一些。

胡忠掏出弩箭对准普其的咽喉，扣动了扳机。

“谢……”普其眸子之中竟闪过一丝感激，一句话犹未说完就已被箭矢贯喉而入，颓然倒在血泊之中，终于不用再在痛苦中挣扎了。

天网似乎了却了一件心事，后腿撑起，站了起来。

普其在机关埋伏之前，以重手法击毙三只野狗，竟对剩下的野狗起到了震慑作用，使它们不敢贸然对普其发动攻袭，一直在等待对方的昏倒抑或死去。

三子望了天网一眼，竟以人声问道：“你的主人呢？”

天网似乎有些爱理不理地摇着尾巴向灌木丛中钻去。

三子也无可奈何地笑了笑，这是蔡风的忠实“干将”，他也不能太过得罪，弄不好还会引起它的攻击，那可有些得不偿失了。

“走，跟着去！”三子低声吩咐道。

莫言和胡忠跟在三子身后，随着天网穿过百余米的灌木丛，竟步入一个山谷之中。

三子环目四顾，这个山谷的景色与外面的情景似乎极为不同，此时虽是晚上，但鼻子却不受限制，他们竟然嗅到了花香，这里似乎得到了“春天”的光临。

莫言手持着那自篝火中取来的火把，光线并不是很强，但却可以看清谷内的地上，草色青青，身边的树木已经染上了嫩绿之色，谷中的气温似乎要暖和很多。

“啊，这里的花可真香！”胡忠忍不住赞道。

“是兰草花的香味！”三子也忍不住深深吸了几口气道。

“这真是个好地方！”莫言深有感触地道。

天网在前引路，穿过树木的不远处，便有许多野狗在密切地注视着他们，都是丝毫不动弹，也不叫出，整个天地显得极为安静，这大概是在为蔡风护法。

山谷中根本没有积雪，与外面的世界的确有些两样。

天网突然停下脚步，低低呜咽几声，再回头密切地注视着三子和莫言三人，似乎在怀疑他们的来意，更像打量犯人一般，表现得极为有趣。

三子诸人哭笑不得，他们从来都没有想过，竟会被一只野狗如此审视，仿佛自己在野狗的眼中成了一名贼人。

“是三子吗？”蔡风那微微有些虚弱的声音自暗处传来。

三子诸人吓了一跳，抬目四顾，火光过处，终于发现了一点微微的异常之处。

三子接过火把，道：“是阿风吗？”

“嗯，你上来吧！”蔡风的声音正是自那有些异常之处传来。

三子飞身掠起，火光如一溜流星，三子终于找到了一个不是很大的洞口，里面极其黝黑，在火光的映照之下，仍然无法看清洞内的情况。

三子落足于一块凹起的石头上，弯身钻入石洞。

火光中，蔡风脸色苍白地倚壁而坐，衣衫之上血迹斑斑，见到三子上来，嘴角牵动了一丝笑意，轻声问道：“解决了几个？”

三子一呆，反问道：“你怎会知道有人追来？”

“你忘了这些野狗全都是我的耳目吗？”蔡风悠然笑道。

三子一拍脑袋，暗骂自己糊涂，忖道：“阿风悉通狗语，我怎么就忘了呢？”

“四个都解决了，那两处陷阱是你设计的？”三子奇问道。

“由于我伤势太重，以及时间关系，只能设下两处，由天网守关，也不知道能不能成功！”蔡风无可奈何地笑了笑道。

三子心头恍然，难怪那三只野狗会死，那是因为只有当野狗将普其逼到死角，第二处机关才会发挥作用，当然，以普其的武功，只怕再多几只野狗也无法奏效，想逼住这么一个高手，必须恰到好处把握时机，而天网竟能够将这个时机把握得如此之妙，可见天网的确是聪明至极，并不逊于人的脑子，三子也禁不住对天网别眼相看起来，但也同时有些骇然地问道：“你伤得竟有如此之重？”

“也许比想象中还要惨一些，这次可真是碰到了棘手的对手!”蔡风苦涩地笑了笑道。

“是谁能够伤你?”三子有些疑惑地道，心中却在暗想：“难道是尔朱家族中的高手?”

“我也是第一次听说过这个人物，他是吐谷浑的王子，名叫叶虚!”蔡风深深吸了口气道。

“叶虚?”三子皱了皱眉头，他的记忆之中从来都没有这样一个人。

“他也极为年轻，此人的武功只怕并不在我之下，更可怕的并不是这个人，而是他身边的那些高手。”蔡风望了望三子有些阴沉的脸色道。

“吐谷浑的人? 吐谷浑在哪里?”三子自小在山林之中长大，虽然也读书识字，但是对于那些域外的国家却只知道一个天竺以及漠外北方的几个国家，对于吐谷浑倒还是第一次听说，是以，三子感觉到有些讶异。

“你现在怎么样了?”三子担心地问道。

蔡风淡淡地笑了笑，微微松了口气，道：“此刻已经……不行，我伤得的确太重，只怕没有十天半月无法恢复!”

三子有些讶异蔡风怎会一句话说到一半又改了口，而且神情显得极为古怪。

“呀!”一声惨叫自洞外传来。

“嗷……呜……”天网的嘶叫声同时自洞外传来。

“呜……嗷……”山谷之中的野狗群全都呼叫起来，似乎有大敌来犯。

三子的脸色变得极为难看，他听得出来，那惨叫之声竟是自莫言的口中发出。

莫言的惨叫传来，那胡忠到底又怎样了? 三子的身影出现在洞口，胡忠和莫言静静地躺在地上，而在他们的身边却静静地立着三个人。

三子感觉到一股浓浓的杀气直逼而上。

野狗狂吠，但却只能在五丈开外围守着，似乎畏怯那浓烈的霸杀之气，而不敢逼近。天网身上似乎受了伤，几滴鲜血在火光之下显出一种暗褐之色，似乎与夜色多了几分默契。

蔡风没有说话，只是静静地坐在石洞之中，如参禅的老僧，平静得让人有些惊讶，这一切似乎早在他们的意料之中。

“你们是什么人?”三子的眸子之中尽是骇人的杀机，心中却又蒙上了一层阴影，这三人能够在毫无声息之时制住或杀死莫言、胡忠二人，那对方的武功之高绝对不是泛泛之辈，何况能够掩过这么多野狗的耳目，那又多了几分难度，三子自忖无法达到这种利落的境界。

与三子正面相对的是一个看上去比三子大上几岁的年轻人，表情冷硬得就像是一块冰冻的木头，在他的身后静立着两人的表情似乎有些古怪，或者是说这两人长得有些古怪，其中一人的鼻子仿佛被狗咬掉了一半，看上去只有一边凸起，而另一边却是一个黑洞。另外一人嘴巴歪得极为厉害，抑或是脖子歪得厉害，总之看上去整个体形极为不对衬，似乎他老是在以一种古怪的眼光审视着你。

“我叫沙玛，让蔡风出来见我!”面对着三子的那年轻人冷傲至极地道。

“沙玛是什么东西?也配见阿风?”三子极为不客气地反问道，眸子之中尽是不屑之色，轻蔑地扫了沙玛一眼，心神却越绷越紧，他已感觉到对方的杀机在狂涨，至少这绝对是一个不能轻视的对手，任何轻视他的人，其结果可能会很惨。

沙玛似乎并没有什么异样的表情，他仿佛永远都那般冷静，冷静得甚至有些让人无法理解。

“小子，你找死!”那歪脖子之人说话的声音似乎也有些扭曲，听起来极为别扭，不仅没有凶的感觉，反而让人有种想笑的冲动。

三子抛开莫言和胡忠遇害的阴影，极力保持自己心情的平静，微带一丝怪异的笑容，调谐道:“我倒是很想死，可是却没有人能够帮我实现这个愿望，你能吗?‘歪脖子’老兄!”

三子那轻蔑和刻薄的话语真的激怒了“歪脖子”，所谓说话不揭短，打人不打脸，而三子却偏偏背道而驰，自然让对方狂怒不已。

三子的眼角露出了一丝难得的笑意，那“歪脖子”如苍鹰一般飞扑而上，伸手在背上一探之时，手中竟多了两杆短枪。

沙玛似乎并没有阻拦他的意思，或许他认为完全没有那个必要。

三子并不想移开这个位置，也许，这是一个最为有利的位置，山洞口，大有一夫当关、万夫莫开之势，只要他不下这块石台，对方永远无法攻入石洞。

三子知道只要给蔡风足够的时间，他就可以迅速恢复功力，因为蔡风的体质极为特异，伤口的恢复是常人所无法想象的，这点三子十分清楚。当初田新球炼制毒人之时，三子也是实验品，虽然后来装死而逃出生天，但他的体质也有轻微的改变。否则，在田拳球和神池堡众高手的追击之下，焉有不死之理？而且，他更自蔡风的口中知道毒人的可怕，毒人的可怕之处就是自身的再生能力超出常人百倍，因此，三子自信只要给蔡风时间，他就一定可以恢复战斗力。

“哼，萤火之光，也想与皓月争辉，不自量力！”三子依然以一种凌然万物的语调揶揄“歪脖子”道，不过，他捕捉到了对方眼中那如火般狂热而愤怒的目光。

“锵！”一声轻脆的响声惊碎虚空，三子的刀在背后的岩石之上擦起一溜闪亮的火花，横空而过。

第一百四十四章　临城兵变

沙玛的眼中闪过一丝微微的讶异，三子刀势所走的弧度的确精彩绝伦，所选的出刀角度也刁钻古怪至极。

刀与岩石撞击的声音传入“歪脖子”耳中，竟使他的心神震动了一下，那种声音似是天外九幽之界的魔音，在他的心中惊起层层涟漪。

三子冷哼一声，刀锋在虚空之中轻旋，如乍绽的鲜花，更似鲤鱼之尾击起的层层浪花。

“叮叮叮……”三子的刀如削竹剖肉般自两杆短枪之间切入，快捷至极，狠辣至极，对于敌人，他从来都没有仁慈的打算，更不会有仁慈的前例。

“歪脖子”大惊，三子的刀简直比毒蛇更滑，而且刀锋之上传来的力道大得惊人，不过此刻的他已无退路，一个身在空中，一个脚踏实地，这之中的差距就不是简简单单能够解释了。

“歪脖子”唯有出脚，劲腿如电踢出。

沙玛出手了，那只有半个鼻子的汉子也在同时发动了攻袭，目标都是三子！

“歪脖子”心头暗喜，看来沙玛和那个塌鼻汉子是来救他的，只要有沙玛出手，他活命的机会就大增。

三子也吃了一惊，行家一出手，就知有没有，沙玛甫一出手，他就知道此人的武功绝对不会在他之下，甚至比他更胜一筹，他如果要杀“歪脖子”的话，只怕沙玛就会趁机强攻，让他失去这有利的位置，甚至有可能被对方挤入洞中对付蔡风，于是他刀锋一转，左手微微一挑，挡开“歪脖子”攻至的脚，但在同时也放弃了击杀“歪脖子”的招式。

“歪脖子”终于松了口气，但还没来得及高兴，背后便传来一股汹涌的巨大力量，使他的身形不由自主地前扑，迎向三子的刀锋。

三子吃了一惊，“歪脖子”更惊，他做梦也没有想到最后会出现这种结局。

在“歪脖子”背后补了一掌的人是沙玛，沙玛竟不是救他，而是让他去送死。

三子也是做梦亦没有想到眼前的沙玛竟然如此绝情，如此狠辣，连自己的同伴也要杀。

“呀……”三子还没有反应过来，“歪脖子”已经撞上了他的刀锋，肉躯如何能抗过满注真气的刀锋？竟被刺个对穿。

温热的鲜血几乎迷茫了三子的眼睛，此刻三子知道不妙，匆忙后退一步，撤刀、出剑！

剑若游龙，自左手滑出，刺向沙玛，三子很清楚对方如此做的用意，就是要让“歪脖子”的躯体缠住他的刀，沙玛却利用这之间的一刹那时间施以杀手，以他与塌鼻汉子两人联手相击，在措手不及之下，三子岂有不死之理？

沙玛也是惊骇无比，他没有估计到三子的左手还有更为厉害的杀招——剑！

“叮！”三子的身子猛地一震，沙玛的功力似乎更胜过他一筹，而且自剑身传来的劲气炽热如火，以三子的定力和功力，仍忍不住颤抖了一下。

那塌鼻汉子自底下攻来的长鞭“刷”的一声卷了上来，犹如出海的苍龙。

三子的刀此刻虽然已自“歪脖子”的胸腔之中拔出，但根本就来不及回刀护救，唯有腾身而起。

沙玛一声邪笑，他的刀紧随着三子撤走的剑而动，如影随行。

“当！”又是一记硬击。

三子和沙玛的身子同时自空中重重坠落于地，而塌鼻汉子已经落足在洞口的石台上，正是三子当初所立的位置。

“老歪，对不起，为了完成任务，只能牺牲你了。”塌鼻汉子望着倒在身前血泊中仍未断气的“歪脖子”，有些怜惜地道。

“你……你们……好……”“歪脖子”缓缓抬起的沾满血水之手重重垂落，那双不甘心的眼睛至死仍紧紧盯着塌鼻汉子，充满了痛苦和悲哀。

“你不用这样看着我，好好安息吧，我会善待你的家人，保证不会有任何人敢欺负他们！”塌鼻汉子淡然道，脸上一丝稍许的歉意竟转为浓烈的杀机。

三子大惊，如果蔡风此刻伤势未愈的话，这人岂不真的会要了蔡风的命？他绝不能袖手旁观，狂号一声，身子旋飞着向塌鼻汉子扑去。

“塌鼻子，他交给我，你干你的！”沙玛沉声吩咐道，身形紧随三子而上，刀化长虹，以绚丽无比的弧度向三子拦腰斩去。

刀未至，刀气、杀意已如狂潮怒涛奔涌，虚空中的空气如一道道无形的冲击波撞向三子。

刀浪狂热，使人如置身于干燥荒绝的戈壁滩，充满野性的杀意疯狂地爆绽开来。

三子别无选择，他根本就不可能分身去救蔡风，那样只会让他比蔡风死得更早，沙玛刀中的霸杀之气似乎别具一格，更有异于中土的任何一家刀法。

三子练刀时，本就已将中原的各家刀法摸得极熟，但对眼前的刀法却是无法捉摸。

“当！”三子的刀自侧面横切而出，准确无比地截住沙玛的刀锋，身子下坠的同时，左手长剑斜挑沙玛的咽喉。

沙玛的眼中现出一点狂热，刀锋微侧，身子偏至三子斜侧，微微一缩，竟自三子的刀剑之网中蹿了进去，以手肘无情地斜斜猛撞三子的胸肋。

三子微惊，刺出的剑回缩，以剑柄猛撞沙玛胸前“天突”穴，同时抬膝疾顶！

“砰！”三子暴退，他的膝盖与沙玛的手肘撞个正着，但瞬息身子一顿，那撞向沙玛“天突”穴的左手竟被扣住。

“哧……”三子的刀和沙玛的刀擦身错过，当沙玛转身面对三子之时，两刀在虚空中猛然相接，暴出“锵”的一声巨响。

三子身子震退之时，右腿如弓弦般飞速弹出，竟生出丝丝刀气，击向沙玛“膻中”穴。

“好！”沙玛忍不住赞道，三子的反应速度，变招之快的确出乎他的意料之外，而三子双手同时施展兵刃的手法也绝对悍猛无比，一个不小心，就有生命之危。

三子根本没有心情与沙玛这样耗下去，他心念蔡风，只想迅速解决问题，哪有闲情与沙玛玩这些伤脑筋的玩意儿？不过，他知道沙玛的武功绝对不能小视，其武功之高，反应之灵敏，功力之深厚，比他想象中更为可怕，这几个起落，他用上了全力，而沙玛似乎好整以暇，并未全力施为，这更给三子一种高深莫测的感觉。

沙玛的刀斜撩而上，身形疾退，牵扯着三子的左手悍然发力。

三子单足落地，竟无法立直身子，那一脚也告踢空，但沙玛的刀却无情地斩向他踢出的右脚。

三子的刀在此时横插而过，他的左手被沙玛钳住，无法作出任何反应，唯有以右手刀还击。

“当！”两刀在虚空中相击，但由于三子的有失重心，身体未稳，这一刀竟然失利，被沙玛的刀势弹开，而沙玛的刀依然划向三子的右脚，只不过力道和速度减慢了许多。

三子的右脚偏开，却是再踢向沙玛钳住他左手的左臂。

“哧……”沙玛不得不松开三子的左手，但是刀锋却在三子的右腿上拖出了一道伤口。

三子的左手剑绕过一道美丽的弧线，闪电般挑向沙玛咽喉的“廉泉”穴。

沙玛飞退，快逾疾风，三子的剑落空，也跟着倒退数步，地上点点血花在火把的光亮中微微显得有些刺目。

三子的刀锋斜指地面，而剑锋遥遥指定沙玛的咽喉，做出一个能攻能守几乎无懈可击的架势，右腿上仍渗着血水。

沙玛与三子的目光遥遥相对，在虚空中犹如两柄利刃交击，似乎快要摩擦出电火，两人的神情都是那般严肃而冷峻，似乎都认识到对手绝非一个容易对付和屈服的人物。

三子逐渐摒弃心头的杂念，他在第一轮交手之中总算输了半招，这已足够给他以警告。高手对阵绝对不能有半丝杂念，半丝分心，他不能在心头再有任何牵挂。

沙玛心中也在盘算着，三子的武功似乎极为博杂而精深，那刀剑合并之术似乎更有一种意想不到的神妙，其功力和反应速度并不在他之下，即使眼下稍稍处于下风，他与自己也不会有太大的差距，如果不小心谨慎一些，只怕局势极可能会逆转。沙玛是个杀手，绝对会将眼下的形势分析得极其清楚，更知道该如何冷静地面对敌人，他绝对不会有任何冲动之举，好整以暇才是胜敌之良策。

临城之中，片刻间局面大乱，官兵策马飞驰，难民们惨呼凄叫。

那束烟花，就是发现敌情的信号，但到底是什么人在城中生事，官兵却无法知道。

难民之中却有人狂呼：“葛家大军来了，快逃命啊……”

本来还算清冷的街面，此时若炸开了窝的蜂群，众人全都飞奔向自己的家中，街头之乱无以复加。

众官兵没有想到有人会这般呼喝，但仍是快速向飞雪楼赶去。

大街之上的难民全都缩在阴暗的角落中发抖，不仅仅是因为寒风的阴冷，更是因为对战乱的一种恐慌。

临城之中的难民多达近千人，虽然临城并不是很大，作为一个避难的场所似乎略显小了些，不过，谁也无法想象，这个时代的人，唯有走一步算一步。

街上很快就变得冷清，那不多的几盏花灯在风中摇晃，居民们紧闭木门，都忐忑不安的守着黑暗等待着杀戮的来临。

一人迅速掠过大街，如飞般疾奔。

“希聿聿……”一阵马嘶，官兵骤然刹住脚步。

“禀报孙将军，逆贼游四与无名十三和无名十五刚才在飞雪楼出现，并杀了我们十五位兄弟！”那飞奔的人在官兵队伍前立刻跪下禀道。

“你是哪个营的兄弟？”马首一名身披战甲的汉子沉声问道，坐下的战马低低嘶叫着，这人正是田中光的手下四大副将之一——孙华！

孙华曾是李崇身边的一名亲随，后随李崇一起打过几次硬仗，军级不断提升，此刻已经提为副将。李崇和田中光的关系极好，因此，在李崇免帅之后，也便将孙华推荐给田中光，今夜维护城中秩序的统领就是孙华。

“属下乃是第三旗中的晏礼！”那跪下的汉子忙道。

孙华心中释然，城中的一切安排全由他负责，不仅设了十营，更设了五旗，五旗的兄弟全都便衣而出，在城中各处以防突然之变，也就是应急分队之类的。

“驾！速传讯所有的兄弟，勿必擒杀游四，谁能抓活的赏金一千两，谁能提头来见，赏金五百两！”孙华高喝道。

众官兵霎时士气高昂，向飞雪楼方向疾驰而去。

“嗖……”黑暗之中，竟在众官兵措手不及之时，如飞蝗般射出无数劲箭毒弩。

孙华大惊，他没有料到会突然出现这样一个变故，能射出如此多的劲箭毒矢，绝对不是一两个人所能做到的，那就是说，对方有大批人马潜入了城中，但这怎么可能？

无论如何，那如飞蝗般射出的劲箭毒矢已成了铁的事实。

孙华身形疾扭，滑入马腹，而此时惨叫之声已自他身后传来，并不是每个人都拥有他这么快的应变能力，他身后的两百多人在此刻人仰马翻，于眨眼工夫便死伤过半。

在孙华坐下的战马倒毙之时，他发现了敌人的所在，那是一群缩在阴暗角落里冻得发抖的难民，但此刻，这些人并不是难民，而是杀手，要命的战士！

孙华身子一缩，滑落于地，迅速向一旁的暗角射去，但是一只脚却挡住了他的去路。

一只让他不得不止住身形的脚！

旗花的升空，惊动的不仅仅是孙华巡城的兵士，也同样惊动了守城之人。

守城的士卒全都全神戒备，而费天也在此时进入了他们的视线。

费天抱着慈魔沉重的躯体，他急于摆脱苦心禅的追击。

蔡宗伤得不轻，这一点费天自然知道，自蔡宗的呼吸声就可以听出其伤势之沉重。

“什么人？再不止步，杀无赦！”城头的士卒呼喊道，劲箭尽数对准了奔行如飞的费天。

“他妈的，什么劳什子！”费天忍不住暗骂，他根本就不在意什么劲箭，对于他来说，那一切全都是小儿科，因此并没有停步的意思。

“放箭！”有人高呼。

“嗖嗖……”数十支劲箭犹如一张巨网向费天罩落，但是当劲箭落地之时，费天已经换了一个位置，他奔行的速度太快，即使有箭射在他身上，也自行弹开。

“妈的，找死！”费天也被激怒了。

守城的兵士哪里见过费天这种不要命的人？不仅不要命，更像是一个幽灵，箭雨失去了它应有的作用。

追来的苦心禅见费天闯入了箭区，他可不想与士卒相对，况且，即使他追了上去，又能如何？他身后的包家庄弟子可无法穿过箭区，只好朝那些守城士卒大声喝道：“挡住他，他是奸细！”

费天心中暗骂苦心禅奸滑，要知道守城士卒对待奸细自然是绝不放过的。不过，这些根本不懂武功，只知道一些简单搏杀的士兵，根本就不放在他眼里。

“挡住他，不要让他逃了！”不远处也传来一声叱喝。

费天的身子在守城士卒仍未能围拢过来时，就已跃上了城墙。

刀、剑、枪全都攻了上来。

费天暴喝一声，犹如炸雷，他的身子若陀螺一般飞旋，卷起一道强猛的劲风。

那攻上来的士兵竟身不由己地飞跌而出，他们根本就无法抗拒费天的攻击。

费天一声清啸，纵身跃入虚空，同时踢飞一名士卒，而他身子再落之时，在那士卒躯体之上一点，再借力飞下城墙。

从城内出来到冲出城外，费天根本就没有停顿，而他飞下城墙的一连串动作，直让那些守城的士卒目瞪口呆，恍若置身梦中，良久未醒，当他们醒来之时，费天的身影早已经没入了黑夜中。

“抓住奸细，别让他们逃了……”一队官兵飞奔而至，口中还在不断地呼喝着。

守城的士卒一愣，见一百多名官兵队列分明，几匹健马之上的人却极为陌生。

城门口的士卒有些疑惑地问道：“你们是哪个营的？”

“是孙将军命我带兵来追杀奸细的。”那头目说话之间，一百多人已经逼近城门口。

“孙将军，可有令牌？”城门口一名裨将问道，刚才他们亲眼见到费天抱着蔡宗逃出城外，又见城内旗花升起，并不疑有他。

城头的士卒也松了口气，苦心禅却一愣，刚才他喊费天是奸细，只不过是想让城头上的守兵截下对方。他自然知道费天并不是军中的奸细，可这一队官兵来得竟这么巧，心道：“难道真有奸细潜入了城中？”

“这就是孙将军的令牌！”高踞马上的头目自怀中掏出一块令牌道。

那裨将双手接过令牌看了一眼，但也就在这时，一道亮芒闪过。

那裨将还没弄清楚是怎么回事，脑袋已经滚落于地。

“杀！”那头目大喝一声，身形自马背上飞扑而下，手中仍在滴血的刀幻成一片雾影，向守住城门的士卒杀去。

“嗖……”跟在他身后的一百多名官兵弩机齐发，毒弩如蝗雨般向城头和城下的守护城门的士卒射去。

措手不及之下，守护城门的士卒几乎根本没有抵抗能力，他们做梦也没有想到，自己人竟会向自己人下手，而且在这样的近距离，双方只有短兵相接一途。

“打开城门！”那头目的刀法快得出奇，出手一瞬间，就已将守在城门之旁的十多名士卒尽数杀光，其余士卒也大多被弩箭射死。

“护住城门！”城头没死的士卒此刻骇然发现城外已有无数敌骑悄然掩至，立刻明白这究竟是怎么一回事了。

“哼，不知死活，葛家大军已至，降者不死……”那头目飞射跃上城头，大声高呼道。

苦心禅大惊，这突如其来的变化看在他的眼中，使他也给蒙住了，但他却可以看出，那官兵头目飞跃城墙的身法之利落，绝对可以称得上是一流高手，那玄奥的刀法更让他有一种似曾相识的感觉。

在这队身份不明的官兵完全控制北城门之时，苦心禅知道自己该走了。

“轰！”城门大开，城外逼近的义军如潮水般涌入城中，再如潮水般向四面八方冲袭。

马嘶、风啸、人吼，一时天地变小，月光更暗……

“蔡将军，你又立了大功一件……”一道人影如大鸟般直接自城外飞掠而上，与城头那身着官兵服饰的头目并肩而立。

护河的吊桥踩得“哗哗”一阵乱响，城头上的士卒，更被杀得惨叫不迭，大部分士卒都知道大势已去，尽数投降，义军很快控制了整个北面的城区。

“为义军办事，只是为民请愿，功大功小并无所谓！”那头目将刀缓缓插入刀鞘中，淡然道，然后撕下身上的官兵服饰，露出一身朴素而又得体的劲装，此人正是蔡泰斗，在葛家军十大骁将之中位列第七，排在白傲之后。

“蔡将军太过谦逊了。”那人笑了笑道。

“怀将军，我想让你帮我一件事。”蔡泰斗向那人望了一眼，再扭头仰视苍穹，淡漠地道。

“噢，蔡将军有何事不妨直说，只要我怀德能做到的，定不遗余力!”那人正是葛荣属下猛将怀德，前些日子因自定州撤出，心中极有不甘，因此，他请命领兵来攻打临城。葛荣本来将攻打临城的事交给了蔡泰斗，并附以游四作参谋，但考虑到怀德可能因为定州之事挫了锐气，因此也便同意了怀德的请求。但此次真正的统兵仍是蔡泰斗，这攻城的计划也是由他和游四所定。可此刻蔡泰斗竟请怀德相助，这使怀德也弄不清究竟是什么重要的事情。

“我要你不要杀田中光，包括他的两个儿子。”蔡泰斗淡然道。

“噢，这个简单，将他们活捉就行了。”怀德自信地道。

“不，我要你放了他们。”蔡泰斗又道。

“放了他们？这……这是为什么？”怀德有些怀疑自己的耳朵，惊问道。

“因为我在出兵之前，三弟曾对我说，田中光的两个儿子是他的好朋友，让我如果遇到这父子三人及家眷什么的，就放他们一条活路!”蔡泰斗吸了口气道。

“原来是这样。”怀德禁不住有些犹豫，若说放走田中光的两个儿子，那还是轻而易举的事，可田中光是临城的主帅，岂是说放就放这么简单？

“你为什么要让我放走他们？”怀德问道。

“因为我先要告之你一声，人由我放，希望你不要阻拦我。至于后果则由我一个人承担，我会向大王请罪的!”蔡泰斗并不是一个喜欢多言之人。

怀德望了望蔡泰斗那不轻易露出表情的脸容，深深吸了口气，道：“好，我不出手阻拦就是!”

“谢谢。”蔡泰斗淡淡说了一声。

怀德并不介意蔡泰斗这种态度，他知道蔡泰斗本身就是这种性格，这或许与他以前生存的环境息息相关。蔡泰斗与蔡念伤两人的性格绝然不同，蔡念伤似乎十分随和，总会显得极其活跃，而蔡泰斗却让人有些难以接近。不过，在军中，士卒们更信服蔡泰斗，正因为他不苟言笑，治军极为严谨，更是身先士卒，出入敌营杀在最前面的一个定是他，而为士卒垫后的也定会是他，而且极为体恤士卒，更不会说一些不切实际的话，他会做的只是一些有效的实事。

日久见人心，蔡泰斗对人是以心换心，绝对不会只表现于形势，这正是军中之人信服蔡泰斗的原因。

蔡泰斗似乎是一个不要命的人，他绝不怕死，他自小所受的训练就是教会自己怎样对待生死。因此，每一次蔡泰斗都会表现出其他将军所无法表现出的魄力和勇敢。

葛荣极为宠爱蔡泰斗，不仅仅是因为蔡泰斗是蔡伤的儿子，更因为蔡泰斗是一名十分出色的战将。葛家军十大骁将的排列，并不是以其人的本领为准则，而是以其资质和功劳为依据。蔡泰斗的战功，只有高傲曹可比，但他的资质不够。不过，蔡泰斗并不计较这些，他从来不会为一份功劳而不快，他总认为那是没有必要的，这也是葛荣极为欣赏的一点。

田中光并没有早早地休息，但今晚也并没有欣赏花灯的心情。这段时间，每天他都很晚才睡，军情紧迫，必须要做好一切的准备，以防万一。

真正的大将临阵不慌，只是因为他在临阵之前已经做好了一切准备，才不会至于临阵慌乱。因此，田中光便在仔细地部署自己的阵脚，他很清楚葛荣攻击临城的可能性。

在旗花冲天而起之时，他自然也不例外地看到了，但那并不用他去理会，因为他知道有人会处理好这件事情，但此刻，他也已经感到极不对劲。

城中马嘶人号，喊杀之声之大，分明是有千军万马在厮杀，这绝对不是他耳朵出了问题。

“报!”一名传信兵几乎是连滚带爬地冲了进来。

田中光的脸色大变，他立刻明白临城目前的处境，否则传讯兵不会慌乱成这副模样。

“北门大开，孙将军被叛徒晏礼害死，葛家军已经攻入了城中，还望大将军自南门撤离！”那名传讯兵几乎为说这一句话而断了气。

“什么？”田中光虽已料到大事有些不妙，但却没想到葛家军已经攻入了城中，这的确让他惊骇得差点站不稳脚根。

“爹，游四已经领兵向我们这边攻来，城中的兄弟快挡不住了，我们还是先撤吧！”田福和田禄也冲进厅中，急切地道。

田中光见两个儿子身上血迹斑斑，显然刚才也经过了一番苦杀，但此刻他心头却变得一片迷茫，他不明白事情怎会弄到这等地步，更没想到葛家大军神不知鬼不觉地竟然攻入了城中。他本以为那旗花只是因为一个两个奸细而已，既然有孙华在，就不会有很大的问题，可是他怎么也没有想到，孙华竟然被奸细所害。

原来，正当孙华感觉到不对之时，当机立断，自马背向一旁射去，他知道已经中了敌人的埋伏，而伏兵正是那些难民们。

临城，虽然靠近战地，但却也是难民的避难之所。葛荣的义军全都扮成难民潜入城中，至于兵器之类的，以葛荣的手段，想弄进城中自是轻而易举。当然，这些难民是分批入城的，但各有其联络方法，入城之后便立刻可以拿到兵器、弩机，只是这些人行事诡秘，况且入城的只是少数精兵，更杂有许多武林高手，虽然人数不多，却足够应付一切，协助大军打开城门。

孙华向一旁滚动之时，却被一只脚挡住，那只脚正是晏礼的。

晏礼的动作极快，也利落无比，至少比孙华想象中要可怕多了。

孙华不得不挺身而起，晏礼的长剑便在此时如毒蛇般滑出。

“晏礼，你这叛徒！”孙华大怒道。

“叮！”孙华挡住晏礼的剑，同时一脚扫出。

晏礼的功夫比孙华至少要逊两筹，如何能是孙华的对手？

他竟被孙华一脚踢中，飞了出去。

“杀!”在暗处，传来一声冷哼，孙华在这时看见了一柄刀，横空出世的刀。

蔡泰斗的刀!

蔡泰斗似乎悟出蔡伤刀法中的另一层精义，自血的洗礼中将刀法的精髓逐步提升，在实战之中将潜力尽情发挥出来。

蔡泰斗的刀，是纵横千军万马的刀，他从练刀的那一刻起，就已在葛家军中东征西杀，血染战袍，刀的本身就足以生出一种让人无法抗拒的霸杀之意。

孙华身后的两百余名官兵几乎死伤了一大半，此刻化装成难民的葛家军自四面八方拥出，以绝对优势的兵力，在最短的时间，将这剩下的官兵尽数解决。

最后一个死亡的是孙华，他死在蔡泰斗的刀下，也是在蔡泰斗击出第十三刀之时死去的。

这或许算是一个圆满的结局。

蔡泰斗这次是有备而来，竟事先准备了一百套官兵的服饰，只要拿了孙华的令牌，他们就立刻前去北面城门。

当然有人知道蔡泰斗杀了孙华，可是蔡泰斗的速度实在太快，所谓兵贵神速，待守城的官兵发现有假时，已经来不及了。

临城之中，四处都是震天喊杀声，不过，游四事先有令，绝对不准侵犯民居，违者处以死刑，这命令的确极为苛刻，但却十分有效，也更深得军心。

蔡泰斗更规定，不准乱杀无辜，妇孺老残不能杀，百姓的东西不能抢，违者定当重罚。

其实，这也是为何葛家军攻城先自内部攻破的主要原因。葛荣也知道，他以做生意人的眼光去看问题，看得极为全面，要夺取天下，就必须先让百姓信服，这样才能够使自己得到更多百姓的支持，义军队伍才能够不断壮大。只有让百姓觉得，自己的义军是为了他们的幸福，是代表千万百姓的利益，那么自己得到的将会是千万人的支持和响应。

大街小巷，全都在惨烈的厮杀之中。

田中光出现在距南门不到一里的小街上，身前身后簇拥着近百骑，将他团团围住。

田中光知道大势已去，他们的兵力比葛家军少，而且又是在措手不及的情况下，自然会被击得毫无还手之力。

临城之中本有一万驻军，但因柏乡告急，不得不调出五千兵力，去援助柏乡，当所有人都以为葛家军在攻占柏乡之时，葛荣已派大军悄悄渡过冰封的氐河，在敌人毫无知觉之中，潜至临城附近。

兵贵神速，游四和蔡泰斗也深明此理，因此这个计划可以说是天衣无缝。

田中光虽然估到葛荣有可能以奇兵运用声东击西之计来攻打临城，但却没想到葛荣比他想象的更可怕，运兵之神速完全超出他的意料之外。

自定州撤兵，便立刻马不停蹄地转攻柏乡、高邑，甚至调兵临城之下，之间根本没有半点喘息的时间，可见这一切，早在葛荣的心中有了周详的计划，全盘的局势完全掌握在他的手中。

这也难怪朝中上下一致认为葛荣比那勇而无谋的破六韩拔陵更为可怕。其实，事实早就证明了葛荣的可怕，在短短二十余年中，能够由一穷二白成为天下间财富最多的人，拥有天下间最大的生意网络，这几乎是商业史上的一大奇迹。拥有如此头脑的人绝对会是一个可怕得无以复加的敌人！

田中光只感到有些无可奈何，心头更有些抽痛，他也曾经历过不少大小战役，但从来都没有像今日这般败得稀里糊涂，他甚至不知道该如何回去向朝中交代。

喊杀之声自四面传来，田中光突然感到有些不安。

他的感觉的确没有错，不安情绪来自心底，而心底的不安则来自骤亮的火把。

火把，亮自四面八方。

不长的小街，竟有数百支火把，顿时把天空都照得一片通红，夜色已不再暗淡。

亮若白昼的小街，田中光的队伍不得不停步，因为一个人已经挡在小街的尽头，像是一棵参天古树，静静地以背对着田中光。

田中光的眸子之中闪过一丝淡然落寞，一种英雄末路的感觉自心头油然而生。

他身边一百多名亲兵的心神全都绷得极紧，对方竟然似乎算准了田中光会自这条路撤退，是以在这条小街上伏下了数百名箭手，对方每个人所选的角度、方位都是绝对利于攻击目标的。

田福和田禄似乎想将心中所有的情绪尽数发泄出来，但田中光却阻止了他们。

那静立于小街尽头的人缓缓转过身来，白色的裘袍衬着儒雅而英俊的脸庞，别有一番让人心惊的魅力。

“游四!”有人惊呼出声。

立在街口的人正是游四，此刻游四的脸上绽出一丝优雅而自然的笑意，即使田福和田禄也不得不承认游四的笑容的确潇洒。

田中光心中却生出了无限的感慨，这个被朝廷认为是葛家军中除葛荣之外最具威胁性的大敌游四，竟是如此年轻，如此潇洒。

田中光并未见过游四，游四平时的行踪十分神秘，似乎是神龙见首不见尾，而且他往往会出现在最令人意想不到的地方。这也让游四更添了几分神秘，而此刻游四的出现，正是田中光最不想看见这个敌人出现的时候。

黑暗之中，游四的身后缓缓走出两个人，正是无名十三和无名十五。他们两人身上的衣服溅满了鲜血，也有几道伤口，可是他们的精神依然十分抖擞，犹如两头充满力量的猎豹，而猎物就是田中光与他的亲兵。

“田大将军，能够在这里见到你，令在下非常高兴!”游四似笑非笑地道。

田中光心中大恨，但知道此刻反抗全是徒劳，四周的数百张大弓只要一松，他与百余名亲随全都会成为活靶子，今次绝对不可能冲出重围。

田中光并没有答话，只是抬头望望天空中的月亮。月光朦胧得让人心醉，几点寒星，萧瑟的寒风，飘过的血腥味，这就是今日的夜！

几盏花灯在风中摇晃，森然的寒意让人心底发凉。

“罢了，罢了！”田中光仰天长叹道。

田福和田禄脸色微变，他们深知其父那刚烈的性格，田中光说出这四个字便表明已经放弃了所有生机。

“锵！”田中光的宝剑缓缓拔出，惨然道：“我走后，你们要好好活着……”

“爹，不要！”田福和田禄大惊，田中光的宝剑竟向自己的脖子上抹去。

“大将军！”一旁的亲兵也大惊，即使游四也禁不住大感意外。

“嗖！”田中光的众亲兵正在慌乱之时，一支劲箭破空而出，准确无比地射中田中光的手腕。

“呀……”田中光一声惨叫，宝剑“当”的一声坠落尘埃。

那些亲兵大惊，他们因为田中光意欲自杀而六神无主，这才让那支劲箭趁虚而入，不过这一箭却是救了田中光一命，这使他们反而松了口气。

“爹，你不能死，你若死了，娘她该怎么办？”田禄拉着田中光的手，沉声道。

“田将军，何必如此想不开呢？这一切都是没有必要的！”一道身影由远而近，却是自田中光的后方悠然而至，手中的大弓轻搭在肩头，神情显得那般自在而冷静。

“哼，我田中光宁死不降，你不用白费心机了！”田中光的手腕被劲箭射穿，但连哼都没有哼出一声。

“蔡将军也来了。”游四的脸上绽出一丝笑意，愉悦地道。

田中光目光冷冷地逼视着蔡泰斗，冷然问道：“你就是蔡泰斗？”

“不错！”蔡泰斗并没有否认。

田福和田禄的眸子之中闪过一丝妒意，眼前的这些人都是如此年轻便成为红极一时的厉害人物，而他们却要成为阶下之囚，这的确使他们心有不甘。

“我并不是有意伤害田大将军，但田大将军实在太不珍惜生命了。要知道，每个人都只有一次生机，何必为一些没有必要的俗念而轻视自己的生命呢?”蔡泰斗说话时就像一个哲人。

“如果活着注定是屈辱，那死了更胜活着!”田中光坚决地道。

“屈辱只是一个人的心理状态，如果每个人都认为只有天子才是尊贵的，那么天下间又何来百姓?何来臣子?何来天子?如果未得天下者都以为是屈辱，那么天下间能存在的岂不只是孤家寡人?流落四方、奔波于战乱的难民，他们的生活是何等让人心酸?但他们一个个都坚强地活着，青楼倚门卖笑的女子，她们也并未因为下贱而了结残生。那是因为，人活着，就有一份希望，哪怕是难以实现的希望，只要生命仍在，就会有达到的可能。生命的可爱和残酷就在于这一点未知的希望，难道你身为一朝大将军便如此鼠目寸光，想不到那一点希望的存在?”蔡泰斗想到自己在十八层地狱中那种残酷的训练，禁不住心中感慨万千。在那种非人的环境中，他能活下来，能够成为其中最优秀的一人，就是因为他的心中有着一份不灭的希望。

田中光一呆，他似乎没有想到一个敌将竟然以这种口吻和语气跟他说出这番话来，心中禁不住生出一丝惭愧，自己的思想竟不如一个二十左右的年轻人，不由忖道：“是呀，活着就是希望，我的确没有任何理由轻视自己的生命……”

“哼，我爹还用得着你来教训吗?”田禄愤怒地道。

蔡泰斗目光之中显出一丝淡淡的笑意，温和地问道：“你是田福还是田禄?”

田禄一呆，他没想到对方竟对他兄弟两人也有所了解，心中禁不住升起一丝得意，毕竟，对方身为葛家军的一员虎将，身份极高，知道他兄弟俩的名字，是对他们的重视，不由得道：“本公子就是田禄。”

“田将军，我可以在五日之内将你的家眷尽数接过来，更可保证他们的绝对安全。”蔡泰斗突然认真地说出一句连游四也感到意外的话。

田中光没有作声，他很明白蔡泰斗的意思，即使田福和田禄也十分明白蔡泰斗的意思。

“眼下大局已定，又何必再让一些无辜的人失去生命呢？天下战乱纷起，其归根结底的原因是什么？朝廷不仁，奸臣当道！官宦贪得无厌，使得民不聊生，百姓身处水深火热之中！凡有识之士都应知道为百姓请命，造福天下。田大将军也是为官之人，难道却没有一颗为百姓请命之心吗？愚忠愚孝只是蠢材所为，助纣为虐只会遭到世人的唾骂！难道田大将军想将那分虚无的荣华建立在百姓的痛苦之上吗？”蔡泰斗语气之锋利，竟让田中光无言以对。即使游四也禁不住暗赞，他没想到蔡泰斗平日不苟言笑，一旦讲起处世之道，却如此合情合理。

第一百四十五章　故人之情

田福和田禄相视望了一眼，都看出了彼此眼中的惊异。蔡泰斗在讲道理之时，那种神态、表情极像一个人。

“爹！”田福和田禄禁不住轻呼道。

田中光长长叹了一口气，淡然道：“罢了，罢了！”

游四心头不由得大喜，蔡泰斗也禁不住露出了一丝难得的微笑。

“好，你们想怎么处置就怎么处置吧，大家放下兵器！”田中光无可奈何地道。

众亲兵听得田中光如此一说，全都松开了持着兵器的手，他们当然明白眼前若不降，只会是死路一条，他们自然不想死。

蔡泰斗松了口气，却转目向田福和田禄望了一眼，淡笑道：“有人让我代他向两位公子问声好。”

田福和田禄禁不住一呆，却不明白蔡泰斗此意何指。田中光也是弄得一头雾水，疑惑地向田福和田禄望去。

田福和田禄对视了一眼，也是一脸迷茫之色，禁不住疑问道：“谁？”

“当初打烂你们屁股的人！”蔡泰斗的话让游四也吃了一惊，田中光更是脸色铁青。他以为蔡泰斗是在羞辱他的儿子，正要开口，田福和田禄同时惊喜地呼道：“蔡风！”

这一下，除蔡泰斗之外，所有的人全都愕然，却不明白田福和田禄怎的又将蔡风扯了出来。田中光更是一头雾水地望着两个儿子。不过，他却知道蔡泰斗的话并不是在羞辱田福和田禄，这是自他们表情的惊喜中看出来的。心中不由暗自嘀咕：“难道蔡风曾打过两小子的屁股？”

“两位公子果然还没有忘记故人，不错，正是蔡风！”蔡泰斗淡然笑了笑道。

田中光也微微有些心惊，要知道蔡风可是当今武林和朝廷中十分辣手的传奇人物，何时竟成了自己两个儿子的朋友呢？

“蔡风他现在哪里？”田福和田禄想到这个两年都未曾见过面的好伙计，禁不住心神雀跃。回想当年一起胡闹的情形，二人心头更生一股暖意，不过他们很快便发现父亲的目光在逼视着他们。

田福和田禄两人干笑一声，同声道：“娘也知道，蔡风是我们的好朋友。”

田中光一呆，这件事，似乎只有他不知道，不过此刻并没有什么大不了的，多了蔡风这个朋友总不会是件坏事，何况自己现在是降将的身份。

“蔡风早算准今日之事，因此他叫我转告你们，他在葛家庄等候着几位！”蔡泰斗悠然一笑，真诚地道。

“他……他怎会在葛家庄？”田福和田禄一呆，结巴地问道。

“因为他是葛家庄的半个主人！”游四的话更为直接而有力，也更让人心头大震。

田福和田禄怎么也没有想到当初一起与他们要无赖的少年，竟会成为天下闻名的葛家庄半个主人。

田中光当然也吃了一惊，蔡风曾在军中轰动一时，李崇、崔暹极为推崇这个年轻人，更传说蔡风乃刀道神话蔡伤的儿子，怎的此刻又成了葛家庄的半个主人？难道江湖中传说葛荣是蔡伤的师弟，并非空穴来风？一想到如果蔡伤也相助葛荣的话，那的确是一个无法想象的局势，他还有什么话可说？蔡伤比他出道更早，纵横沙场，蔡伤甚至可算是他的前辈，更在年轻一辈将士中树立了崇高的形象。二十年前，军中的将士无不以能与蔡伤并肩作战为荣，田中光自问行军打仗比蔡伤尚有不如，因此，他不再说话。

塌鼻汉子极为小心地踏入洞内，一眼就看到蔡风倚着石壁，脸色极其苍白，看上去似乎是重病将死之人。

塌鼻汉子心头一喜，他本来还担心蔡风仍有极强的反抗力，此刻一见蔡风的模样，心神放下了不少。

蔡风突然睁开双眼，石室之中早已点燃了三子带进的火把，火光之中，蔡风的眼神呈现出一种死灰色，根本就没有半点神采，但从他身上自然流露着一种清新恬静的气息，这似乎是他与生俱来的。

“你们杀了自己的兄弟?”蔡风有些不屑地一笑，平静地问道。

“哼，不错，成大事者不拘小节，只要能完成任务，牺牲一些是值得的。如果他不死的话，我们将永远都不可能走进这个石洞，又如何能够送你上天堂?”塌鼻汉子不以为忤地讪笑道。

“我真为你们感到不值，杀了我，你们的主子能给你们什么好处? 你可知道一份兄弟之情是如何难得吗? 就只为了得到主人的一块骨头而击杀与自己同生共死的兄弟，真想不到世间居然会有这样一群没有人性的东西，让人感到心寒!”蔡风鄙夷地道。

塌鼻汉子脸色变了数变，冷冷地一笑道：“死到临头仍然要逞口舌之利，真是可笑，也可怜!”

蔡风不屑地一笑，极为轻蔑地望了塌鼻汉子一眼，用似乎有些虚弱的声音道：“可怜的人是你们，你们不仅可怜，更可悲可叹，只怕连那群野狗都比你们强!”

“找死!”塌鼻汉子暴怒，长鞭直甩而出!

蔡风眼睛一闭，似乎已在等死。

塌鼻汉子的长鞭又疾然回收，冷笑道：“你想得倒美，大爷岂会让你死得这般痛快? 我要将你一块块肉割下，听听你惨叫哀号之声，更要让你享受求生不得、求死不能的美好境界，怕了吗?”

“要杀就杀，休要折磨人! 难道你就不怕报应光临到你的头上吗?”蔡风脸色似乎变得更为苍白，怒叱道。

“哈哈哈……”塌鼻汉子大笑起来，道，“报应? 什么是报应? 大爷我从来都不相信这一套，要是说到报应，大爷已不知死了多少次，可是此刻大爷不是活得很好吗?”

蔡风不由得也跟着笑了起来，几乎笑得上气不接下气，只把塌鼻汉子给蒙住了，不知道他究竟在笑什么。

“你笑什么？有这么好笑吗？”塌鼻汉子停住笑声质问道。

“我笑你，笑你真可怜，摸摸自己的鼻子，只剩下了半个黑窟窿，这难道还不算是报应吗？下次你报应来临时，只怕剩下的半个鼻子也会不见踪影了，哈哈哈……”蔡风说着忍不住自顾又笑了起来。

塌鼻汉子大怒如狂，蔡风所言正中他的痛处，此生他就以这个鼻子为憾事，别人一旦提及它，他心中的怒火就不可抑制。

“大爷送你去死吧！”塌鼻汉子再也顾不了是否要将蔡风千刀万剐。

蔡风眼中闪过一丝难以捉摸的神采，那长鞭的鞭梢已经抽到面门，他似乎根本就没有闪躲的意思。

“呜……昂……呼……呼……”四只巨大的野狗自洞中四个阴暗的角落向塌鼻汉子飞扑而上，声势极为惊人。

“哼，小小野狗也能挡我？”塌鼻汉子极其自信不屑地道，同时鞭梢一扬，已如毒蛇般射向左侧的野狗。

“啪……昂……”那野狗被抽得倒翻两个跟斗，惨叫不已。

“哒……”长鞭又卷起一只猛撞而至的野狗，卷舒之间，那野狗犹如流星弹丸一般撞向石壁。

“砰……啪……”就在长鞭卷住第二只野狗时，塌鼻汉子极其利落地出拳踢腿，剩下两只扑到的野狗惨嚎着跌出，但塌鼻汉子此时的脸色却变得极为难看，因为他看到了空中如电芒般的箭矢，直射他咽喉！

那是蔡风藏于袖中的一支极其精巧细至的弩箭。

蔡风是个猎人，最懂得如何把握时机，哪怕就只是一点点机会他也会好好利用。

此刻的塌鼻汉子几乎空门大露，当然，这只是对于蔡风的眼力而言，他的武学修为比塌鼻汉子不知高出几个档次，虽然此刻他身受重伤，可与生俱来的敏锐洞察力和灵觉绝对比塌鼻汉子精明十倍。

塌鼻汉子的长鞭卷住了第二只野狗，回救自然不及，而他一拳一脚虽然击飞了最后两只野狗，可是这使他拳脚回救之速大打折扣，甚至无法来得及回救。

“轰!”那只被鞭子缠住的野狗被撞得脑浆迸裂，连惨嚎之声都没有发出。

塌鼻汉子的身形疾退倒翻，如一张弓般飞速向地上滚去，这是他唯一躲开弩箭的方法。

风声再起，“砰!”短矢重重钳入石隙，塌鼻汉子吓出了一身冷汗，刚才他的确太大意了，他怎就没有想到蔡风还有弩箭这等致命的武器呢?

塌鼻汉子挺身而起，长鞭再出，疯狂地击向蔡风存身之处，但他再次呆住了，因为他手上没有产生那种长鞭击中肉体的特有感觉。

蔡风已经不在那里，而此时蔡风究竟在哪里呢?

塌鼻汉子发现了一双眼睛，雪亮雪亮的，更带着如刀一般锋利厉芒的眼睛，似在窥视猎物的魔豹，又似是暗夜中的明珠。

那是蔡风的眼睛，一双不再昏暗带着死灰色的眼睛。

“呀!”塌鼻汉子这次真的再也没有了活命的机会，当他看到那双眼睛时，一柄锋利的刀已经刺入了他的心脏。

刀是蔡风的，如他的眼神一样锋利。

塌鼻汉子至死都不敢相信这是事实，眼睛瞪得很大，他的确无法相信杀死他的人是那个看上去伤得快要死的蔡风，但事实终归是事实。

蔡风的刀，正是那割肉的猎刀，此时那弹出的一截刀身已深深扎入了塌鼻汉子的心脏。

蔡风的出手，就是塌鼻汉子仰身滚地的一刹那，只是塌鼻汉子并未能看到蔡风那快如鬼魅的身法。

“来世不要太过轻视任何敌人，只要对手没有死，你就不应对他存有半点疏忽，更不要太过狠毒，报应终究会来的!”蔡风眼中夹杂着不屑与怜悯，语调中却多了几许嘲讽的意味。

“你……没……受伤?”塌鼻汉子只感觉到所有的力量全都随着奔流的血水而流失，身体更在变冷。

“伤者并不一定不可以杀人，杀人更非只有硬拼一途，以少胜多，以弱胜强，需要的是头脑，而我的头脑比你的脑子好使，比你聪明，因此，你唯有认命了。”蔡风说完这几句话后竟开始喘起粗气来了。

塌鼻汉子露出一个比哭还难看的笑容，嘴角滑出一股血浆，艰难而得意地笑道："哈哈……你……你也受……受了重伤，杀我……你……用尽……尽了全力，哈哈……沙玛……会……会……呀！"说到这里蔡风猛地抽出猎刀，塌鼻汉子未说完的话化成了一声长长的惨叫，鲜血自伤口处狂喷而出，淋得蔡风满身都是。

望着塌鼻汉子轰然倒下的躯体，蔡风禁不住拄刀而跪，手在打战，他的确感到太过疲惫了，虽然其功力恢复极为快速，可是要杀这样一个对手，几乎耗尽了他此时所有的心智和力气，所有凝聚的功力也在刹那间消耗殆尽，如果此刻一个普通人入洞杀他，只怕他也无法抗拒了。当然，那是不可能的，一个普通人想来杀他，只怕尚未近身，对方已被那些野狗分尸而食了，这绝对不是危言之谈。

蔡风深深吸了口气，似乎恢复了一点力气，倾听着洞外的金铁交鸣之声，他心头微微一动，缓缓立起身子，小步小步地移向洞口，这是他绝对不能不关心的一战。不过，自洞中移向洞口似乎并非一件难事。

洞内三只幸存的野狗也都有些狼狈，但仍护在蔡风的身边向洞外行去，就像忠实的仆人，这也是蔡风唯一值得庆幸的地方。

"当……当……"一阵爆响在蔡风抵达洞口之时复归于寂静。

地上火光隐隐，插于一边的火把是那塌鼻汉子点着的，此刻犹未熄去，这也许有些特殊。

三子和沙玛相隔三丈而立，两人的目光在空中交缠，不过，蔡风可以看出是三子落入下风，至少，三子身上有六道伤口，而沙玛身上只有一道，且这一道伤口还是沙玛在听到塌鼻汉子的一声惨叫之时被三子趁机所划的一刀，否则，三子的身上只会再多添一道伤痕，这是毫无疑问的。

三子似乎流了很多血，衣衫染得一片血红，形态极为惨烈。

"阿风，你怎么出来了？"三子焦灼地问道。

"我干掉了那塌鼻汉子，就想着出来收拾这外面的小丑了。"蔡风强装笑颜地道。

沙玛斜眼打量了蔡风一番，有些不屑地道："今日你们两人都得死，你是强弩之末，何足言勇？害得我还担心了许久！"

蔡风和三子都感觉到一丝异样，那就是空气突然变得热了起来。那是沙玛的气势在疯长，刀身似乎更隐隐显出黄沙的色调。

“你以为自己一定可以杀了我们?”蔡风依然平静至极地问道，但心中却有些吃惊，忖道：“看来，这小子一眼就看穿了我的现状，刚才是不知道我的虚实而不敢施展全力，以防我在旁边觑出他的底细，看来，这小子此刻定是要使出杀招了，可是这又能怎么办?”蔡风大感头大，不过，事已至此，已经没有什么好怕的了，只能走一步算一步，反正自己即使不出来，他也迟早会使出绝招的。

“那就要问问我的流沙刀了！本公子让你们见识一下‘流沙刀法’，以让你们死而无憾!”沙玛傲然笑道。

“流沙刀法?”蔡风禁不住多打量了沙玛一眼，对沙玛所说的这种新鲜的武功倒似乎极感兴趣。

“阿风，让天网带你快走，这里由我来对付!”三子认真地道，他知道自己的武功与沙玛有一段距离，刚才他便已感觉到沙玛并未尽全力，只是好整以暇地对他，此刻他明白那是因为沙玛想隐藏最后杀招来对付蔡风，抑或是他怕蔡风在暗处窥视出他的武功路数，而更容易防范。此刻沙玛一眼就看出了蔡风的虚实，再无顾忌，也就可以全力使出杀招。三子的确没有把握能够抵抗沙玛多少招，不过，他自信要想缠住沙玛一段时间还不是问题，因为他根本就没有必要与沙玛硬拼。

“我不走！我倒要看看他的‘流沙刀法’究竟是个什么玩意儿，在我的想象中，那也应该没什么值得大惊小怪的，中原武学博大精深，岂是番邦异国所能比拟的!”蔡风岂是偷生之人，不由得出言道。

“传闻你乃是中原武林第一刀的儿子，想来你的刀法定然有着过人之处，只可惜此刻你恐怕连挥刀的力气也没有了，否则我倒要领教领教中土的绝世刀法究竟是否可以屠狗屠猫?”沙玛望着蔡风淡然揶揄道。

“屠狗屠猫那是不能的，但若击杀像你这样的人倒还不是什么难事!”蔡风淡然回敬道，同时暗自快速提聚真气，他必须要让自己快些恢复功力。

三子知道蔡风是不愿意抛下他独自逃走，心中禁不住有些后悔不该在这里出现，如果不是他要来寻找蔡风，沙玛就不可能找到此处，沙玛之所以能够寻来，一定是早已跟踪在他的身后，一直到蔡风出现了之后才现身的。

沙玛的可怕的确是常人无法理解的，通天上人和普其的死，他似乎丝毫都不在意，明明可以出手相救，但沙玛最终只做了一个旁观者，看着一个个同伴死在三子的刀下。如此作风，的确几近残酷，更有，那“歪脖子”本可不死，但是他为了将三子自那有利的位置逼下来，竟不惜杀死“歪脖子”，以“歪脖子”的尸体作掩护，这种只求达到目的而不择手段的人，三子还是第一次看到，也感到心头发颤，这个人也的确让人感到心寒。

蔡风捏嘴一声短促的尖啸，在沙玛和三子惊异不解之时，天网和野狗群已如潮水般全都涌到蔡风所立的洞口之下，天网更带着几只身体硕壮的野狗温驯地蹲在蔡风的左右，吐着舌头满目尽是敌意地望着沙玛。

沙玛心中吃了一惊，那蹲在洞外的野狗少说也有近两百只，自己如果对付起来可真是有些困难，再加上一个高手三子，那这一战孰胜孰败就很难断论了。

“你就是沙玛吗？”蔡风淡然一笑，问道。

“不错！”沙玛并不否认，身上的气机仍保持在巅峰状态。

“你以为可以杀光眼下这所有的野狗吗？”蔡风意味深长地道。

沙玛了呆了一呆，道：“我根本不必杀尽它们，只要击杀你就已经完成了任务，其他的一切都不重要！”

“好，果然是个好杀手，可是你自认为能够闯过这百狗大阵再加上他吗？”蔡风伸手指了指三子，颇有点不屑地反问道。

“任何事情只有试过之后才知道。”沙玛冷然道。

“哼，匹夫之勇！如果你死了呢？”蔡风不屑地反问道。

“技不如人，智不如人，死也没有什么好怜惜的，如果我死了，绝不会怨任何人！”沙玛豪气冲天地道。

“可是上苍赋予了你的生命，你就如此浪费，难道不觉得太可惜吗？何况你我又无深仇大恨，你即使杀了我，这对你很快乐吗？”蔡风不屑地问道，竟多了几丝怜悯。

“生命的价值并没有什么体现的方法，你认为怎样才算没有浪费生命呢？有人活了八十岁仍碌碌无为，最终平庸而死，有人十八岁便名扬天下，灿若群星，虽死而名扬千古，生命之中，何为浪费？何为应该？何为可惜？何为可赞？我们杀手奉行的原则乃是自己所定。死，我们随时准备着，为原则而死，生命无悔！”沙玛悠然反驳道。

三子和蔡风同时呆了一呆，沙玛的问题和答话的确让他们有些意外。何谓生命无憾？难道就是成大名立大功？成名立业又是为了什么？到头来不过仍是黄土一抔，唯一死矣。有些人认为淡泊一生是福气，有人认为富贵一生是福气，凌伯这一生不也是坦坦荡荡吗？虽然居于山岭野外，难道这能说明他不值吗？凌伯与萧衍的不同，只是在于他们的行事原则不同，而他们每一个人的活法都是无可厚非的，因为他们皆活着，只是各自定位不同而已。

“如果你要这么固执，那就出招吧，就让我来见识一下你的‘流沙刀法’！”三子无谓地道。

沙玛想也没想，挥刀而出，炽热的空气如流动的波涛，四处辐射，浓浓的杀气自沙玛那简单一刀之中无穷无尽地奔泄而出。

三子一声长啸，无惧地挥出手中的刀与剑，聚集全身的功力与沙玛硬碰，他已经没有了选择，既然蔡风决定留下来陪他一起作战，他就必须全力以赴。幸好，他们仍有这群野狗作后盾，他只要能够以生命为代价重创沙玛，这一战就等于赢了。是以，三子已存必死之心，又怎惧沙玛？

有时候，并不是心想事成，在很多时候事情都是偏偏有违心愿的。

三子的打算的确很好，可是他小看了沙玛简单的一刀，当他靠近对方刀锋十尺之时，方才明白，这一刀并不仅仅只是一柄刀，更有一层庞大的气场，在刀锋气场范围内的空间似乎成了一个时空的塌陷，里面尽是扭曲的气劲，任何进入其中的东西都不可避免地受到来自无数个方向产生的撕扯之力，一种破碎的感觉似乎自三子的心中升起，他仿佛感觉到自己置身于一股看不见的风暴之中，更似一叶漂浮于旋涡之上的小舟，他无法形容那种感觉。

这是怎样的一刀，三子几乎无法明白，但他却知道，这一刀的结束他绝对很狼狈。

“当!”三子的刀和剑勉强自狂乱的气场之中挥出，双双架住了对方的刀，而沙玛的刀中更似乎有着数股分别震出的力道，直袭三子的手臂。

“蹬蹬蹬……”三子连退七步才立稳身形，而沙玛如影随形地再次攻上，刀锋之下显出一片暗灰色的色调，那拖起的劲风足以裂衣碎肉。

杀机狂涨之中，野狗尽然不敢强攻，似乎对这种刀法有着一种天生的畏怯。

蔡风也大惊，野狗群此时竟然不配合，这下可就麻烦大了，他竟然也不知该如何是好。

“锵锵……”沙玛的刀，一刀比一刀猛，也一刀比一刀烈，三子一步步后退，身上已多添了八道伤口。

“再试试我的‘飞沙杀狼式’!”沙玛身子疾旋，刀随身转，一团幻影越扩越大，地上的花草、附近的小枝尽数裂飞向沙玛，在沙玛的刀场之外形成一个巨大的球。

蔡风大惊，连呼：“快退!”但终究还是迟了一些。

三子似乎在刹那间感应到蔡风心灵之中的那点关切和焦灼，也似乎在瞬息间明悟到蔡风所有的心思。

“轰!”三子的身子如败革一般飞了出去，撞在石崖的壁上滑落于地。

“哇!”三子大口喷出一堆鲜艳而灿烂的鲜血，沙玛手中之刀斜斜扬起，静立于三子三丈开外，那傲然的形象是一个大胜而归的将军。

“咳咳……”三子再次咳出几口鲜血。

蔡风的心在抽动，关心地问道：“三子，你怎么样了?”

“我……没事!”三子扶着石壁以刀剑拄地，顽强地撑起身子。

沙玛的眼中闪过一丝欣赏之色，似乎为对方的顽强而兴奋，他并不急于出手。

“好，你比我想象中更为可怕，居然能接下我的‘飞沙杀狼式’!”沙玛表面在称赞三子，实是抬高自己的身份。

三子缓缓闭上眼睛，深深吸了口气，似是在梦中一般淡淡问道：“阿风，何谓心刀？”

蔡风和沙玛都感到有些讶异，不明白三子在此时仍问这个问题的用意。

蔡风似有所感地道：“心刀并非刀，而是一种境界，一种舍我取道的境界。心刀即为人无所思，神聚于心，心凝于刀，物我相忘，唯有刀主宰天地，主宰精、气、神。亦可谓生命就是一柄刀，以刀去思物、睹物、接物、容物，只是此刻的刀已不在手中，而是心中。心中之刀无所不在，无处不存，为刀法之中的一种上乘境界！”

“人无所思，神聚于心，心凝于刀，物我相忘，唯有刀主宰天地，主宰精、气、神……以刀去思物、睹物、接物、容物……心中之刀无所不在，无处不存……”三子反反复复念了三遍，突然似有所悟地道，“我明白了！”顿了一顿，忽又问道，“阿风，何谓心感？”

蔡风眸子之中闪过一丝异样的亮芒，似乎在突然之间找到了救星，道：“心感，乃是以心去感物，以灵智去接受身边所有可感之物，包括别人的思想，别人的灵觉和静思。只要保持灵台静如止水，则可倒映一切外物，感受一切外来的气机，以心悟刀，道门自开！”

沙玛被两人的对话给弄得一头雾水，不明白两人这番话是什么意思，不过蔡风所讲的心刀之境界似乎对他有一些触动，禁不住暗暗收起对蔡风的轻视之心，蔡风能够成为中土年轻第一高手，绝非侥幸得来。

蔡风缓缓闭上眸子，盘膝坐在石台上，竟如老僧入定一般很快进入了物我两忘之境。

“以心悟刀，道门自开？”三子灵台突然一明，他清晰感受到蔡风那空明境界中的一点灵觉，一点感悟，双手也不再抖了，他似乎已经不再是自己，忘了自己的躯壳，忘了一切尘念，只感到自己踏入了一柄无形的气刀之中。

蔡风的刀，心中的刀，一种通过心灵传递的无形刀感，这是一种极其神妙的境界。

沙玛的眼中闪过一丝讶异，他发现三子在刹那间似乎变成了另一个人，一个让他有些心寒的人。

三子站直了身子，如一杆标枪，一股来自空灵的气机以无形的方式注入他的体内，此时他身上每一寸肌肤都产生了一层似乎可以看得见的气体。

三子眸子紧闭，可他却似乎能够看见所有的东西，这是一种感觉，沙玛对三子的感觉。

“哧……”剑被三子踩入了泥土之下，在三子的手中唯有刀！

沙玛眼中闪过的尽是诧异之色，他想不出三子为什么仍能够散发出这种让人无法理解的气势，他很自信自己的“飞沙杀狼式”，更可感觉得出三子在他的“飞沙杀狼式”之下受了重伤，可是此刻的三子似乎完全不记得有伤痛存在。

杀气狂涨，冷风在骤然之间吹透了山谷，天气有些寒冷，这是一个积雪犹未化去的日子，天气之寒冷，当然是无可厚非的。

不过，沙玛感觉到的冷，是来自心里，夜空中犹有轻轻飘落被绞碎的杂草和树枝，这是“飞沙杀狼式”留下的残痕。

沙玛的心里之所以有些冷，是因为他感到在虚空之中似乎多了无数柄刀，无形无影的刀，他想到了一个可能，就是三子刚才所问的“心刀”！

以心御刀，无所不在，无处不存，也将是无法匹敌的。

“沙玛，我就让你见识一下中土的刀法！”三子神情似乎极为木然，语调之中多了几分清爽恬静的意味。

沙玛似乎并不能领悟心刀的意境，虽然他很清楚三子在临阵之时领悟心刀，可是他无论如何也想象不到三子之所以能够领悟心刀，只是因为与蔡风的心灵有感。

蔡风虽然功力未能恢复，但是其心灵的境界却仍然达到了那静如止水的刀道极境。三子和蔡风自小一起长大，心中早就异常的默契，刚才在“飞沙杀狼式”中三子逃过死劫，是因为在生与死之间，他放弃了七情六欲，舍命一搏，然而此时灵台却反而显得异常清明，竟在刹那间感受到蔡风心灵深处的刀意，才让他逃得一命，而这更触动了他的灵感，他问蔡风“心刀”和“心感”两个问题，蔡风立刻明白其意思，在临阵时，两人竟心意相通，这种情况，只怕即使说出来，沙玛也难以相信。

三子已不再只是三子，他更代表着蔡风，那是一种以刀的形势，将两个生命的光辉发挥至极限。

“哼，临阵悟刀，我还是第一次听说，刀道之门如真那么容易打开，天下间使刀的高手定会多如漠上黄沙。本人倒要见识见识你的心刀究竟有何奇妙之处！”沙玛脚步微微一斜，刀锋偏转而上。

三子也在沙玛扬刀的同时，掠过三丈空间，以一种极其奇妙的角度划过了一刀。让人惊奇的却是三子的眼睛依然紧紧闭着，他只是凭借自己的感觉发现沙玛的立身之处，也许正如蔡风所说，灵台空明如水，便能倒映出周围所有的一切事物。

沙玛微惊，三子的身法之快比之未受伤前，竟似乎更利落许多，而且似乎不带半点风声和压抑感，一切都是那么自然。

“锵！”两刀相交，击起一溜火花，沙玛刀锋的气场之中竟感觉不到三子的存在，三子就像一缕风，一片雾气。这时，那根摇曳的火把突然熄灭，夜空恢复了一片黑暗。

刀，似乎满天都是，沙玛的感觉仿佛在刹那间失灵，已经无法分清三子的刀在哪里。

以心御刀，无所不在。

“当！”沙玛一刀横过，击在三子的刀上，三子的刀竟然脱手，沙玛感到手中的劲道一片虚无，根本无从着力。

“轰！”一柄极钝的刀斩在沙玛的肩头，刀气袭体而入，沙玛狂号一声飞跌而出。

“轰……砰……”又是两刀，极钝的刀，重重击在沙玛的肩背之上。

刀，抑或根本就不是刀，而是掌，三子的掌，以心出刀，万物皆为刀，何况是手？

沙玛的眼睛完全失去了作用，手中的“流沙刀”招式已经变得凌乱，他根本就没有机会使出“飞沙杀狼式”。三子的刀太快，三子的手也太多，他毫无机会聚集心力运用“飞沙杀狼式”，这不能说不是一个悲哀。

沙玛已经没有了选择，双手挥刀，运起全身功力，疯狂反击，三子的三击只让他几乎骨碎肉消，肝胆尽裂，身体的每寸肌肉都在抽痛，但他仍顽强地出刀了，其韧性和耐心更胜沙漠中的孤狼。

流沙刀，如疯狂的沙暴劈出，黑暗之中呼啸的风声，清脆的断枝声，石裂木碎之声，更为这一刀增添了无穷无尽的疯狂。

三子似乎化作空气在虚无中消失，根本就感觉不到他的存在。黑夜中，一切都归于死寂。

“咔！”沙玛似乎听到了自己肋骨碎裂的声音，一股狂野的刀气和杀意带着阴冷而纯正的气劲涌入他的体内，他再也忍不住狂喷鲜血而飞跌出去，刀势尽散。

火光亮起，三子空手而立，如临风之树，唯那一身血污的衣服破坏了他与生俱来的儒雅之气。

蔡风依然静坐着，火把正是他熄灭的。沙玛软软地瘫在地上，拄刀大口大口地吐着鲜血，流沙刀成了支撑他身躯重量之物——他败了！

沙玛败了，败得很惨，也有些不服气，但他败阵是不可否认的事实。

凌乱的头发，散披在沙玛的肩头，使其形象更为凄惨而伤感，苍白的脸色在微带淡黄色的头发之下更显诡异。

三子没有动，也不想乘胜追击，只是以一种极为平淡的目光怜悯地望着呕血的沙玛。

“你败了！”三子声音极为平静地道。

“你……为什么不杀我……咳……咳……”沙玛再一次咳出两大口鲜血，他只感到肋骨内陷，五脏俱裂，那种无法理解的痛苦，使他第一次感到死亡的可怕。

“因为你是个人才，如果杀了你将是一种浪费！”三子依然是那般温和而平缓地道。

沙玛感到有些意外，他似乎并没有想到三子竟会这样回答，不由得涩然一笑，冷冷地道：“你想好了？”

“我没有必要去想太多！”三子不屑地道。

第一百四十六章　羊中藏狼

沙玛微微有些痛苦地牵动出一丝不屑地苦笑，道："我沙玛……从来都不需……要人可怜！"

"可是我不想看到你那可怜的样子，快给我滚！否则说不定我会改变主意的！"三子的眸子之中闪过一缕极为冷漠的杀机，扫过沙玛的脸庞。

沙玛心头一怔，以流沙刀撑起身体，深深望了三子一眼，阴森地笑了笑，道："你会后悔的！"说完踉踉跄跄地向夜色之中行去，一路咳着鲜血。

野狗群似乎并无意去噬食这样一个伤残之人。

蔡风没有说话，只是嘴有露出一丝异样的笑意。

三子依然静立如玉树临风，目光看着沙玛远远地消失于黑夜中，这才长长吁了口气，抬头仰望天空。

天空黑暗得像个锅底，紧紧扣在大地之上，使夜色变得更为迷茫，让人无法不为之感叹。

"你伤得怎么样？"蔡风有些关心地问道。

"我……"

"小心！"蔡风突然一声惊呼打断三子的话，但是仍然迟了一步。

"轰！"三子已若滚地葫芦般滚跌而出，再次吐出一大口鲜血，倒趴在离他刚刚立起之地两丈左右处挣扎不起。

"胡忠，你没死？"蔡风骇然惊呼。

出手之人竟然是那个被沙玛杀死的胡忠，在刹那间，胡忠猝然出手，完完全全出乎蔡风和三子的意料之外，也正因为如此，三子竟然被胡忠重创。

胡忠没有死，不仅没有死，而且还出手攻击三子，这是不是有点戏剧性的变化？

他在击飞三子之时露出了一丝诡异而得意的笑容。

“想不到吧？”胡忠眼中闪过一丝邪恶，悠然笑道。

“为什么会这样？”蔡风似乎有些惊骇地问道，同时关切地望着三子。

“说起来其实很简单，因为我本来就只是在葛家庄做卧底！”胡忠得意地道。

“那刚才你……”

“如果我这么容易死，又岂有资格做卧底？只有三子这笨蛋，疏忽大意，以为自己才是天下最聪明的人，连有人跟踪也不知道，这种窝囊废简直让人笑掉大牙！打一开始，我就知道沙玛的人在跟踪我们，只是我并不知他们就是沙玛等人而已。不过，我并不动声色，哼，他们以为可以杀死我，这简直是痴心妄想，他们连莫言也杀不死，又如何能击杀我？不瞒你们说，莫言也是死在我的手下！”胡忠得意至极地道，说着一脚踢翻扑倒在地的莫言的尸体。

蔡风心头大恨，莫言的胸前竟插着一根短矢，这正是胡忠所用的弩机所发。看来，这支短矢就是使莫言致命之物，想到胡忠在葛家庄潜伏了这么多年，此刻在最要命之际却露出了本来面目，的确让人心里有些发凉。

“是……你故意……咳……留下让沙玛跟来的记号？”那趴在地上的三子挣扎了几下，却无法爬起，无限愤怒地问道，语调却显得有气无力。

胡忠悠然一笑，怜惜地望了三子一眼，得意至极地道：“也不是记号，只是稍稍留下点什么而已，否则，以沙玛的聪明岂会不加怀疑？如果我故意留下记号，他反而还不敢跟我们一起前来这个山谷，换成我们也是一样，虚者实之，实者虚之，这一点你难道也会不明白？”

“你究竟是谁派来葛家庄卧底的？”蔡风似乎有些无可奈何地问道。

“告诉你也无妨，我真名并不叫胡忠，而是鲜于禅，你现在应该明白我是什么人了吧？”胡忠得意地道。

“你是鲜于修礼的人？”蔡风惊问道。

“不错，鲜于修礼是我的堂兄，鲜于修文也是我堂兄，我塞北鲜于家族与你蔡风早就势不两立，只是我一直都无法找到下手的机会，今天你就认命吧！”鲜于禅阴阴笑道。

“你以为杀得了我吗？”蔡风伸手轻轻抚了抚天网那如绸的灰毛，冷冷地反问道。

“哼，别指望这些畜生，它们根本就不可能救得了你，此刻更没有任何攻击力，甚至连视觉、听觉和嗅觉也都变得迟钝了，你知道为什么沙玛和塌鼻汉子三人能够无声无息地进入山谷，而这群野狗却似乎并未察觉，连叫也不叫一声的原因吗？”鲜于禅得意至极地问道。

“你下了毒？”蔡风骇然问道。

“算你还有一点脑子，我前来之时，就将药物抹在火把上，火把一烧，那种只有狗才能够嗅到的气息，早使它们的神经全部麻木，视觉、听觉、嗅觉这才会跟着减退，即使连攻击力也消失殆尽，它们此刻只是一群看上去模样吓人的怪物而已！”鲜于禅也禁不住为自己的聪明而得意，顿了顿又道，“本来，我对你的刀和三子还有些惧意，可惜此刻的你们已全都如一头纸老虎，根本就没有什么值得恐惧的。蔡风，如今你劲力尽失，即使这段时间凝聚了那么一丝一点的功力，但想必在刚才击杀塌鼻汉子之时费去了不少，就算此刻你仍然存有余力，只怕这点力气连一只小狗也杀不了，而三子这小子更不足为虑，他与沙玛最后几拼早已精疲力竭，几尽虚脱，他不是心存善念，而不杀沙玛，事实上他连提刀杀人的力气也没有了，所以就只能眼睁睁地看着沙玛逃走。现在的你们根本就没有任何反抗之力！”

蔡风和三子的脸色都变得极其难看，他们没料到这易名为胡忠的鲜于禅竟然精明如斯，心思之细密的确让人生畏，此人也的确适合做卧底，而且他们也似乎更感到鲜于修礼的野心之大，已超出了他们的预料之外。胡忠加入葛家庄那是八年前的事情，如此长的时间潜伏于葛家庄，那就说明鲜于修礼早在八年前就有着极为可怕的野心。

鲜于禅逼近蔡风所坐的石平台前一丈五左右，傲然而立，语带讥讽地道：“葛荣曾说过，你最厉害的并不是手中的刀，而是与生俱来的智慧！

我看全都是狗屁，一个人的智慧再高，如果没有自我保护的能力，也是枉然。武林中人都说你智计之深，简直天下少有，我鲜于禅从来都只是一笑置之，你只不过是凭着一点运气而已，有什么大不了的？要说你的武功天下少有，那还差不多，此刻你却连握刀的力气也没有了，我看你还怎么杀我？来阻止我杀你？”鲜于禅笑得极为得意。

“杀一个人很简单，我不用刀的确能够杀人，但如果说到智计天下少有那可不敢当，至少你的智计并不比我逊色，否则我们又怎会着了你的道儿呢？”蔡风无可奈何地耸耸肩道。

“算你还有点自知之明，乱世之中，唯有武力才是真正称霸之道，你只好认命了！”鲜于禅微感得意地道。

蔡风突然微微一笑，道：“只怕这次你要失望了，在乱世之中，单凭勇猛始终不过是一介武夫，而一个智者却可以在不动声色之中倾覆天下，以当年关云长之勇，赵子龙之武，仍为武侯诸葛所驱使，董卓之盖世武技，仍败于貂蝉之计。人之智是武之源，无智之人，武功从何谈起？鲜于禅，即使不用刀不用这些野狗，更不动功力，我照样可以击杀你，你信也不信？”

鲜于禅似乎听到了最好笑的笑话，禁不住放声狂笑起来，那些野狗在鲜于禅的笑声中，有些颤抖起来，可见，鲜于禅下毒一事并非虚言，也难怪，这群野狗不敢对沙玛进行攻击，即使在最后沙玛身受重伤之时，野狗群依然不动，那是因为它们根本就已经没有攻击能力了。

“蔡风，我发现你越来越可爱了，居然能够说出如此狂妄之言，我喜欢一个狂妄的人，更喜欢傲然和不知天高地厚的人，因为那些人往往会说出一些很可笑的话来逗别人开心！”鲜于禅狂笑道。

蔡风悠然一笑，道：“你可知道，在三子与沙玛决斗之时，我就已经在身下的石台设置了机关，这是为沙玛准备的，却没想到沙玛无福消受，那就只好由你来享受了。如果不信，你大可走上平台，以那狗爪印为准，你敢吗？”

看着蔡风那煞有其事的样子，鲜于禅只感到无比的好笑，忖道：“刚才三子与沙玛交手之时的所有景象我都一目了然，你们的一举一动岂能逃过我的眼睛？如此睁着眼睛说瞎话，也未免太过幼稚了！”不由得傲然道：“有何不敢？你这谎言也实在显得有些低级了！”

蔡风横刀于膝前，笑道：“那你就来试试呀？”

鲜于禅潇洒地一笑，大步向平台行去，他要让蔡风死得瞑目，同时更不相信蔡风如传说中那么聪明，他一向都极其自负自己的才智，这才会被鲜于修礼看重，派他潜入葛家庄，要知道，葛荣是一只最狡猾的狐狸，如果潜入的人不聪明的话，只会将事情弄糟搞砸，鲜于禅的武功在鲜于家族中只能算是二流，但才智却是一流的，因此，他平时极其心高气傲。江湖之中传说蔡风是个文武全才的高手，葛荣更曾说：“蔡风的厉害不在于其刀，而在其智，其智远取三军。”这可以说是对蔡风的最高评断，而鲜于修礼也曾说过，蔡风是一个最可怕的敌人，鲜于禅自然心中老大不以为然，今日蔡风终于落到他的手中，不仅仅是蔡风，还有几乎是蔡风的影子三子也同样落入了他的手中。此刻他要两人生，他们就不能死；要两人死，他们便不能生，这种感觉的确让鲜于禅感到十分得意。

此刻，他听到蔡风睁眼说瞎话，只感到好笑至极，更不会相信蔡风的鬼话。

蔡风望着鲜于禅慢慢逼近，嘴角牵起一丝淡淡地笑意，神情平静得如一潭春水，并没有因为鲜于禅的一步步逼近而有半丝波动。

鲜于禅的目光紧紧盯着蔡风的眼睛，似乎想自气势上压倒对方，不仅如此，他更似乎想自蔡风的表情之中发现点什么。

五步——四步——三步——两步——一步，离石台越来越近，鲜于禅竟开始犹豫了，没来由地感到一阵心虚，他的目光紧紧逼视着蔡风，那抬起的右脚竟然久久未曾放下。

蔡风笑了，笑得有些得意，更多的是一种自然恬静的潇洒，自信之情自那笑意之中表露无遗。

鲜于禅在蔡风的脸上没有捕捉到半点惊慌，更无法看透蔡风的心思，他从来没想过有人会如此漠视自己的生死。

多疑，是每个自以为聪明的人都免不了的毛病，鲜于禅同样多疑，虽然他明知道蔡风所说的只是假话，可他仍禁不住想：“也许这石台之下真有机关，但并不是刚才三子与沙玛比斗之时所设，而是在我到山谷之前就已经设置好了，是蔡风以对付追兵也说不定。蔡风这小子狡猾多智，我岂能上当……”

“为何不上来?”蔡风带笑的声音自石台上传来，那些野狗将他围成一圈，而他更坐在地上，野狗所围成的是一堵肉墙，即使弩矢也射不到蔡风的身体，这让鲜于禅心头大恨、大恼，不过，他却无法反驳蔡风的讥讽和嘲弄。

鲜于禅漠然地一笑，不以为意地道：“瓮中之鳖，也敢论智，哼！我只是不想让你死得这么快而已。”

“哼，胆小如鼠，也敢说这样的话，鹿死谁手犹未可知，你也太过得意了吧?”蔡风不屑地一笑道。

鲜于禅竟有些犯难了，蔡风表现出一种高深莫测的样子，这使他根本就无法摸清其底细，也根本猜不透这是否有诈，抑或机关之类的。

“小子吹什么大气……”

“乱世之中你不是讲究智不如武吗?这次我就让你看看咱们谁比谁厉害一些，也许你会认为我没有能力在这里布下杀人的机关，但你别忘了，这些野狗全都是我的属下，它们会按照我的想法和意愿去布置我想布置的东西，不信你看看身后那棵古松上有什么?”蔡风冷杀地道。

鲜于禅心中暗惊，这些野狗的视觉、听觉及嗅觉迟钝了些，但并不代表它们全都失去了活动能力，蔡风既然说这些机关是野狗所设，那并非不可能，正自鲜于禅感到惊骇之时，只觉背后风声大起，暗叫不好，他也不知道那是什么东西，但他想到江湖之中传闻蔡风智计之高，心头就开始发寒了。

既然蔡风这般有把握石台上的机关可以杀死他，那身后这带起强劲风声的东西绝对不是一般之物。

鲜于禅想都不想，凝聚全身功力便转身向背后风声的来源之处狂击而出，他无法躲闪，更不敢上进，前进就是石台，而蔡风的石台之上所布的也许还有更可怕的机关。他的锐气被蔡风尽挫，刚才没有跨出那一步，在气势上，无论怎么说，他都已经输了一筹，更使他对自己的信心大打折扣，这是绝对不容置疑的，所以他宁可转身回击那自背后攻来的不明之物，也没有勇气向前踏上石台。

这或许就是人性的悲哀。

鲜于禅在挥掌转身面对不明之物时，他呆住了，也感到极为愤怒和气恼。

那不明之物竟然是一只狗，一只自古松上跃落的野狗，这只野狗其实也并没有什么攻击力，只不过是因为躯体极大，所以带起的风声也就极为响亮，这使得鲜于禅虚惊了一场。

“轰！”“昂！”那只野狗还未来得及落地，就已被鲜于禅一掌击得飞了出去，一声惨叫之声中，脑浆迸溅。

在野狗尸体“扑通”一声重重坠到地上之时，鲜于禅也在同时发出一声狂号，踉跄着冲出几步，鲜血溅洒数点。

蔡风悠然一笑，推开身前的几只野狗，潇洒地立身而起，目光刚好与鲜于禅扭过头来那难以置信的目光相触，蔡风的眸子里似乎多了几分同情之色。

“一个以为自己很聪明的人往往会作出最愚蠢的决定，最愚蠢的事情往往是最聪明的人所为，这就是聪明反被聪明误的真理！”蔡风的嘴角牵起一缕淡淡的笑意，怜悯地道。

鲜于禅的腰际深深插着一柄剑，那竟是“歪脖子”抛落在石台上的剑，而此刻这柄剑深深地插在他的腰际。

这柄剑并不是来自石台之上，而是自石台的边缘一道石隙之中射出，带落了几块碎石，而在石隙之中，此刻露出了一截弩机的小翼，这柄长剑竟是通过弩机强劲的力道射出，而弩机的机括由一根细绳所系，此刻一头仍牵在蔡风手中，中间长长的一段被“歪脖子”的尸体所挡，更有一段被野狗们的身躯压着，若非此刻蔡风站起身来，外人根本就无法看到这细线的存在。

鲜于禅笑了，笑得好苦，他千算万算仍是着了蔡风的道儿，同时心中更明白，刚才若是他冲上石台一点意外都不会发生，可是他害怕那石台上有机关，竟然忽视了石台的边缘，他也不得不佩服蔡风的智慧。

蔡风说石台之上有机关，如果对方并不是一个喜欢自作聪明的人，则是一点效果也没有，可是蔡风似乎完全捕捉到了鲜于禅的心理，虚虚实实，使得鲜于禅疑神疑鬼，而落入了他所设的圈套。

蔡风说石台之上安有机关，就是要在鲜于禅的心中种上阴影，要是一个缺乏思考的人，他一定会想："你说设有机关，就一定没有机关。"于是贸然之下定会捅破蔡风的圈套，而一个善于思考的人就不会单从自己的角度着想，他会思忖着："蔡风能够被江湖中人认为智计天下少有的人物，难道他就没有想到以如此简单的谎言只会被轻轻一下就捅过对穿？如果蔡风没有意识到这一点，他也不配成为鲜于修礼、破六韩拔陵、葛荣甚至李崇口中所称道的厉害人物，既然蔡风意识到了这一点，那么他所说之话有八成是真的，至少也会半假半真，我宁可信其有，也不能信其无！"

鲜于禅是个聪明人，能在葛家庄卧底八年而不露丝毫破绽，而今天引来沙玛，暗中放毒，装死伺机而动，无不表现出这个人的阴险狡猾，而自认聪明的人必定多疑，多疑就是聪明反被聪明误的罪魁祸首。鲜于禅是那种宁可信其有，而不可信其无的人，这是他的悲哀。

蔡风的算计的确精妙绝伦，他将机关设在石台之下，就是算准了鲜于禅落脚的方位，更知道鲜于禅一定会中计而不敢踏上石台，那么对方就会选择这株古松为他解除后顾之忧，有古松作为后盾，至少背门不受袭击，这是人之常情。因此，蔡风所设的机关就是正对着古松与石台对立的位置。

石台并不高，鲜于禅的注意力放在石台之上，因而忽视了石台中的石隙，而他所在的角度也不利于发现石隙中的装置，只有等他最后一步移出，便与石台相靠才正对着石隙，而这时他抬头平视着蔡风，蔡风也引他说话，使鲜于禅没有机会低头仔细观察脚下的石隙，而蔡风之所以在此时拉动机关，是因为没有足够的把握，所以，他必须借助那预先藏在古松上的野狗，由于古松上的松枝极密，又背对着阳光，因此显得十分昏暗，那野狗潜伏于上面，在鲜于禅注意力全聚中在蔡风身上时，竟没有觉察到野狗的存在。

与野狗相配合，蔡风的这一记杀招才是完美的，鲜于禅转身杀狗，又如何提防自脚下斜射而上的长剑？因此竟被长剑一射而中。

“鲜于禅，你只好认命了，其实我早就知道你是奸细，这机关也并非为沙玛所设，而是专门用来对付你的，你信吗？”蔡风怜悯地望了鲜于禅一眼，淡淡地道。

鲜于禅手掌紧紧捂在剑身周围，但却不敢拔出，听到蔡风这么一说，不由得惨然一笑，道：“你爱怎么抬高自己的智慧，就怎么说吧。”

蔡风根本不介意地道：“莫言的惨叫我听得十分清楚，而且你的下毒我立刻感觉到了，天下并非只有狗才具备敏锐的嗅觉，也许你并没有听说过我是与狗一起摸爬滚打长大的，我的鼻子绝不逊于狗的鼻子，你们入谷后停身于洞口时，那种异味也传到了我存身的洞中，对狗用药，天下间没有谁比我更精更在行，包括陶老神仙，你的这点伎俩根本就逃不过我的鼻子。除三子之外，你与莫言之中绝对有一个是奸细，而后，莫言的惨叫证实了他的清白，那么，奸细就是你鲜于禅无疑。一个人没有真正受过痛苦，他永远都无法发出真正的惨叫之声，你大概也明白，所以你选择不惨叫，这是一个失误。而我在洞中所说的，伤势没有十天半月是无法修养好的，你大概也听到了，当时你心情的震动也没有逃过我空灵的思想，所以我将计就计，让你们知道我没有了反抗之力。”说完顿了一顿，又道，“你以为那火把是谁扑灭的？”

“是你？不可能！在这么短的时间内你根本无法同时完成扑灭火把与暗设机关，而‘害怕夜火’乃兽之本性，因此那群畜生也帮不上什么忙，你又怎能做到？”鲜于禅的脸色说有多难看就有多难看，他做梦也没有想到打一开始自己的行动就尽数落在对方的算计之中，如果换了刚才那一刻，他怎么也不会相信。不过蔡风似乎并没有夸张，他也曾听说过蔡风自小与狗一起长大，才成了驯狗大师，此刻蔡风的每一句话虽然都不是无稽之谈，但鲜于禅仍不相信他的话。

“不错，是我让身边的天网去扑灭的，你只知兽类怕火的天性，但你却不知事在人为，天网可说是众狗中的异类。但石阶旁的机关与树上的野狗全是在火把灭后的那段时间内设计妥当，这之中并没有野狗的功劳，全是我亲自动手。你说得没错，我的功力已消耗殆尽，却并非是在击杀塌鼻汉子之时，而是在将那只野狗抱上树后。”蔡风傲然自信地道。

鲜于禅不得不承认葛荣的话没有说错，而破六韩拔陵说得更对：“蔡风是一个永远也猜不透的可怕敌人！”

“一个聪明人，永远只会步步为营，小心谨慎，绝对不做没有把握的事，更不会因为得意而忘形。你，顶多只能算是一只自作聪明的可怜虫！想跟我蔡风斗，你还差得太远！”蔡风说完抚胸猛地咳嗽几声，再次咳出一小口鲜血，这是叶虚掌力所留下的后遗症，说穿了，他今日所受之伤也的确太重了。

鲜于禅的眼中显出一丝希望，忍不住狠声道：“哼，即使中了你的算计又如何？对付你们两个半死之人我还是绰绰有余！”看到蔡风咳血的样子，鲜于禅知道自己并没有说错，如今的蔡风已是强弩之末，根本就不可能有半点反击之力。

“哦，是吗？”蔡风的眼中闪过一丝嘲弄之色。

“哼，老子就杀了这小子再来找你算账！”鲜于禅说完踉跄着向趴在地上根本无力反抗的三子行去。

“你最好不要行出第三步，如果让剑上所擦的毒液流入心脏，可不要怪我不曾警告你哦。”蔡风冷冷地出言道。

“哈哈……”鲜于禅有些中气不足地笑了起来，他伤得也不轻，腰际为命门部位，伤了腰身对其活动及发挥功力绝对不利，最多只能击出平时的一成真气，但就只一成功力他也足够杀死三子和蔡风。

“你还想骗我？老子不会再让你的当了！”鲜于禅狠声道。

蔡风望了望鲜于禅，无可奈何地摇了摇头。

“呀！”鲜于禅一声惨呼，身上的肌肉一阵抽动，七窍之中竟喷出血来，这是他在走出第四步之时。

望着鲜于禅如一摊烂泥般在地上抽搐惨号着，蔡风禁不住再次摇头苦笑，自语道：“我告诉过你的，我的话并不是每一次都在骗人……”话说到一半，蔡风的脸色大变。

远处，竟出现了一点火光，而且就在山谷之外，那是十多支火把组成的队伍。

又有人来了，这的确是件十分要命的事情。

蔡风的笑容僵在脸上，他不知道该如何去说去想，似乎命运老是与他过不去。

“那里有火光，快！三公子定在那里！”远处传来的声音差点没让三子和蔡风激动得掉下泪来，刚才的担心和绝望也全都一扫而空。

说话者竟然是无名五。

“风，你在哪里?”元定芳那焦虑惶急的声音荡漾于山谷之中，蔡风忍不住喜极而呼：“定芳，是你们吗?”

凌通醒来，天色已大亮，萧灵一脸焦虑地望着他。

凌通只感到肩上仍有些火辣辣的痛，身上软绵绵地提不起劲来。不过，他却知道自己不会有事，睁开眼乍见萧灵，禁不住顽皮地眨了几下眼睛。

萧灵一惊，喜道：“通哥哥，你醒了？太好了，都快把我给吓死了。”说着蹲身倚在凌通的床前。

“那杀千刀的刺客可真够凶狠的，不过我福大命大，又有灵儿为我祈祷，我自然没事。”凌通笑道。

萧灵禁不住俏脸一红，不好意思地低声问道：“我刚才说的，你都听到了?”

凌通一愣，立刻明白，原来萧灵刚才真的为他祈祷，心头不由一阵温暖，禁不住心生顽意，笑道：“你把耳朵凑过来，我告诉你。”

萧灵信以为真，将头低下，耳朵凑了过去。

凌通却微微抬头，轻轻地在萧灵脸上吻了一口，赞道：“真香，真香!”

“好哇，你竟然欺负我……”萧灵立刻明白，娇嗔地挥拳直擂凌通的胸口，小脸羞得通红。

“哎哟……”凌通一声惨叫，二人打闹又牵动了伤口，痛得他脸都变色了。

萧灵吓了一跳，连忙收手，惶急道：“通哥哥，我不是有意的……”

“没事，若连这点小痛都忍不了，又怎会是你的好哥哥呢。”凌通淡然一笑道。

萧灵松了口气，问道："你饿不饿?"

"现在什么时候了?"凌通突然想起了什么似的问道。

"已近中午了。"萧灵轻松地答道。

"啊，那今日不能到翰林院去了。"凌通无可奈何地叹了口气道。

"没关系呀，王叔已经去翰林院讲了原因，皇上也知道了，还让你安心养伤呢。何况有十七皇姑关照着你，你急什么急?"萧灵语气有些酸溜溜地道。

凌通突然笑了笑，伸手抓住萧灵的手，道："灵儿在吃醋啊!"

"谁吃醋了? 我才不会呢。"凌通嘟囔着嘴辩道，但俏脸却红到了耳根。

"灵儿在撒谎!"凌通似笑非笑地望着萧灵道。

萧灵被凌通那怪怪的表情看得窘迫不已，不由道："撒谎就撒谎……"说到这里突然意识到了什么，忙辩道，"我没撒谎!"说完羞急地挣开凌通的手，向屋外跑去。

凌通忍不住"哈哈"大笑起来，虽然他对男女的感情仍是朦朦胧胧，可这斗嘴的乐趣却可尽情享受。

萧灵冲了出去，门口立刻进来几个婢仆，端进几盆热水，和一碗热气腾腾的人参燕窝汤。最近凌通可是经常享受这以前连做梦都没享受过的美味，是以只要鼻子一嗅，就立刻知道里面是些什么了。

凌通躺在床上，立即有人以热毛巾为他轻拭面部，一连换了三条毛巾，才总算洗完了脸。

凌通不由得大感好笑，想不到此刻连洗脸也要别人伺候，不过却也舒服至极，心道："难怪人人都想升官发财，原来升官发财竟有这么多好处。"

"让奴婢伺候公子喝汤。"一名俏婢莲步轻移，端过汤碗，移至床边，再用一条干净的毛巾围在凌通脖子周围，动作轻柔至极。

凌通大感受不了，一直以来，他都是自己照顾自己。山中狩猎，深居简出，没想到此刻老母鸡变成了小鸭子，连喝汤也要人喂，洗脸穿衣皆要人帮，这可让他极为不习惯。前些日子他虽住在王府之中，也享受到贵宾的待遇，但今日一旦受伤，才真正体会到这究竟是怎样一种享受。

正当凌通有些受不了的时候，门外突然传来一声呼喝："安黛公主到……"

包向天已经在大厅之中来回踱了七十二趟，包问心里暗自数着。

晏京和包问从来都没有见过包向天会有如此反常的表现，即使当年与无敌庄火拼，包向天也没有丝毫的慌乱，可是如今……

包向天抬头望望屋顶，再望望远方的虚空，窗子和大门都是敞开着的。

苦心禅肃立于一旁并未作声，不过面部表情却无比的难看。

"你说杀死阿机和阿巧的是一个叫陈楚风的老头？"包向天突然将目光再次转向苦心禅，冷声问道。

"这是黄尊者说的，我后来又找了几名客栈之中围观的人，他们也是这样说。"苦心禅无可奈何地道。

"陈楚风竟然还活在世上？"晏京和包问的脸色也不是很好。

"这老鬼虽然厉害，但却是人单力薄，只要多派几名高手，自可让这老鬼死上一百次！"苦心禅极为自信地道。

包向天并没有回答，只是默默思考着。

"是啊，只要我们多派些人手，陈楚风即使有三头六臂也没有用啊！何况无敌庄早毁，那老鬼没有了靠山，再凶也凶不到哪里去。"包问道。

"无敌庄虽毁，但葛家庄却在，若是这老鬼与葛家庄联手，那结果又会不同了。"包向天担心地道。

晏京无语，他知道，当初能一举攻破无敌庄，就是因为陈楚风被尔朱荣杀死，使包向天少了很多后顾之忧。若是当年陈楚风在无敌庄之中，只怕包向天会有全军覆没之危。

陈楚风在江湖中被人尊为棍神，武功之高可想而知，但鲜有人知道他与无敌庄的关系，天下间知道陈楚风与无敌庄关系的只有少数几人，包向天是其中之一。

陈楚风的身世其实还要追朔到百年前的北燕。

当年北燕冯跋立国之时，有三员开国大功臣，一为陈思亮，一为包庆，一为关庄古。

冯跋极为爱惜这三位开国功臣，自立燕天王后，同时也将陈思亮、包庆、关庄古封为一方之王。

后冯跋病故，其弟冯弘立刻杀死冯跋诸子自立燕天王，而支持者却是包庆。本来陈思亮、包庆与关庄古之间的感情极好，就是因为如此，三人关系决裂，关庄古和陈思亮极度不满冯弘之举，而受冯弘之忌恨。

就在冯弘自立为王的第二年，为了巩固王位，冯弘要削去关庄古之王位，而关庄古不服，更自立为王。冯弘便命陈思亮和包庆联手攻打关庄古，陈思亮思前想后，竟然自己辞去王位，告老而归。冯弘大怒，但却不敢激怒陈思亮，皆因顾忌陈思亮的绝世武功，只得命包庆去攻打关庄古。

包庆所忌的也只是陈思亮，既然陈思亮主动交出兵权，便再无顾忌，更不念当初共打天下的情分，挥军攻打关庄古。

关庄古兵败，携带财宝潜入北魏境内，但却有极多的内眷为包庆杀害，因此关家和包家反目成仇。

关庄古举家迁至河北，凭借多年聚敛的钱财，很快便成为河北一大富户，但其所居之地并非取名为关家庄，而是取名无敌庄！

后北燕被北魏攻破，冯弘被迫逃往高丽，但包庆却搜罗无数财宝打通北魏的关系，竟在内丘建立起包家庄。

陈思亮隐居，后其子游侠江湖，罕有敌手，与无敌庄关家常有往来，甚至无敌庄的许多武学都是来自陈思亮一脉。后来陈思亮之子在邪宗和冥宗那一场武林浩劫之中失踪，而陈思亮之孙，也就是陈楚风，却在浩劫之后横空出世，继而以棍称雄江湖，被尊为棍神。而关庄古谪系关汉平则称陈楚风为师叔，陈楚风甚至比包向天还要大一辈，只是因为包庆当年不念兄弟旧情，使得陈思亮与包庆断绝往来，更恨包庆助冯弘杀害冯跋诸子，于是便全力支持关家。如此闹得三家分成两派，包家庄与无敌庄也便成了夙敌。

最初两庄交战之时，包家庄始终处于挨打的局面，直到二十余年前蔡伤杀败陈楚风，包家庄才抬起头来，后又传说陈楚风死于尔朱荣的剑下，再也没有出现江湖，包向天方全力展开反击，无敌庄失去了陈楚风这绝世高手强有力的支持，竟一连败过几次，更在十年前为包家庄所灭。

谁也不曾想到，死去了二十多年的陈楚风竟然再现江湖，这又怎能不让包向天为之心惊？此刻，他并不怕陈楚风，甚至有信心杀败陈楚风，可是若陈楚风与葛家庄联手，那后果就无法想象了。

包家庄的实力虽强，但与葛家庄相比，却相差太多，何况葛荣更有数十万大军，若再加上一个熟知包家庄内情的陈楚风，没有人能够预想，那将会是怎样一个结果，即使包向天也不敢揣测。

包问和晏京岂有不明其中曲折之理？葛家庄要对付包家庄已是势在必行之举，而包家庄与葛家庄的矛盾只是由鲜于修礼的起义所激发。

葛荣的可怕，苦心禅已经讲得很明了。昨夜临城被攻破，早已让内丘的军心大动，谁也没有料到，葛荣竟舍柏乡而先攻临城，更以奇兵一举夺城，无论是谋略抑或是运兵之灵活，确实大出任何人的意料之外。

内丘与临城相隔不过数十里之遥，若要攻打内丘，只需两个时辰便足可兵临城下，大军压境，包家庄虽然厉害，又怎能抗拒千军万马呢？

包向天低估了葛荣，更错估了时间，他始终认为，葛荣若想攻下柏乡和临城，至少大概在二月之后，那时包家庄的实力已有足够时间转移，可是如此一来，包家庄根本没有时间转移太多的资产，而与鲜于修礼的联系，也被葛荣截断。这正是葛荣的可怕之处，行事往往会大出常人的意料之外，几乎没有人猜得到他下一步将会如何行动，就像葛荣的商业手段一般，没有人能掌握其动机。

“黄尊者此刻在何处？”包向天淡然问道。

“尊者此刻正在养伤！”苦心禅应了一声。

“那慈魔蔡宗难道比他更厉害？”包问有些讶然地问道。

“慈魔也身受重伤，被那老头给救走了，阿机和阿巧也是被他所伤。”苦心禅脸色有些郁沉地回应道，想到慈魔的可怕，心头便有一丝难以言喻的抑郁。

包向天深深吸了口气，道：“自明天起，便将本庄的内眷和产业转移，由太行运至唐县。”

“转移？”包问惊问道。

包向天认真地点了点头道：“立刻传书给修礼，让他设法来接应。”

晏京没有说话，他明白包向天的意思，也知道眼下的形势。因此，他只是静静地听着包向天说话。

凌通才咽下两口参汤，安黛公主便已大踏步跨进了门槛。

“你们都出去！”安黛公主向床上的凌通望了一眼，吩咐道。

那些美婢全都恭敬地行了一礼，缓缓退下。

“你也退下。”安黛公主向那正在给凌通喂汤的婢仆道。

“是！”那婢仆忙将汤碗放下，连看都不敢看安黛公主一眼，便退了出去。

凌通苦涩地笑了笑，道：“我可不能起身给你跪下磕头喽。”

安黛公主紧绷的脸突然一松，“扑哧”一声笑了出来，娇声道：“谁要你跪下磕头了？如果你愿意，下次补上不就行了？”

“那我看还是免了吧。”凌通神情有些狡黠地应道，但目光却一眨不眨地望着安黛公主的脸。

第一百四十七章　不死魔身

安黛公主被凌通看得心头发毛，禁不住问道：“你这么盯着我干吗？难道我脸上有花吗？”说话的同时，伸手在脸上抹了一下，一副天真娇憨的模样。

“公主笑起来可真美，差点让我看傻了。”凌通有点夸张地道。

“你要是傻了，那才怪呢，老是占人家小便宜。”安黛公主笑骂道。心里却美滋滋的，想到昨晚这大胆狂妄的小子竟色胆包天地亲了自己一口，那种怪异若触电的感觉只让她此时仍芳心不定，禁不住横了凌通一眼。

凌通不由得心神俱爽，这任性的小公主居然以这种媚眼看他，正像萧灵的表情。想到这些，禁不住更大胆放肆起来。

“公主，那两名刺客可曾抓到？”凌通像是想起了什么似的问道。

安黛公主摇了摇头，极为气恼地道：“那群侍卫全是饭桶，连一个贼人也抓不到，一死一逃。”

“可辨出死者的身份？”凌通又问道。

“没有，那恶贼也真狠，杀了同伴灭口不说，还一掌将他的面目打得让人无法辨认，我从来都没有见过如此残忍的人！”安黛公主有些心有余悸地道。

凌通一呆，他也没有想到对方残忍这般地步，连自己人的面目也给毁掉，同时心头一动，暗忖道：“对方为什么要毁坏同伴的面目呢？难道是怕我们通过面目认出是谁吗？”想到这里不由得问道：“那尸体上可有什么特别的东西？”

安黛公主不由得又摇了摇头，道：“没有，他身上除了剑之外，什么也没有。”

凌通不由有些疑惑，突然道：“去鼓楼看看，或许自那里可以找到一些线索也说不定。”

“鼓楼？那里还有什么好找的？”安黛公主不由得奇道。

“自然有，竟然有一人可潜在瓦下的夹墙中，可见此事不简单，鼓楼每天都有人把守，不相干之人要想上楼已经不易，若掀瓦进入夹墙更不容易，因此我怀疑这两个刺客是自己人中的奸细。否则，他们为什么怕人认出尸体的面目？为什么能够对鼓楼了若指掌？”凌通肯定地道。

安黛公主不由得愣了一愣，自语道：“也对！”

凌通不等安黛公主再开口，便喝道：“来人哪！”

安黛公主望了凌通一眼，轻移莲步，尽量扮成一种淑女的样子行至凌通的床前，有些不解地问道：“你想干什么？”

一名美婢此刻已行了进来，先向安黛公主和凌通行个礼，怯生生地问道：“不知公主和公子有何事要吩咐奴婢？”

“通知萧安大教头，让他火速查寻鼓楼现场，一定要快！”凌通吩咐道。

“是，奴婢这就去。”那名俏婢急速退了出去。

“公主现在知道我要干什么了吧？”凌通笑着反问道。

“你要让他们去搜楼取证？”安黛公主讶然问道。

“不错，事不宜迟，如果迟了，很可能连那里的证据也会被破坏，那可就真的什么证据也没有了。”凌通毫不否认地道。

安黛公主不置可否，转换话题问道：“你的伤势好些了没有？”

凌通神情故显一惊，望着安黛公主骇然问道：“公主不是要我跟你比武吧？”

“看把你吓的，难道你还打不过我吗？人家好心问你，是关心你，谁说要跟你比武了？”安黛公主嗔道。

“噢，是我误会了，说到能否打赢公主的问题，我还得慎重考虑，免得又被你揪住小辫子来威胁我。”凌通笑道。

“小气鬼，人家只不过是吓唬你而已，还老是记在心上，没见过你这么小气的人。”安黛公主妩媚一笑，伸出春葱般的玉指重重点了一下凌通的额头，笑骂道。

“没办法啦，我被公主吓怕了……咕……”正说话间，凌通的肚子中竟然传出一阵饥肠辘辘之声，使得他不得不打住话题，露出一丝苦笑。

“公主真会折磨人，怎就不让丫头给我喂完汤呢？看来我还得自己动手了。”凌通苦笑道。

“别动，让我来喂你。”安黛公主似乎突发奇想地道。

“你来喂？”凌通吓了一大跳。

“嗯，就让我试试吧，你是因我而受伤，自然得由我来喂喽。”安黛公主一脸认真地道。

“不行，若是让皇上知道了，凌通就是有十颗脑袋也会掉光，我还是自食其力比较好。”凌通说着就要翻身而起。

安黛公主一把按住他，以命令的口吻道：“你要是不听从命令，我立刻就让人割下你的脑袋，也不用割你十颗八颗的，只要一颗就行了。”

凌通一脸苦相地道：“我可只有一颗脑袋呀，还望公主高抬贵手。”

“知道就好，这是命令，要怪只能怪你肚子不配合，偏偏在这个时候乱叫乱跳的。”说着安黛公主竟“扑哧”一声笑了起来。

“来吧，给我乖乖躺好！”安黛公主认真地道，同时端起汤碗，温柔地以勺搅动着不是很烫的人参燕窝汤。

建康城中此刻巡逻森严，就因为昨晚公主和凌通遇刺。

萧衍也弄不清对方到底是为了刺杀公主抑或是凌通。两次刺杀，凌通都在其中，而且首当其冲地受刺。

彭连虎和抗月却以为这些人刺杀凌通的可能性大一些，而刺杀公主是没有理由的。为何这么多王爷、公主，对方偏要刺杀安黛公主呢？何况若刺死了安黛公主，其结果凌通自然要陪葬，那就是说刺杀安黛公主也是为了让凌通死。

若说是专门刺杀凌通，那就可以说得过去了，至少，可以找到几个理由。

能够潜入京城，把握凌通行踪的人，绝对不会是小股流匪中的角色，而以刺客身手来论，也不是一般人物，因此，对方很可能是昌义之留在京城的残余部属，更可能是石中天的人。

凌通破坏了石中天的好事，石中天岂有不派人行刺之理？但无论敌人是什么动机，对于可疑的人便尽数抓了起来，绝对没有半点客气可讲。不管你是不是凶手，守城的官兵绝不留情，他们必须拿人去充数，更为交差，虽然他们也知道，很难抓到元凶，但因此也使建康城变得满城风雨。

抗月赶到靖康王府是下午，安黛公主并未回宫，便在王府中用餐。

抗月在靖康王府遇到安黛公主，当然不觉得奇怪，这刁蛮任性的公主他是见识过的，曾缠得他一个头两个大，他当然不想招惹这刁蛮的公主，不过，出乎他意料的，他遇到公主却是在凌通的病房之中。

"公主好！"抗月只是微微行了一礼道。

"抗护卫，你来得正好，凌通刚才说那刺客可能是军中或是侍卫中的人，你信不信？"安黛公主一见抗月赶到，立刻兴致大起，一把拉住抗月，像好斗的赌徒。

抗月一愣，打量了凌通一眼，凌通挣扎着坐起身来，客气地道："抗大哥好！"

"嗯，感觉怎么样？"抗月来到凌通的床边，淡然问道。

"要不了命，不过却有些疲惫，身上少了力气。"凌通苦笑道。

"这是失血过多造成的，多休息几天就没事了。"抗月松了口气道。

"想来也是，那群鸟人可真够狠。奶奶的，下次若再让我遇到，定要扒下他们的皮。"凌通咒念道。

"抗护卫，你还没有回答我的话呢？"安黛公主不依地道。

抗月本来听凌通居然在公主面前说粗话，还禁不住担心，此刻见公主并没在意，也便松了口气，应道："凌通如此说总有他的道理，我自然不能一口否认，还是先听一听他的看法吧！"

安黛公主听抗月如此一说，怨道："你老是做老好人，不跟你说了。"

抗月无可奈何地笑了笑。

凌通认真地道："这之中疑点重重。首先这两名刺客竟似乎料到我们会出现在鼓楼之中，而他们所潜伏的位置似也经过精心选择，相信他们对鼓楼定是非常熟悉。那掀瓦藏身夹墙之人，若想选择那个位置而不惊动别人，那是不可能的，除非对方先干掉鼓楼那一层的守兵。当然，这样绝对只会败露行藏。因此，他们很可能有守于鼓楼的士兵作内应，为其做好了所有的准备。要么，他们本身就是潜伏在官兵之中的内奸，但对方竟知道我和公主的动向，如此看来，他们应该是我或者公主身边的人，所以，在侍卫之中很可能出现了奸细!"

顿了顿，凌通又道："这是第一点，还有，却是那刺客杀人灭口的行为极为可疑，他为什么在灭口之后，还要将同伴的面目毁去？那当然是怕有人认出其真正面容，如果这人不是大家所熟知的，又何必怕别人认出呢？单凭这两二点，我便猜测那两名刺客可能是军中之人，或侍卫中人，甚至是两方结合!"

抗月想了想，凌通所说的并非没有道理，不由向安黛公主问道："公主昨晚的行踪有多少人预先知道?"

"只有几个侍卫和宫女知道。"安黛公主应道。

"那可有人知道你要去找凌通比武呢?"抗月又问道。

"那几名宫女知道，除此之外没有任何人知道。"安黛公主奇怪地看着抗月，疑惑地问道："你是说可能是我身边的宫女出了问题?"

"很有可能，如果那些刺客是针对凌通而来，问题很可能出现在那几个宫女身上。不知又有谁知道公主可能去鼓楼呢?"抗月问道。

"她们都说鼓楼花灯最美，我便不由得想去看看。"安黛公主脸色变得有些难看地道，旋即狠狠地道："等本公主回宫后，一定要好好审问她们!"

"我还想将这几日来守护鼓楼的士卒全都当作怀疑对象，一个都不能漏掉，而且在这几天进出鼓楼的人也要进行调查，有哪些人看守第三层，有哪些人看守第四层，有哪些人在鼓楼第四层停留时间过长。必须缩小怀疑对象，以免连累无辜的百姓。"凌通认真地道。

"好，我会立刻去为你调查清楚，如果真是这些人之中出了内奸，我一定会让他死得很难看!"抗月狠声道。

凌通淡然一笑，道："也许那逃走的刺客也被人灭口了也说不定!"

抗月无可奈何地一笑，道：“如果真是这样的话，那的确不是一件容易对付的事。”

“禀公主和公子，大教头来了。”一名俏婢在门口回报道。

“噢，快请他进来！”凌通喜道。

萧安看上去并不高大，但整个人却散发出一种难言的气势，似乎有无限生机在他的体内疯长涌动。

萧安站定，虽然静立着，却产生出一种异样的动感：“萧安见过公主、公子！”说完话又向抗月点了点头，并不行礼。

抗月和萧安可以说是老相识了，身份平等，也便不多客气。

“情况怎样？”凌通和安黛公主急着问道。

“果如公子所料，有人抢先一步进入了鼓楼，可能已经将证据取走了，因为我们毫无发现。”萧安无可奈何的神色。

“还是迟了一步，你可知道这人是谁？”凌通无可奈何地道。

“我仔细问过每一个守兵，他们并没有发现什么异动，只是宫内侍卫一个叫屈青的人独自进过鼓楼，他说是搜查现场。守兵们见是宫内侍卫，也便让他进去四处走动。”萧安脸上显出一丝无奈地道。

“屈青？我记得有这个人！我这就去找他，宫中并未派出任何侍卫搜寻鼓楼，此人定有问题！”抗月杀意狂升地道。

萧安苦涩地一笑，道：“屈青死了，没有人知道他是怎么死的，不明不白，被一种极为阴柔的掌力震碎了五脏六腑而亡！”

“啊！”安黛公主和抗月同时一惊，凌通也禁不住微微变色，露出一丝苦笑道：“我早就想到有这种可能，的确够厉害！”

抗月半天没有回过神来，半晌才问道：“这是什么时候的事？”

“我刚从连虎那里得知的，他说屈青刚死不久。至于谁是凶手，他正在调查之中，宫中出现了如此怪异的情况，已经算是一件大事了！”萧安无可奈何地道。

“看来宫中所藏的奸细的确不少。”抗月心头有些发冷地道。

“还有，连虎兄让我告诉公主，公主身边一个叫月脆的宫女也死了，同样是死于那种阴柔的掌力之下！”萧安像想起了什么似的道。

“啊!”这次除萧安之外，其余的所有人全都脸色大变。

谁也没有想到这奸细下手竟然如此狠毒，接连杀人灭口，而且行事如此之快，不露出半点漏洞，这样的敌人也实在太可怕了。

安黛公主想到这样可怕的敌人每天都极有可能出现在自己身边，禁不住心头发寒。

“公主不用担心，彭护卫已经调集了一百名宗子羽林的兄弟守卫着你的寝宫，宗子羽林之中是绝对不可能出现奸细的!”萧安似乎看出了安黛公主的心事，安慰道。

安黛公主这才稍稍放心，她自然知道，宗子羽林乃是萧家的内部亲兵，身手都极为高明，这群人所代表的绝对是王族利益，当然不会有奸细存在。而有一百名宗子羽林军护住安黛公主的寝宫，即使是武功再高的刺客也只能望而却步!

“皇上正在清理公主身边可能存在的奸细，更为静贵妃的寝宫增加了几名高手，想来以后再也不会发生类似的事情。”萧安吸了口凉气道。

“我看军中不必去调查了，想来也定查不出个所以然。”凌通有些泄气地道。

“对了，有一个刺客并不是宫中的人，而是冥宗之人，此人我见过!”凌通突然想到了那神秘的不死尊者。

“他是谁?”抗月、安黛公主和萧安禁不住同声问道。

“这人很容易辨认……”于是凌通将不死尊者的模样特征仔细地描述了一遍，甚至连他武功的可怕也毫无遗漏地说了出来，抗月只听得脸色发白。

“是他!”抗月有些骇然地低呼道。

“难道抗大哥认识这人?”凌通奇问道。

安黛公主和萧安的目光也落在了抗月脸上。

“此人就是追杀皇上的高手之一，萧远就是死在他手中，没想到他居然还没有死!”抗月怎么也无法平复心中的震骇，想到自不死尊者手中逃脱性命，心中忍不住打了个寒战，那就像是一个打不死的怪人，连轰天雷也无法炸死他，实在太可怕了。

安黛公主和凌通一听对方居然是追杀萧衍的凶手之一，不由得均呆了一呆。

“此人的确可怕至极，浑身刀枪不入，即使‘屠魔宝剑’也无法刺伤他，我从来都没见过有人竟能将外功练到那种境界。我师父也只是吓退了他，削下了他四片指甲！”凌通心有余悸地道。

抗月深有同感，禁不住问道：“那凌兄弟是怎样惊退他的？”

凌通脸色有些发白，想到昨夜在花灯店前那惊心动魄的击杀，其中险死还生的情节依然让他心惊不已，禁不住深深吸了口气，道：“我只是以毒药惊退了他，我知道自己的武功与他相比的确差得太多，更可怕的是他完全不惧刀剑，我只好动用‘老本’了，可惜仍让他给逃脱了，否则将他的脑袋用狗头铡试试，斩他个三千五百刀，看断不断？”

安黛公主不由得“扑哧”一声笑了出来，附和道：“三千五百刀可斩下三千五百颗脑袋，他一个脑袋再怎么硬也终究是颗脑袋，即使铁球也变成了两半。”

“那倒不是怕斩不下他的头颅，而是怕狗头铡的刀口全都斩卷了。”凌通夸张地道。

萧安也不由得笑了笑，但瞬间神色一肃，有些担心地问道：“那就是说没有什么人可以杀死他了？”

凌通想了想，有些无可奈何地道：“我也不知道，或许有人可以击杀他，不过，昨晚我们交手时，我趁他中毒之时，在其前胸重重踢了一脚，他似乎闷哼一声，而我用刀剑猛刺其他部位，他都不在意，大概胸口有点毛病，不过最好不要试，见到那个家伙，还是溜之大吉为妙。”

“对，对，是胸口，他的胸口就是致命弱点！”抗月经凌通一提醒，禁不住喜道。

“你怎么这样肯定？”凌通有些不解地问道。

“因为他的胸口曾经受过重击，我还当他真的是不死之魔，原来他毕竟是个人！”抗月说着就将当日的情况对凌通诸人细述一遍，只听得凌通、萧安和安黛公主目瞪口呆。

安黛公主更是听得脸色阴晴不定，她的活动范围仅限于皇宫，与侍卫对练，根本没有人敢真的伤害她，真正的生死决斗昨晚还是第一次。昨晚那种场面已让安黛公主大为吃不消，没想到抗月所遇到的不死魔头比她想象的更为残酷，更为惊心动魄，因此，此时她小小心里对那未知的江湖竟产生了一种畏惧的感觉。

萧安也是听得目瞪口呆，他还没听说过连轰天雷也无法炸死的人，不仅没有炸死对方，更重创抗月。抗月的武功，他自然知道，而对方竟能在被轰天雷炸伤右胸之后仍能重创抗月，其强横和可怕就是他无法想象了。

“那好，若让我下次碰上，一定猛攻那魔头的胸腔，看能不能掏出他的心，我倒想看看他的心是否也是铁做的！”凌通愤愤地道。

“就算他胸口的魔功已破，可是此人的功力深不可测，以你眼下的武功和功力与他相比，仍相去甚远，根本不可能杀得了他。”抗月实话实说道。

凌通立刻泄气了，叹了口气道：“那倒也是，看来我还得加把劲练功，不过我倒真想弄点药物将那魔头给毒死！”

“嗯，这的确不失为一个办法，见了那魔头，打是打不过的，只好逃了！如果能用毒尽量多用一些，反正是成者为王，败者为寇，哪管他什么手段。”抗月和萧安同时道。

“我用毒那可是正常得很，江湖中人自然帮我说话，因为他以大欺小，我只好还之以巧喽。”凌通笑道。

“彭大哥昨晚回来说你师父与尔朱荣比剑，落个两败俱伤。”抗月像是想起了什么似的道。

“我师父受了伤？”凌通大急问道。

“其实，你师父的真实身份就是‘哑剑’黄海！”抗月重复道。

“啊，黄海？怎么会这样？”凌通也禁不住听得有些迷糊，怎的师父会是黄海呢？

“黄海，那个到宫中闹事的黄海？”安黛公主也惊问道。

“嗯，正是他，不过皇上已经不再追究他的过去。”抗月补充道。

“凌公子竟是黄海的弟子，难怪如此年纪就身具这么高深莫测的武功，果然是名师出高徒。”萧安有着羡慕地道。

凌通却在担心师父的安危，他得知自己的师父竟是曾名动天下的黄海时，心中十分激动，而黄海与蔡伤有着极为密切的关系，这么说来，大家都是自己人。但他却知道尔朱荣更是被人誉为天下剑道第一高手，甚至有人说他比蔡伤更为厉害，那师父的伤究竟重不重呢？

“我师父他现在哪里？”凌通急问道。

“没有人知道他此刻在什么地方，他的行踪从来都是那么神秘。”抗月摇了摇头道。

“可是他受了伤啊？”凌通担心地道。

“那也一样，就算他受了伤，仍不可以小觑，彭大哥回京时，你师父大概已经恢复了两成功力，有两成功力，自保足够，只要再找个地方静静休养十天半月，相信便可毫无问题，你还是先将自己的伤养好吧。你应该为你师父感到高兴才对，他居然能与天下第一剑手战成平手，也就是说，他至少也足以成为天下第一剑手了。”抗月含笑道。

“尔朱荣有什么了不起，总有一天，我要亲手打败他！”凌通有些气鼓鼓地道。

萧安和抗月不由相视一笑，抗月不以为意地道：“好了，你安心养伤吧，我先去军中看看。”

凌通见萧安和抗月的表情，知道对方没有将他的话放在心上，不由觉得心中老大不服气，忖道：“尔朱荣有什么了不起，将来让我将他的脑袋拧回来给你们瞧瞧，看你们还敢不敢小觑我凌通！”

“公主不起驾回宫吗？”抗月笑问道。

安黛公主并不生气抗月这种调侃式的问话，在宫中，她对萧衍身边的八大护卫都并未当下人看待，就像大哥哥一般，所以抗月能够如此发问。

“你先回去做你的事吧！回宫你也不陪我玩，那有什么意思？”安黛公主嘟着嘴道。

“那我便先行一步了。”抗月立身而起道。

“抗大哥，且慢，你还是护送公主先回宫吧。”凌通突然开口道，说完又转头向安黛公主道：“公主在这里待的时间已经够长了，说实在的，你在这里我可是没法休息噢，如果你想我早点好的话，就让我静静地休息一阵子，到时候也好让公主早日见到一个活蹦乱跳的小凌子呀。”

“好哇，你嫌我烦是吗？想赶我走，我就偏不走！”安黛公主气得柳眉倒竖，随又笑道，“谁稀罕见到你那活蹦乱跳的样子？等你活蹦乱跳的时候，我又无法欺负你，还要被你欺负，多不划算。”

抗月和萧安禁不住大为皱眉，而凌通却是一脸苦笑。

“公主误会了，凌通哪敢赶公主走？又哪敢欺负公主？只要公主每天不欺负我，我凌通就已求神拜佛了，我只想等自己伤好后，陪公主一起玩得开心些而已，如果你要误会，我也没有办法。”凌通耸耸肩，故意装出一本正经地道。

安黛公主“扑哧”一声笑了出来，道：“这可是你说的噢，伤好之后一定要遵守今日的诺言，否则我跟你没完！”

抗月有些惊服地望着凌通，却不明白凌通用了什么手段使这刁蛮任性的公主变得如此温顺，更没有公主的架子。

“好吧，咱们走！”安黛公主站起身来，再次打量了凌通一眼，向抗月道。

“不送了！”凌通缓缓闭上了眼睛。

安黛公主有些气恼，反手将凌通的鼻子重重一拧，痛得凌通一声惨叫，安黛公主这才笑着跑开了，只让抗月和萧安感到好笑不已。

“你下手好狠啊，差点都流鼻血了！”凌通摸了摸发红的鼻子，大声嚷道。

“活该，谁让你对本公主如此无礼！”安黛公主得意地道。

“今日真倒霉！”凌通只好小声嘀咕道。

萧安禁不住大感好笑，道：“你这还算幸运了！”

“还幸运？鼻子差点都掉了，若不是粘得稳，说不准她还将鼻子带走了哩。”凌通嘀咕道，一手仍轻轻地拂着隐隐作痛的鼻子。

萧安觉得十分有趣，但却只能摇头苦笑，这是小孩子之间的事，他可是半点也插不上手了。

凌通望着安黛公主和抗月走远，便即掀开被子，从床上爬了起来。

“你干吗起来，躺着好好休息呀！”萧安一呆，急道。

“我要去找灵儿，她肯定在生气，这鬼公主，真烦人！”凌通也不顾伤口的痛楚，披上貂裘就向外走去。

元宵节才过数天，北魏便已陷入了一片阴影之中。葛荣的大军攻破临城，对柏乡进行四面包围之势，虽然不能及时攻下柏乡，可是众官兵也绝对不可能突围而出。

柏乡几乎成了葛荣的囊中之物，高邑、宁晋、临城全都在葛荣兵力控制之下，而宁晋的一股流匪也投入葛荣的军中。同时这股流匪将隆尧城搅得乱成一团，守将首级被割，葛荣手下大将高傲葛荣曹趁乱夺下隆尧，与冀州遥相呼应，对巨鹿成犄角之势相逼。此刻，新河、南宫、东九宫全都在葛荣的控制之下，其兵势之强盛，一个小小的柏乡几乎是池中之鱼。

朝廷派兵增援也毫无用处，只会陷入葛荣兵力的腹地，成困兽之斗，因此柏乡投降只是迟早的问题。对于朝廷来说，更重要的不是支援柏乡，而是必须保住巨鹿和内丘不失，否则葛荣大军将会长驱直入，直逼南太行，那样后果更不堪设想，甚至会兵临山西。

田中光降敌，对于朝廷来说，不能不算是一个很沉重的打击，而在武安的田府也于突然之间人去楼空，所有内眷、仆妇尽散，竟没有人知道偌大的一个田府数百婢仆突然间去了哪里，因此抄家的官兵们全都扑了个空。

四大家族皆为之大噪，他们首先想到的都是邯郸元府，因为元府与武安田府可以说是近亲，他们必定存在着某种联系，但没有人敢动邯郸元府，它毕竟属于皇族一脉。

尔朱家族、叔孙家族及刘家的震惊并不是因为国事，也不是因为田中光的降敌，而是因为私事。。

有人居然敢欺到他们的头上——尔朱家族、叔孙家族及刘家几乎是在同一天收到一件礼物。

尔朱家族的礼物直接送到神池堡的元老堂，尔朱家族之中几乎没有一个人敢为这件事作出举动，因为这份礼物竟是以铁皮箱装着的一个人头和两柄剑。

人头，是尔朱情的；剑，一柄为尔朱兆的佩剑，另一柄却是尔朱荣的。这几乎让人无法想象，一个剑手视剑为第二生命，可是此刻尔朱兆和尔朱荣的剑同时出现在这一个来历不明的铁盒子之中，这能说明一件什么事？

在尔朱家族中没有几个人敢想象这究竟会是一个什么后果，想了，怕脑袋会生锈，是以，这件礼物被几名堡中重要人物直接送到元老堂。

尔朱天佑拿出这两柄剑在元老堂中展示时，双手颤抖，而元老堂中每一个人的脸色都是那般难看，包括两个银须银发的老者，他们是神池堡中第二神秘之处元老堂的两位主人，而能踏入元老堂的，在神池堡中也只不过寥寥几人而已，即使当年田新球住在神池堡几近一年，也未能有缘踏足元老堂一步。而在神池堡中最为神秘的地方，却是任何人难以想象的，那竟是一个监狱，一个连尔朱天佑都只进过一次的监狱。

这几乎有些不可思议，但世间总会有很多不可思议的事情存在着，这是绝对不容置疑的，至少，发生在神池堡之中的任何怪事也便不足为怪了。

铁箱之中，还有一张字条，字条是两个银须老者之中的其中之一拿起来的，上面只写着不多的几句话："泰山惊蜇，玉皇顶上，蔡风若现，剑折人亡。"落款却只印着一只如鹰般的鸟形图案，只让尔朱天佑和那两个老者眉头大皱。

"两位叔父，侄儿该如何去办？"尔朱天佑的思绪似乎已经有些纷乱，恭敬地向两位老者问道。

两老者都皱了皱眉头，他们也想不出这鸟形图纹代表着什么，也从未听说过江湖中有这么一个组织，但他们却知道尔朱荣和尔朱兆已经出事了。

尔朱荣和尔朱兆出了事，这的确是一件让人心惊的事情，是以，尔朱天佑也不敢自作主张。

"此事不能外传，连天光也不能说，以免影响人心，容我与你二叔商量一番再作决定，你先出去吧。"其中一名老者道。

尔朱天佑无可奈何，他自然知道这件事情的重要性，如果传扬出去，只怕真的会影响军心，那可就不太妙了。

“那侄儿先行告退了!”尔朱天佑说了声便退了出去，堂中唯剩两老相视对望。

叔孙家族似乎也收到了与尔朱家族差不多的礼物，只不过，铁箱之中的人头可就多了，全是叔孙长虹身边亲随的脑袋，只是少了叔孙长虹的脑袋而已。不过，叔孙长虹的佩剑却在其中，里面同样附着与尔朱家族一模一样的字条：“泰山惊蜇，玉皇顶上，蔡风若现，剑折人亡。”落款却只印着一只如鹰般的鸟形图案。

收到这份礼物的是叔孙怒雷最小的一位内侄叔孙猛，也即是眼下叔孙家族的主人。

所有叔孙家族的人全都心神阴冷，他们不知道叔孙猛到底会作出什么决定，但他们却知道，叔孙猛绝对不会放过任何凶手，更何况叔孙长虹仍在对方的手中，虽然他们也不清楚鹰形图纹代表着什么组织，但没有人可以得罪叔孙家族。

让叔孙家族众人感到愤怒的却是此事竟又与蔡风扯上了关系，任何与蔡风扯上关系的事都是让人头痛的。

“老祖宗可有消息传来?”叔孙猛向一旁的叔孙策问道。

“没有!”叔孙策应了一声。叔孙策乃叔孙猛的大堂侄，只比叔孙猛小八岁，但在叔孙家族第三代中却是最年长的，武功也是最好的。

叔孙猛愣了半晌，吸了口气道：“惊蜇，上泰山!”

刘家也收到这么一份礼物，一颗脑袋，一柄剑，再加上一张与叔孙家族、尔朱家族一样的落款字条。

脑袋是刘承势的，剑却是刘承禄的。刘傲松已经回到了广灵，而刘承势和刘承禄中途要办点事，才分开来走，可是却没想到会造成这样一个结局，这是刘家任何人都不想看到的，但事情既然已经发生了，就只能尽量挽回。

泰山，刘家绝对会派人前去，但他们并不是拦截蔡风，这凶手显然并不清楚刘家与蔡伤之间的关系，其实天下也没有几个人知道刘家与蔡伤之间的关系。不过，刘家稍长一辈中人都不会有人不清楚，他们宁可让刘承禄死去，也不会狙杀蔡风。何况，谁想狙杀蔡风，绝对要付出意想不到的代价，刘家当然不会干出这种愚蠢的事情。是以，刘家只准备找出凶手报仇。

其实，在这一天葛家庄也收到一封奇怪的来信，收到这封信的却是游四，信中写道："如战玉皇顶，先清十八盘!"只寥寥十个字，却让游四思索了半天，难以决定，只好拿信去见葛荣。因为蔡风早就回来了，自然说过有关叶虚的事，将不会是那么简单，葛家庄上上下下也都明白泰山之战的来龙去脉，游四隐隐猜到这封信是提示——惊蛰之日，泰山之约。

神池堡，一个无法让外界猜穿摸透的地方，对于江湖中人来说，那是一个可望而不可即的神秘之地，对于朝廷来说，那却是一个无法看透之处。不过，朝廷对神池堡的事从来都不会过问，因为那是尔朱家族的内部问题。只不过，自从尔朱荣灭了破六韩拔陵，对北六镇的义军安置有功，被任命为抚巡大都督，驻军于晋阳（今指山西太原）后，神池堡也就更惹江湖中人注意了。

神池堡中，有一条内河，内河是通向堡中最为神秘之处，那是一处不为外人所知之地，在神池堡内，已被列为禁区，任何一艘通过暗河的小船都得经过严格检查，如有暗渡者，格杀勿论，当然，也有人例外。

小河的尽头，是一处充满腐臭味的监狱，里面所关的人已经没有人记得清他们的来历，也没有什么人记得他们已在这充满腐臭味的监狱中度过了多少年。

河道的尽头在一座小山的山腹之中，无论是白天还是黑夜，这里都是同样的黑暗，根本没有昼夜之分。

一叶小舟在微黄的火光中停泊在河流的尽头，两片小桨横放于舟上，一个苍老的老者轻巧地登上了岸，岸边静立着十数个戴着青铜鬼脸的护卫，这些人似乎无视老者的行动，因为他是少数拥有特权，可随时进入禁地的几个人之一，此次已是他第二十三次进入这片禁地了，所以这些人都无视他的进入。

老者似乎并没有在意腐臭之气，手中提着两柄剑向监狱的深处走去。

犹如鬼哭狼嚎般的呼叫在监狱中此起彼伏，叫声充满着恐怖，老者似乎司空见惯，在监狱之中转过了八道弯，穿过了三间空室，竟到达一个极为干净也极为清幽的大厅之中。

厅中檀香纷绕，与前面的一段路形成鲜明的对比。

厅中的石桌石椅被擦得一尘不染，这里每天总会有人前来打扫两次，这就是那些戴着鬼面具且神秘莫测的护卫分内之事。大厅，以外面的三间空室为界，不准任何没有特权的人停留，包括不是当值的鬼面护卫，就连当年尔朱天佑也只能在外面三室便打住不能进入内大厅。

“二叔之来可是又有什么事情发生了？”一个极为浑厚的声音犹如回声一般在大厅中震荡，根本无人从中找到声源来自何处，也无法发现人迹。

那老者见怪不怪，吸了口气道：“荣儿可能已为人所擒！”

“嗯，想不到荣弟果然出事了！”那人似乎早就知道这么回事一般。

“哦，你难道收到了什么消息？”那老者奇问道。

“二叔，别忘了我们流着同一种血！”那只闻其声不见其人的人提醒道。

那老者似乎明白了什么，又道：“兆儿也为那些人所擒，尔朱情被杀，人头已被送回了堡中。”

“啊，可是蔡伤干的？”暗中之人惊问道。

“应该不是，对方留下一只老鹰的图纹作为落款，而且还声称，必须阻止蔡风在惊蛰那一天登上泰山，否则他们会杀了荣儿和兆儿，你看怎么办？”那老者说着自怀中掏出那张短信，在大厅中展开，映着极亮的灯火，似乎这样那神秘人物就一定看得见信上的字和图案一般。

“鹰，江湖之中什么时候出现了这样一个组织？又怎会有如此能力擒住荣弟呢？不知二叔怎么看待这件事？”神秘人物似乎看清楚了那封信，反问道。

“我想，对方一定是想挑起我们尔朱家族与蔡伤及葛荣的实力相拼，而他们好坐收渔人之利。”老者若有所思地道。

“那二叔是说我们不去拦截蔡风，不救荣弟和兆儿了？”神秘人物反问道。

“当然不是这样，我是说犯不着上对方的当!”老者解释道。

神秘人物却似乎想转换一个话题道：“天佑最近有五次私进了圣狱!”

“啊，他来干什么?”老者一惊，反问道。

“这只有他自己才明白，天佑和天光心中始终存在着一丝不忿之念，就是为了当年争夺族王之位的旧事，再加上圣狱之中有太多他们不知道的秘密，才会引起他们的好奇心。只怕当他们弄清了事情的真相后会捅出大乱子，最近我老在担心这些。”神秘人物淡然道。

老者似有所悟，道：“我明白该怎么做了。”

“二叔明白就好。不过，我却希望二叔这次能够身先士卒，以免他们各有异议。”神秘人物淡然道。

“好，泰山之事就交给天佑去办好了，我会处理妥当的!”老者自信地道。

“我十分相信二叔能做到这一点!”神秘人物似乎吸了口气。

“那我就先行告退了，如果你合适的话，也可出去透透风呀!”老者提议道。

“谢谢二叔关心，我的确想去见识一下那个蔡风，再说也很多年没有会会老朋友蔡伤了，不知道他的刀道究竟达到了一个怎样的境界，二叔你先去吧。”神秘人物的话声说到这儿便戛然而止。

大厅之中再次陷入一片死寂，那老者叹了口气，大步向外行出……

第一百四十八章　万僧朝圣

葛家庄乃北国三庄之一，其势力遍布天下，在葛荣起兵之后，更无人敢触其虎须，隐隐有独霸北国之势，但万事均无绝对，今日葛家庄外却发生了一件令人意想不到之事——

“我要见蔡伤，让他出来！”

葛家庄的大门口已经倒下了一堆人，当薛三赶出来的时候，已有近百人围在大院中，却是围着一个高大威猛的和尚。

“三爷来了！三爷来了！”有人在低喊，四周还聚集了一百多名弓箭手，而这一切却只是围着一个人。

“你们葛家庄有什么了不起，只会倚多为胜，即使人再多和尚也不怕，快叫蔡伤出来，和尚要与他比武，看看他是不是真的天下第一！”那和尚大叫大嚷道。

院子里的呻吟声和大门外联成了一片，只让薛三入耳惊心。

这和尚胆敢独闯葛家庄，而且还伤了这么多人，其武功也的确可怕至极。

“你先闯过七十二天罡阵再说吧！”说话的是葛大，他在一旁有些紧张地望着那旋动如飞的大阵。

薛三暗暗心惊，来人居然能劳动七十二天罡阵，而且在强大的攻势下，居然能开口大叫大嚷，看来七十二天罡阵也不一定困得住他。不过这和尚并不敢再飞身跃起，因为四周环伺着一百多弓箭手，只要他跃身而起，就会立刻成为活靶子。

院子四周零零散散落下不少箭矢，想来是弓箭手射杀这和尚所致。

“三爷，这老和尚一来就嚷着要见老爷子，众兄弟怎么也阻拦不住，连二十八宿大阵也给破了，无名三十和无名二十八亦敌不过他两招，看来这七十二天罡阵也困不了他多久，你看该怎么办?”葛大有些焦灼地问道。

薛三大惊，道：“三十和二十八呢?”

“他们被兄弟们扶去养伤了。”葛大无可奈何地道。

薛三作声不得，心道：“若是连无名二十八和无名三十都不是对方两招之敌的话，那其武功只怕唯有庄主和老爷子才能够制住他了，可是目前庄主和老爷子都不在庄中，那可如何是好?”

那和尚在七十二天罡阵中左冲右突，却也闯不出来，七十二名好手，此进彼退，若不竭之潮水，更旋动出招，使得中心成一个巨大的气流旋涡，阵中之人压力几乎增强十倍，饶是和尚武功盖世，一时也无法应付七十二名好手的联手攻击。

“可知他的来历?”薛三吸了口凉气问道。

“不知道，他自称达摩，其他的便什么都不知道了。”葛大苦笑着摇了摇头道。

“先将受伤的兄弟们带去养伤再说吧，这七十二天罡阵还可困他一时，立刻通知各处做好防备，防止他有同党入庄捣乱!”薛三急忙吩咐道。

“我这就去，夫人那里要不要派人前去?”葛大问道。

“不用，那里有十四、十八、十九及三十二守护着，公子也在那里，这和尚前去那里只是自寻死路!”薛三极为放心地道。

“公子的伤还没有痊愈呢。”葛大惊道。

“已无大碍，今日公子心情似乎很好，夫人心情也不错，最好是不要去惊扰他们。”

“你们不要逼我，我和尚不想大开杀戒，也不想伤太多的人，只要让蔡伤出来与我一战便行了。若再这样逼我，我可不留情面了，到时伤了人可别怪我……”被困在阵中的达摩似乎极为恼怒，冲不出阵来，也有些心浮气躁。

“快去!”薛三向葛大道了声，这才向阵中的达摩道：“我们家老爷子不在，你这和尚好不懂事，有你这么找人比斗的方式吗？何况我们老爷子是何等身份，又岂是你想见就能见到的?”

“这我不管，我已到少林寺去找过蔡伤，可没见到其人，那么他就一定在葛家庄中，而且那老和尚戒痴也说蔡伤在葛家庄中，出家人不打诳语，蔡伤定在葛家庄中。他若不出来，我就去找!”达摩说话的当儿险些中招，不由急得大怒。

薛三正想说话之时，突闻达摩一声狂吼，身上袈裟若气球一般疾鼓而起，身形陡旋。

“这可怪不得我和尚了!”达摩道了一声，又大喝:“万僧朝圣!”

一股疯狂的气旋自七十二天罡阵中向外旋出。

达摩竟似乎突然消失了，而七十二天罡阵中这时奇异般地升起了一团云彩。

薛三身距天罡阵有五丈之遥，仍感到一股如潮的气劲扑面而来，几乎让他立不足脚跟。

“轰!”七十二天罡阵所凝的气团与那片云彩相撞，大阵竟然裂开一道缝隙，气劲犹如狂泻的山洪般自缝隙中逸出，天地似乎在这一刹那变得不再真实。

泥土之中似乎有一个庞然巨物拱起，那道裂口所对的地面竟突然升起三丈多高的土墙，使得众人眼前一片昏暗。

良久，众人才从惊魂中醒过神来，达摩已经不见了，七十二天罡阵之中再无其人，而阵中那道裂开的缝隙所对的地面竟出现了一个长达四丈、宽三尺、深及一尺的长坑，整整齐齐，犹如有人故意挖掘的一般。长坑的深度自三丈处开始减小，到四丈开外时，已只现一条浅痕了。

薛三也惊呆了，他没有想到这和尚功力竟如此深厚，居然可裂开七十二天罡阵而逃，而这个长坑正是七十二天罡阵中的气团与达摩和尚发出的气劲相交所留下的痕迹，眼前情形的确惊人至极。要知道，这七十二天罡阵自练成已来，从来都未曾遇上大敌，因为前来捣乱的人中最厉害的，也都伏尸于二十八宿大阵中，根本没有用到七十二天罡阵的机会。葛荣曾自信地说:“这七十二天罡阵在当今之世，仅少数几个绝世高手可以破开，但那也绝对会付出代价。”而眼下的达摩却是名不见经传，这的确让薛三

感到骇异，

“啊……”闷哼、惨叫，由近而远，却自庄内传出，只让薛三脸都变色了。

“快追，那秃驴跑进了庄内！”薛三说着带头向院内直奔。一路上，又有十余名庄中兄弟倒地呻吟，还好，达摩并未施下重手，只伤不杀。

那些布在阵外的弓箭手们也如梦初醒，发动七十二天罡阵的兄弟们并未受伤，只是他们被内外劲气的强冲后，所受的震荡比别人更深一些，此刻也都明白是怎么回事了。

冀州，是葛家军的兵力中心，葛家庄就像是皇宫内院一般，里面不仅院落众多，而且极为宽广，小桥、流水、校场，甚至可在庄中跑马，葛家庄纵横各有三十里，可谓是天下第一大庄。

葛荣起兵之后，再将葛家庄的外围扩建，此刻的面积绝对不比皇宫小，里面更住有千余名护卫，对于葛家庄来说，完全能作为一座城池。攻可攻，退可守，与守城之军各成一系，庄中更是好手如云。因此，从来都没有人敢在老虎嘴上拔毛，招惹葛家庄。更没有人能够闯过外围大院，可这次却是例外。

唯一的例外是由达摩这位异域武痴所造成的。

“蔡伤，你出来……”达摩纵跃于葛家庄中，并不与那些护卫正面交锋，也不想被这些人缠着。不过，他此次前来，虽是找蔡伤比武，但也是来寻找佛缘。所以，他对这些护卫出手并不狠，留有极大的余地，大多是被点住穴道，要么受了些轻伤。

箭矢横飞，但却无法伤及达摩，劲箭被他一扫便悉数落地，可是达摩也暗自心惊，刚才那七十二天罡阵只震得他心血浮涌，掌心浸汗。此刻犹未能平复过来，心中暗呼厉害。

葛家庄的院落的确极多，达摩的身法虽快，也无法一一穿过，而身后的反而追兵越来越多。片刻之间，他的身后竟有数百人奋力追击，看每人奔行的速度竟然全都是一群经过严格训练的好手，这大概就是葛家庄的根底吧！

达摩心下骇然，即使自己的武功再高，也不可能是这数百好手的对手，其中更有几条身影捷若矫龙，奔行如风，一看就知是顶级高手，要是被这些人追上，那还得了？到时只怕连脱身的机会也没有。

达摩不再喊叫，只知道四处乱窜，穿阁翻院。

葛家庄中的护卫却人声鼎沸，人人都恨不得将这鬼和尚碎尸万段，他竟然如此目中无人，在葛家庄中如此横冲直撞，这对于葛家庄的任何人来说，都是一种耻辱。

“什么人，胆敢擅闯‘香梅园’？”一声冷喝传入达摩的耳中。

达摩目光扫了一下，只见两名护卫守在一个圆拱门之伴，倒颇有几分气势，而此刻身后追兵越来越多，他可顾不了这么多，管你什么园，他照闯不误，也不吱声，身形掠起，急欲自墙头翻过。

“大胆！”两声暴喝同时响起，刀风破空。

达摩刚刚起身，两道寒芒已经当头罩下，速度之快和劲道之猛倒也不容小觑，达摩身形在空中一扭，两爪探出，竟然向两道刀芒上抓去。

弧光一绕，刀锋疾偏，转切达摩的下身，对方运刀之灵活似出乎达摩的意料之外，不过这些还不放在达摩的眼中。

“啪啪！”达摩的双腿神奇一缩，像是一下子缩入了体内，而两只草鞋底准确无误地踏在刀面上，使他下坠的身体顿在空中，不仅如此，更借力向院子之中翻飞而入。

那两名护卫身子一沉，一口气几乎喘不过来，那沉重的压力使他们体内气血翻涌，更可怕的，却是对方那诡秘莫测的缩腿之法，他们从来没有见过如此怪异的功夫。

达摩身形跃落院中，一股清淡而怡神的梅香扑鼻而来，院中那些怒放的红梅，如云彩一般轻浮于空中，无论从哪一个角度看，都有着一种足以让人心旷神怡之感。

“哇，好美！”达摩禁不住赞叹了一声，深深吸了口气，那清新淡雅的香气使他有一种身置世外净土的清静之感。

不，不止这花香，也不止那清新怡人的感觉，还有一种与这个世界极不协调的气息。

那是杀气，不浓，淡淡的，若山间溪流涓涓而过，但这毕竟是杀气。

达摩的眼睛暴出一团亮光，直到这一刻，他才感觉到真正的高手存在，那是一种含而不发、自然恬静的气机。

香梅园中有高手，“难道就是蔡伤?”达摩心中这么想着。

“梅香静地，不欢迎外来之人，和尚，你出去吧。”一个极为平和而又十分轻缓的声音自梅林深处传来。

外面鼎沸的人声至梅林外便不再喧闹，似乎怕惊扰了梅林中人的清静，但嘈杂的低语之声依然清晰可闻。

达摩的目光向声音传来的地方望去，只见两个年轻人并肩而立，身后更紧跟着四名装束极为朴素的汉子。

六人身上自然散发着一丝一缕淡淡的杀气，每个人看上去就像拥有着豹子一般的活力。

“蔡伤可在里面?让他出来跟我比武，有人说他的武功天下第一，我和尚很想见识见识中土武学的最高境界。”达摩沉声道，他并没有退出的打算，再说即使退出梅林，也无路可走，只会是死路一条。他知道，自己的武功再怎么可怕，也不是那么多人的对手，何况，众护卫之中更杂有许多高手。

那两个年轻人的眸子中闪过一丝慢怒，但依然极为平静地扫了达摩一眼，在达摩两丈之外立定，两人呈犄角竟默契地封住了达摩的两个方位。

达摩眼中暴出奇光，立刻收起小觑之心，眼前这两个年轻人虽然没有作出任何表示，但那不经意的一站，便表现出了非凡的气势，至少，他们对武学的理解，已经远远超越了他们年龄的限制。

虽然达摩功力绝世，可依然深切地感觉到眼前两个年轻人暴散出来的杀气。

这两个年轻人，正是三子和蔡新元。

“和尚倒是很有气魄，也很有胆色，但这却不应是一个出家人所应该具备的。”三子淡淡地望了达摩一眼，目光如刀。

达摩并不为之所动，不过，心中也暗惊这年轻人的功力之高。当然，三子的话正说中了他的心病，不由得有些不好意思地一笑，道：“贫僧正是因为无法静下佛心，武念太痴，才会被师尊遣入中土寻找佛缘，又闻中土武学百家争鸣，自然想会遍天下高手了。”

三子笑了笑，蔡新元却神情始终冷若冰水，看不出半点喜怒哀乐。

“那和尚不妨先试试我俩如何?”三子说着身子悠然越过两丈距离，刀，已经出现在达摩的身前。

“好!”达摩忍不住赞道。

三子的刀快，达摩的身法更快，犹如游鱼般自刀锋之上滑向一边，同时伸指斜点三子的腋下，但他却发现了一柄剑。

无声无息的剑，却是蔡新元的。

剑，并不比刀慢，但却比刀更辛辣。

达摩不得不退，脚步犹如风轮一般错杂，他不能击出那一指，但三子却可以回刀，划出一道玄奇而惊心动魄的弧度。

只一刀，简简单单的一刀，却包含着刀中所有应该隐藏的玄机。

其实，这不应该算是刀招，而是一种意境。

达摩并不惧刀，可这种意境却已经威胁到了他，因此，他才会退。

三子的刀斩空，蔡新元的剑同样刺空，这是个意外，在三子和蔡新元看来，应该是个意外。当他们两件兵刃落空的那一刹间，达摩的双掌已出现在他们的面前。

达摩的攻击似乎完全不受人体的限制，后退与反击竟然没有半点规律可寻，是那般不可思议。

三子和蔡新元并不是庸手，在兵刃一落空的当儿，他们就已经准备了后着。

三子和蔡新元也同样以不可思议的角度转换了一个位置，自相反方向各出刀剑!

虚空之中，剑花如雪，刀却似是雪花之中的一块透明的物体，不过那激起的劲风却让剑花舞动更狂。

“叮叮……”达摩手指一阵乱弹，身子逼近，三子和蔡新元退了几步，他们的功力与达摩的确相差了一个级别，虽然他们的武功在江湖中鲜有敌手，可达摩那来自异域的绝学让他们一时也难以应付。

那日，达摩以一敌七，才被彭连虎诸人占了上风，虽然那时候彭连虎诸人的功力所余不到五成，又是极度疲惫之际，但也充分显示出达摩的可怕之处。此刻，三子和蔡新元虽然精神饱满，斗志极盛，可与那七大高手伤疲之后的联手相比，绝不会占到丝毫便宜，若非达摩在破除二十八宿阵和七十二天罡阵时功力虚耗不少，只怕第一招也不会退后几步。

“厉害，厉害，如此年轻竟这般厉害，中原难怪会有那么多高手!”达摩一击即退道。

三子和蔡新元相视望了一眼，刚才达摩竟以手指直迎他们的刃锋，还将两人击退，的确让他们有些心惊。

“这是什么指法?”三子和蔡新元同时惊问道。

“这是佛门中的‘多罗伽叶指’，你们这又是什么武功?”达摩有些讶然地问道。

“杀敌之招并无名。”三子笑了笑道。

“杀敌之招并无名？哈哈……好招，好招！无名之招方能起到无迹可循之效，了不起，年轻人!”达摩一愣，旋又笑了起来。

“和尚，我看你还是请回吧，如今你气脉没有平复，今日之战，定是凶多吉少。”三子心知这和尚十分厉害，以他和蔡新元的武功，并不能够拦住对方。虽然也不至于败得很惨，但如果这样斗下去，定会伤及许多无辜，何况这和尚如果作困兽之斗，以他的武功的确十分可怕。同时三子也并不想让这古怪的和尚去打扰胡秀玲的清静，是以，才会作此让步。

“我和尚向来十分倔犟，今日前来寻找蔡伤，要是连他的面都没有见到，那怎么行?何况我感觉到他就在林子里，你们去把他叫出来，他是不是看不起我和尚?”达摩不依地道。

“如果和尚你定要这么固执，那我们也没有办法，只好对你不客气了。”三子冷冷地道，刀身同时轻轻扬起。

一股森冷的杀意自刀锋狂涌而出。

梅枝轻舞，如一波波红云翻涌，十分美观，香气四散，渗透于虚空中每一寸空间。

蔡新元的剑却先刀而出，就像一溜火光擦破虚空，穿透森冷的杀意，径直向达摩的面门射到，不再有半分容让。

“好剑！”达摩轻赞道，同时双手缠交而出，像是一条麻花，怪异莫名。但蔡新元并不为之所动，也根本不会在意太多。

武学之道，无论你的功夫再怪，其目的仍只是在于击倒对方。

蔡新元的剑招本就只是把握着剑意，而并无固定的剑招，随机而动的招式才是最可怕的招式，因为它根本就没有破绽，但达摩的招式并非只是怪，而且其威力的可怕程度让人难以想象！

蔡新元的剑竟刺入了达摩交缠的手臂之间，那便像是一个无底的涵洞，交缠的气旋，使得剑身根本不受蔡新元控制。

三子此时出刀了，大开大豁，简单而利落，根本没有任何花巧，因为他知道，那对于达摩来说是已全无用处。

刀风拖起一声锐啸，似乎将空气尽数撕裂，直切入达摩那交缠的气旋之中。

“呼！”达摩的双臂骤分，交缠的气劲，倒涌而出，同时错步而上，双臂自剑身和刀身滑过，准确无比地钳住三子和蔡新元的手腕，但达摩也在同时变了脸色，他紧接着面对的不是胜利的喜悦，而是难以置信的惊骇。

在达摩正准备用力夺取对方兵刃之时，他竟骇然发现又有一刀一剑出现于虚空之中！

刀，是蔡新元的刀；剑，是三子的剑。不错，三子和蔡新元握住兵器的右手的确被达摩扣住无法动弹，但他们还有另一只手！

那是左手，三子的左手与蔡新元的左手。

三子的剑几乎没有人注意到是从哪里跃出的，就像是自异度空间破空而至，快、刁、狠，正是这一剑的主要特征，而蔡新元的刀也同样像是变戏法般切出，霸、猛、准也便是这一刀的意境。

这的确出乎达摩的意料之外，而且两人刀与剑的配合无比默契，似乎他们手中的刀与剑天生就是一对。

当然，三子和蔡新元也同样可算是一起长大的玩伴，只不过蔡新元自小就不太喜欢说话，因此，与三子的感情，不如三子和蔡风、长生那般深厚而已，但两人一同跟随黄海习剑，跟随蔡伤练刀，也就使得两人的功夫几乎如出一辙，双手都能灵活无比地使用剑招刀式，这也往往成为他们的撒手锏。

“嗞嗞……”达摩的僧袍划破两道口子，轻敌之下，险些吃了大亏，只让达摩惊出了一身冷汗，不过，他撤退的速度的确够快，并未被这一刀一剑夺去老命。

三子和蔡新元同样也是震惊无比，这怪和尚的武功超出了他们的想象之外，但他们并不会因此而收手，绝不给达摩任何喘气的机会，一击不中，四件兵刃再至，犹如四名高手同时出击，四件兵刃，四种不同的招式，只让人眼花缭乱，叹为观止。

达摩被逼得连连后退，竟达七步之多。

疾退七步，他才总算缓过了一口气，但一时之间竟也察觉不出三子和蔡新元联手的破绽所在，只得再次使出那式“万僧朝圣”。

三子和蔡新元吃了一惊，在刹那之间，他们只感到无与伦比的压力自达摩膨胀的袈裟中传出，而达摩在刹那间也化成了一片飞旋的云彩向他们罩来。

三子与蔡新元同时一声暴吼，两人也将各自罩于一幕强烈的光影中，无数的刀光剑影似乎充塞了每一寸虚空。

“轰……”爆响十分密集，四射的气旋激得满树梅花缤纷飘落，如蹁舞于林间的彩蛾，蔚为壮观。

三子和蔡新元各自发出一声闷哼，踉跄连退数步，直至撞到一棵梅树上才停住脚步，却险些撞折了树身。

达摩也倒撞在院墙之上，脸色有些发白，但却极为顽强地闪身向林内扑去。

一直守在旁边的无名十四诸人立刻跃起，一张强大无比的刀网截向达摩，他们并不经常用兵刃，但是今日的达摩太过可怕，连三子和蔡新元两人的联手一击都不能胜他，反而落于下风，这样可怕的人，的确值得他们联手出刀。

达摩因在大门口连破两阵虚耗功力不少，此时又遇上三子和蔡新元两个年轻高手奋力阻挡，再一次耗去不少功力，甚至有些气血浮躁，他知道再不能和这些人缠斗下去了，幸亏院外的护卫不敢进入香梅园，否则只怕此刻他再怎么厉害也只有死路一条。达摩当然不知道，香梅园绝不是随便什么人都能进入的，未经园内之人的允许，除少数人外，其余任何人都不得入内，擅自入内者格杀勿论！这是葛荣的命令，但无论怎么说，单凭园内的几名高手，便有足够的能力对付达摩。

无名十四诸人刚刚出手，达摩就已经知道了其可怕之处，因此，他作了一个决定，那就是避而不战。

达摩只想见识一下那始终不肯露面的蔡伤，这些人却极力相阻，使他更加确信蔡伤就在这香梅园中。他所感觉到的那位绝顶高手的气息，如不是蔡伤所发，还会有谁？

因此，他错步避开无名十四诸人的刀。

达摩不想战，无名十四诸人虽然厉害，但对达摩那怪异的身法也是无可奈何，因为他们在速度上较之对方仍差一筹。

无名十四、无名三十二诸人的刀全部落空，所斩的，只是达摩的虚影，真正的达摩，已踏着缤纷下落的梅花向林子深处逸去。

三子和蔡新元对望了一眼，忙向达摩追去。

达摩行了二十余丈，方到香梅园的内院大门，这片梅林也的确够大。

“和尚，止步吧！”一声浑重的低喝响在达摩的耳畔。

达摩一惊，自这声音中，他可以感觉到来人的功力还在那两个年轻人之上，禁不住停下步来，暗惊葛家庄中高手如云，一波比一波厉害，忖道：“难怪葛家庄能够名震中土，单凭这些层出不穷的高手就足以让任何人无法抗拒。”达摩初入中土，所闻最多的就是葛家庄，更有人传言葛家庄是江湖上势力最大的，也是最为高深莫测的地方。今日一见，他才知道果然名不虚传。

“铁叔，蔡叔，让他进来吧。”内院传出一声淡然而优雅的声音，自语音中可以很清晰地体会到那份恬静、自信的心境。

达摩心头再动，因为他听出说话者只是一个年轻人，虽然未与这年轻人谋过面，但他却清楚地感觉到这个年轻人会是他今日所遇到的最可怕的对手。

“他是谁？蔡伤难道会有这么年轻的声音？抑或蔡伤本就是个年轻

人?”达摩想着，不经意间缓步踏入内院。

内院，依然梅香隐隐，几朵蜡梅怒放于枝头，如在枝头上洒了一层雪绒，与院外的红梅形成另一种鲜明的对比，更增添了无尽的恬静之意。

最先映入达摩眼中的是两个年龄与他相仿的中年人，二人就像是两棵古树，那种饱经沧桑之感展露无遗。

达摩的目光扫过两人，对方的回应只是冷冷一瞥，但那两人的一瞥犹如剑芒扫过，展示出他们无比深厚的功力。

达摩暗自叫苦不迭，他此刻的确已经深陷入虎穴之中，即使目前他的功力并未损耗多少，若想胜过眼前两位中年人的联手一击也非易事。看来中土的门派比他想象之中要可怕得多，他似乎更没有想到葛家庄竟会如此大，庭院如此多，连天竺烂陀寺与其相比也犹有不及之处。

“大师远来是客，何不静坐稍观几局呢?”那极为年轻的声音再次响起。

达摩的目光穿过那两个立在门口的中年人，落在两株梅树之间的几个人身上。

一个雕工极为精细，也极为光滑的木台之上，黑白棋子分明，一位雍容华贵且美如仙子的妇人正和一弱冠少年对弈，在一旁尚立着两位绝世丽人，那种温馨和甜蜜的感觉表露无遗。

“定芳，去为大师搬张椅子来；贵琴，你去为大师倒杯茶。”那少年一边下子一边轻柔地吩咐道。

达摩竟有些摸不着头脑。

“阿风，这和尚……”三子和蔡新元也追了进来，正要开口，却被那少年挥手制止。

三子和蔡新元面上微有不忿，但却似乎极听那少年的话，并不出声。

“大师请坐!”那被唤作定芳的美人极其温和地道，放下一张红木大椅，然后立在华贵妇人身后。

“哈……风儿，娘想到破解的方法了!”那华贵妇人似乎一下子从闷局中走了出来，以一种慈祥而优雅无伦的调子轻笑道，语气之中自有一种无法抗拒的威仪。

那少年露出一个极为潇洒的笑容，扭头向达摩不经意地望了一眼。

达摩心头一震，那少年的眼神似乎是空洞一片，抑或是深邃到了一种虚无的境界，更似乎装着整个天空，整个宇宙，让人真真切切地感受到了那种博大而虚无的情怀，甚至是一种禅机的明悟。

达摩不由自主地坐在那张红木椅子上，眼前的一男一女似乎有着一种让人无法抗拒的威仪。

“大师不是中土人?”少年淡然问道。

“施主所猜甚是，贫僧自遥远的西方天竺而来。”达摩并没有隐瞒来历。

“哦，大师来自天竺，岂不是和当年佛陀大师出自同一地方?”那位华贵妇人讶然问道。

达摩一震，惊喜地问道：“女施主也知道我佛陀师伯的事?”

“哦，原来佛陀大师是你师伯，不知大师如何称呼?”少年讶然问道。

“贫僧法号达摩。”达摩双手合十宣了一声佛号道。

“哈哈，我看大师与佛陀相比，佛心只怕相差有十万八千里之多了。”少年笑了笑，再悠然地落下一颗白子，接着道：“娘，小心了，我再断。”

“大师，请用茶。”那被称作贵琴的女子正是颜礼敬的女儿颜贵琴，而这少年就是蔡风，与之弈棋的华贵妇人乃当今太后胡秀玲，胡秀玲身后的年轻美少妇便是蔡风的妻子元定芳。

“多谢女施主!”达摩谢道。

胡秀玲并不关心达摩之事，三子和蔡新元如一杆标枪般立在蔡风身后，而那两个中年汉子则挺立于胡秀玲之后，足以应付任何变故。

那两名守门的中年人正是铁异游和蔡艳龙。

达摩更知道，他周围的数人，的确有足够的能力让他永不得超生，只要稍有异动，就会立刻遭到对方无情的攻击，这一点是绝对不容任何人置疑的。

“风儿的棋技越来越高明了，娘这一局又输了。”胡秀玲优雅地笑了笑，慈祥而欣然地道。

“娘是无心在棋局之上而已。”蔡风似乎看出了胡秀玲的心思，笑道。

“你就是天下第一刀蔡伤?”达摩有些惊疑不定地望着蔡风，疑问道。

蔡风大感好笑，望了达摩一眼，悠然道：“不，我是他的儿子。”

达摩也吃了一惊，讶然惊问道："你是他的儿子？"

"难道这很奇怪吗？"蔡风反问道。

达摩一时也说不出话来，半晌，才突然问道："蔡伤呢？"

蔡风眼中突地厉芒一闪，向元定芳轻声吩咐道："送娘回房休息。"

元定芳乖巧地扶起胡秀玲，与颜贵琴三人向那装饰极为华丽的屋子走去。

达摩深深吸了口气，淡然宣了声佛号，道："和尚今次前来葛家庄并无恶意，只是想向中原最厉害的刀客讨教几招武学而已，蔡公子还请别误会。"

蔡风笑了笑，道："如果我误会了，你根本就进不了这座内院，只不过，我爹此刻并不在庄中。"

"哦，那他去了哪里？"达摩急切地问道。

"大师不觉得自己与佛心已经偏离了很远吗？"蔡风悠然反问道。

达摩一愣，蔡风又接着道："大师不仅与佛心偏离太远，而且也偏离了武道的正轨，习武之人，重在修心与练神，与佛家所说的禅定同出一辙，高手之心，天塌不惊，此刻大师却心浮气躁，如何能战？"

达摩心中泛起一丝奇异的感觉，更觉得奇怪，他也弄不明白，为什么自己这一刻竟如此心浮气躁，根本无法平息内气，而蔡风的每一句话都似乎切中他的要害。

达摩禁不住回想起自己入庄这一路的情节，在入庄前，他仍是能够保持心若止水的境界，可是突破七十二天罡阵之后，便似乎再也无法保持那种平衡的心境，仿佛体内总有一股涌动的气潮，扰得他心浮气躁。想到这里，他立刻明白是怎么回事，心头也禁不住感到骇然。

"大师似乎明白了什么，是吗？"蔡风端起一杯快凉了的香茗浅饮了一口，淡然道。

"七十二天罡阵？"达摩有些吃惊地问道。

"不错，大师是明白人，一点就通。没有人能在闯出七十二天罡阵后七十二个时辰内平复心境，七十二天罡阵聚天地纯阳罡气于一阵之中，任你功力再高，也无法阻止正气入侵，幸亏大师心术端正，善意存于胸腔，否则此刻你不只是气脉混乱，心意浮躁了，而是罡气蚀脉，痛不欲生，眼下至少需要三个时辰平息罡气，再以七十二个时辰将天地间天罡正气调顺抑或排出体外，才能够得以恢复本元。因此，在六天之内，大师根本就不宜挑战任何高手！”蔡风极为淡然地道。

达摩不由得呆了一呆，七十二天罡阵的可怕竟远远超出了他的想象，其厉害之处居然不下于当时对敌时的攻击，更可怕的却是它能扰乱一个高手的心境。

“我不信！”达摩神情一变，紧盯着蔡风，沉声道。

蔡风淡然一笑，道：“你如想战我爹，就先胜了我再说，我会让大师输得心服口服！”

达摩并不答话，手掌在木台上一按，那黑白棋子若注入了生命般，疾飞而起，直扑蔡风面门。

蔡风洒然一笑，悠然出掌，一股凌厉无比的气刀自掌缘而出，奔腾激涌的气旋，似使虚空塌出一个黑洞，树上的梅花纷纷而落，更若群蜂乱舞，应气而动，向蔡风的掌劲之中旋舞聚集。

黑白棋子更似被一只无形的手所缠，纷纷凝于蔡风的掌缘。

花香扑鼻，淡淡而清幽的香气，素洁而娇弱的梅花，在这一刻却成了利器，似乎是无坚不摧的利器。

一柄刀，杀人的刀，凝于蔡风的掌缘，有形有色。

达摩面现讶然，但却不得不变招，那凌厉无匹的气刀是那么实在，那般可怕，更产生出一种无坚不摧的气势，虽然这只是一柄以花凝成的刀，但同样具备招魂夺命的力量！

“小心了！”蔡风的声音是那般优雅而生动，他似乎完全可以捕捉到达摩的那丝破绽，心灵的破绽，这是因为他体内的罡气在作怪。

达摩以最快的速度交叉两手成拳，十指朝外，呈现佛家武学的外缚印，再连续变幻拳势，直到变幻为转天佛印，方挟雷霆劲力朝那柄花刀击撞而去！

“轰！”花刀碎成一片迷茫的雾，两股真气激荡之下，竟使中间的木台碎裂成残片。

达摩身躯摇晃之余却见一柄怪异的剑已经逼临咽喉，锋锐的剑气透过肌肤直入。

其实，那并不是一柄剑，只是一只无名小指，蔡风的无名小指！

达摩大惊，手印立刻解散，化成“多罗伽叶指”，千丝万缕的指劲交缠于虚空，似乎是想将蔡风的剑指阻住。

剑指突然顿在空中，一颤之下，化作千万朵兰花绽放，其动作有种说不出的潇洒和利落，更隐泛出一层淡淡的雾气。

“哧……”“嘭！”达摩一声闷哼，身后的红木大椅居然裂成碎片，仓皇而退。

蔡风的杀招并不是手，而是脚！这也正是达摩心灵空隙的所在之处。

达摩的气机没有一丝能逃过蔡风那敏锐的触觉，其实，两人的气机早在达摩踏入院子的那一刻便紧紧相联，同是绝顶高手，但一个无心，一个有心，胜负自然立判。

第一百四十九章　双毒交缠

蔡风没有动，安坐如山，依旧悠闲地浅饮杯中的香茗，是那般轻松，那般洒脱。

“阿弥陀佛，小施主胜了！”达摩似乎有些无可奈何地道。

“大师还需找我爹比武吗?”蔡风淡然问道。

“儿子都有如此成就，其父又岂止此？不比也罢！”达摩感叹道。

“大师何不坐下喝杯茶？闻说大师是佛陀大师的师侄，而佛陀大师与我父子渊缘颇深，咱们也可算是一家人了。”蔡风淡笑着望了达摩一眼道。

三子又搬来一张红木大椅，达摩也毫不客气地坐下了。心中却微有点不服气，不过蔡风这样年轻就有着如此非凡成就，他又不得不服，心中更在想象，那蔡伤究竟会厉害到怎样一个程度呢?

“三子，吩咐外面的兄弟各归其位，不必再守在院外，这里已经没有他们的事了。”蔡风向三子淡然吩咐道。

三子有些不忿地望了达摩一眼，退了出去。

达摩突然认真地盯着蔡风的眉心，在蔡风心头微漾的时候，惊问道：“小施主你中了蛊毒?”

蔡风和铁异游几人突然一震，同时问道：“大师是从何处看出来的?”

达摩深深吸了口气，沉重地道：“在我们天竺有个婆罗门，后与一个神秘的宗教所结合，他们可以用巫术将一种异虫变种，以秘法练蛊。而我对婆罗门的一位护法长老有救命之恩，因此他教会了我辨识中蛊毒之法，你们若不信，小施主可将功力聚于眉心，定会有一线极为清晰的蓝光。”

蔡风和铁异游等将信将疑，蔡风依言将功力聚于眉心，铁异游的面色再变，正如达摩所说，那一线蓝芒极为清晰，就像一条极小的蚕虫在慢慢地蠕动着。

蔡风自铁异游和蔡新元诸人的眼中得知达摩的话并没有错，其实，他心中早就在怀疑自己中了蛊毒，只是一直不敢肯定而已。这一下经达摩证实，反而心里稍安了不少。

“奇怪，奇怪……”达摩又在自语着，同时伸手搔头，似乎有些事情想不明白。

“大师有何疑难或不妥吗？”蔡风淡然问道。

“真奇怪，你那蓝芒之中还隐杂着一丝黑线，不知又是什么东西？这可不是蛊毒的特征，你肯定还中了另一种奇毒。”达摩似有所悟地道。

蔡风不以为意，他自己本身就是毒人之躯，体内积存着毒素那是极为正常的。不过他对达摩倒是感兴趣起来，忖道：“这怪和尚能独闯二十八宿阵和七十二天罡阵，再闯过三子和蔡新元的联手一击，此刻仍能与我相斗，其武功之高，已在我之上，即使爹也不一定能胜过他。看来，这样的人倒需好好地利用。”

“大师既知辨蛊之法，想来定知破蛊之秘了，还望大师指点迷津。”蔡风客气地道。

达摩想了想，道：“先让和尚给你把把脉。”

蔡风毫无戒备地伸出手来，让达摩轻易扣住脉门，他似乎不知道，只要达摩此刻一发力，就会命丧黄泉，直让铁异游和蔡艳龙捏了一把冷汗。

达摩闭眸静感，脸色反反复复地变了几次，这才松开紧扣蔡风脉门的手。

“大师，可有方法？”蔡新元此刻似乎抛去了对达摩的成见，急问道。

达摩无可奈何地摇了摇头，道：“若单只蛊毒，我或许还有方法，但小施主体内似乎潜在着一种更为可怕的毒性，而这毒性正是抑制蛊虫之物。是以，这蛊虫才会相安无事，可是这种可怕的毒性正在渐渐扩散，并且排出另一种毒汁来抵抗小施主体内本身存在的毒液，这就使得小施主体内经脉呈萎缩状态，甚至仍在继续萎缩，只不过是被一股外来的强大真气所护，使得萎缩之势变缓。但如果小施主一旦调聚全身功力的话，那股外来力量就再也无法为小施主强自护住经脉，只怕会引起蛊虫反噬，造成难以想象的痛苦，甚至会使小施主英年早逝，阿弥陀佛……”达摩似乎颇有感慨地道。

蔡新元和铁异游等三人脸色全都变得极为难看，甚至有些苍白，唯蔡风依然是那般平静，平静得像无波的秋水，没有半丝震惊，也没有半丝慌乱，反而悠然一笑，静静地问道：“大师可知我的生命仍可维持多久?”

达摩想了又想，似乎经过仔细地推算一般，半晌才道：“百日之内，如你不再妄动真气的话，也许可以平静地享受百日之福，如果动用真气太甚，只怕会在五十日之间经脉尽数萎缩，那时候就难说了。”

“和尚，话可不能乱说!”蔡新元怒叱道。

“新元!”蔡风制止道，这才深深吸了口气，面色依然那么平静地抬眼望着梅树之上那如雪绒般的梅花，恬静地道，“有五十日便足够了!”

“公子，你准备去泰山?”铁异游有些担心地问道。

“一定得去!”蔡风的语气无比坚定。

蔡新元和蔡艳龙及铁异游禁不住全都一呆，唯达摩并不知道那究竟是怎么一回事。

“不要向娘和定芳提及，如果她们有谁知道这件事，我绝不会对你们客气!”蔡风的语调极为冷厉。

“小施主还想妄动真力?”达摩并不是傻子，自几人的脸色和语气之中，也听出了蔡风的打算，禁不住问道。

“谢谢大师的关心，我仍有几件俗事未了，必须尽快解决。”蔡风淡淡地笑了笑道。

“可是难道你就不要命了吗?”达摩有些讶然地问道。

“生死由命，大丈夫顶天立地，死有何惧？只要心中能多减少一件憾事便不枉在这个世间走上一遭了。”蔡风豪气干云地道，此刻，他似乎真的已将生死置之度外了。

“小施主之超脱，令人敬服，贫僧枉修佛法数十年，却不能如小施主这般心宁神息，惭愧惭愧!”达摩惊服地道。

“禅佛之道在于悟性和慧根，而非取决年长，大师并非佛性不深，更非慧根不深，而是‘佛心’犹未开窍，待他日开窍之时，定能修成正果。”蔡风说着淡然站起身来，面对着一株极粗的梅树静立，在众人的眼中，他也似乎变成了一株古树，挺拔的姿势是那般自然而优雅，披风的摆角在风中轻轻拂动，就像嵌入了自然的一尊雕像。

达摩却在为蔡风那耐人寻味的话语而思索着。

鲁境依然平静，虽然也同样是难民遍布，百姓挣扎在苦难之中，但至少仍无惨烈的战乱，这也是那群厌战的百姓挤向鲁境的原因。有些难民被纳入大户之家为仆，也有些落草为寇。

山东，匪寇横行极为正常，官府也管不了，只好睁一只眼闭一只眼，甚至官匪勾结，也并不奇怪。

反正，天下已经乱成这个样子了，当官为名也没有多大意思，官吏便只好饱中私囊，重利盘剥，自朝中到地方，又有几个清廉的官员呢?

路旁，河畔，冻死饿死的尸体到处都是，那些人都是一身褴褛，瘦骨伶仃。难民，就注定是这个样子，他们也没有别的路可以选择，这是一种残酷，世道的残酷，人间的惨剧。

当然，路旁、河畔的尸体，并不都是衣衫褴褛的难民，还有一些锦衣壮实的汉子。他们的死，皆因流干了血，但也不是全如此，因为他们都是死在最致命的利刃之下。

这是江湖人，一群有身份的江湖人，抑或是有身份的大家子弟，但是，他们都死了，死得离奇古怪。

这是肥城道上。肥城道上，寒意极浓，虽然离春天并不遥远，甚至可以嗅到春天的气息，但那却只是一种感觉，感觉并不是实在的。

如果你是一个细心的人，也许还可以发现路旁自枝头发出的乳黄色的嫩芽，但在寒意仍浓的风中竟显得那般脆弱和不起眼。

冰凉的尸体，显然已被人翻遍了全身，也许连半文钱都被那些饥饿苦难的难民给捡去，甚至有的尸体已经残缺得看不出人形，身上的肉被人割走了。饥饿可以使人变得疯狂，死人身上的肉，同样可以填饱肚子。在死亡与吃人之间，很多人都会选择后者，这就是世道种下的恶果。

一路上，惨不忍睹之事的确太多。

肥城，至泰山快马加鞭只需半日，但半日之间有太多让人难以想象的事情发生，抑或可以说是在这一个多月中，江湖中所发生的事情的确太多。

乱，并不只是朝廷的事，更是江湖的事。

国泰民安之时的江湖绝对难起什么翻天覆地的大乱子，但乱世之中却不同，乱世中的江湖也同样被战乱逼得支离破碎，而乱世中的江湖也变了味，不再单纯只是恩怨情仇。

泰安，泰山脚下的一个大镇。

今天的日子似乎与往日不同。不，应该说最近一段日子，泰安镇与往日不同。

泰安在元宵节之后，不仅没有冷清下去，反而比往日更为热闹，而且一天比一天热闹。镇上的居民当然感觉到奇怪，但这对于他们来说却不会有什么害处。至少，他们可以趁机发财。刚开始，百姓们还担心这几天出现在镇上的那些持刀背剑的汉子会胡作非为，可是后来人越来越多了，反而使镇上更为平静，似乎这一群群的人相互间达成了一种协调。

在镇上来来往往的人，都身携兵刃，或骑马，或徒步，并不一致。

今日，人似乎更多，因为明天是个特别的日子——惊蛰！

惊蛰，其实并不特别，因惊蛰之日年年都有，然而却会在明天的惊蛰日出现一件特别之事。

关于明天的事，江湖中纷说不一。因为江湖本就是一个以讹传讹的地方，对于一件再明白不过的事，也会弄出成百上千种说法。

有人说，天下间两大最具声望，也最为高深莫测的旷世高手，将于明天在泰山之巅的玉皇顶决战，而这两个最为突出的人分别是代表剑道极端的尔朱荣，和代表刀道极端的蔡伤。

没有人会不期望观看这样一场旷古绝今的决战，只要稍有一点好奇心的人，都不想错过。当年不拜天决战烦难大师，意绝决战天痴尊者，已成今日之绝唱，更被江湖人士论为神谈。但亲眼目睹了那两场惊天动地的决战之人却只有那么几个。而今日，那些人死的死，失踪的失踪，根本无法得出那一战真实的结果和惊险场面。何况那一战是正邪决战，一不小心就有性命之忧。但今日一战却不同，一直被认为是江湖神话的两个人，终于要分个高下，那是怎样一件让人心魄为之震颤的事呀，所以，江湖为之哗然。

关于明天的事，还有一种说法，有人放出风声，当今最红最让江湖和朝廷侧目的年轻辈第一高手，将与另外一个神秘莫测的绝世高手决斗。江湖人更传说，这个轰动江湖、震惊天下的少年蔡风，其武功已经直追其父蔡伤，更有可能胜过一向被列为天下第三的黄海。那么，能够值得蔡风与之决斗的人又是谁呢？没有人知道。正因为没有人知道，这件事才会变得更有趣味，更吸引人，更能让人产生联想。

蔡风，本身就是一个无法测度的可怕人物，自出江湖，现身于邯郸，便一直有惊人之举，即使连最强悍的一路起义军首领破六韩拔陵也败在他的手中。更有人传说，能够大败北六镇的起义军，全靠蔡风的计谋。还有人传说，莫折大提就是蔡风所杀，江湖中红极一时的杀手绝情就是蔡风！甚至还有人说尔朱家族的顶级高手，“死神”尔朱追命也是被他所杀。但不管怎样，在江湖人加油添醋之下，蔡风的形象被越描越神，越说越可怕。

江湖人就是这副德行，吹、捧、夸大其词、以讹传讹是他们的拿手功夫。有人说蔡风是无所不能的人物，甚至有前无古人后无来者的厉害；有人说蔡风是救人于危难的大侠英雄；也有人说蔡风是靠他爹蔡伤的名头，才会立足于江湖；还有人说蔡风只是个无知小儿，好色之徒。总之，江湖中人对蔡风的评价各不相同，褒贬不一。而对另外那位神秘人物的说法便更多。

不过，对于明天将要发生的事，还有另外一种猜测，那就是在每年惊蛰之时，泰山之顶总会有异常的动静，而且一年比一年明显。有人说，那是异宝将出，而今年惊蛰正是异宝现世之期，因此，才会引来当世几大绝顶高手。

对于异宝，江湖中人从来都不会嫌多，甚至都有独得之心，因此，各地的江湖人士纷纷聚于泰山。

其实，这并不是一件虚妄的事，江湖之中有许许多多的门派，在很早以前便听说了泰山有异宝将出的这一消息。至于是从何种途径得知，只怕此刻已经没有人记得了。但那已经不再重要，重要的是泰山之顶是否真有异宝将出。

只凭这三种可能，就足以吸引各路江湖人物，当然，也有些人并非因为这些原因，不过，那只是少数人。

一路之上，更有许多事情发生，比如青城派的几名弟子被人所杀，崆峒派的几名弟子也同样死得莫名其妙。由崆峒和青城赶到泰山，的确有点不容易。不过，崆峒和青城似乎早就收到了有关泰山的消息，当然，没有人去管他们是怎么获知消息的，也没有必要去知道，那对于其他人来说，是极为无聊的事。

前来泰山的，还有各个寨头的人物。黑道、白道众皆不一，甚至有人宣称，北方的四大家族也都派来了高手，只是见过他们行踪的人不多。是以，众人只能当它又是另一种传说而已。不过，这也使各路人马小心了起来，如果有四大家族的人参加，那可能会发生太多的变故，或许那个与蔡风决斗的神秘人物就是四大家族之中的人也说不定。

在泰山附近，最有名的实力，莫过于英雄庄。

英雄庄的崛起并不是近几年的事，少说也有十余年的历史。英雄庄虽然无法与葛家庄、包家庄以及当年的无敌庄相比，但在江湖中的声望也不小。至少，在山东境内的影响是十分不小的，其庄主刑通也是个极为厉害的角色，曾与海盐帮帮主齐名，后来海盐帮帮主突然暴毙，他也变得深居简出，可江湖各派之人对他还得给几分颜面。

想上泰山，有两条路径，那就是中、西两路。中路为登山盘路，自英雄庄开始，沿途经王母池、红门宫、万仙楼、斗母宫、柏洞、壶天阁，抵达中天门，再经望人松、云步桥、王松亭等十八盘直达南天门。西路也自英雄庄开始，途经王母池、普照寺、步天桥，直通中天门，与中路会合，经十八盘抵达南天门。

无论是自哪一路上泰山，都需经过英雄庄，英雄庄并非想霸着泰山，江湖人士和普通百姓大可自英雄庄门口经过。不过，江湖人物都是八面玲珑，拜山先会主，自然不在乎多一道程序。

上泰山，十八盘是必须经过的，山道极为险峻，即使众人都是练家子，可也不能轻视这泰山的险要地形。

所有人全都在下午便离开了泰安镇，向泰山之顶进发。因为明天就是惊蛰，那些人只怕事情再变，最好早一步上山，早一点作好准备。所谓有备无患，提前上山，不仅可以占到有利的位置，更可看看泰山之顶旭日东升之景，看看云海玉盘之胜状，何乐而不为呢？因此，大多数人都急着赶上山顶，三三两两的，更有仇人相遇，即成流血的战局。在这种难得的际遇中，一解往日恩怨倒也不失为一个良机，因此，泰山之会，正题未入，便已经杀戮四起，肥城路上的那些尸体也许就是基于这种原因。只不过，死者已死，并没有谁去细查其中经过。

当然，登上泰山之时，并不只是相互了结恩怨，在英雄庄门口悬了一幅极大的条文，条文上是这样写的："望各路英雄谨慎行事，山道险要，有恶人当道，最好结队而行！"

今日的英雄庄大门紧闭，似乎是大祸临头一般，并没有人露面说话，对各路拜庄的武林人士也并不出来相迎，使得泰山上下的气氛极为神秘，神神秘秘的感觉令众武林人士心头蒙上了一层阴影。只是，武林人物最不信邪。

对于那幅条文，有些人嗤之以鼻，有些人低低骂上几句，更在心中暗笑刑通怕事，枉为英雄庄庄主。不过大家既然已到泰山，身处刑通的地盘，自不好骂出口，毕竟强龙不压地头蛇，没有必要去惹这个麻烦，但却没有几人将那幅条文上的劝告放在眼里，依然向山上行去。

崆峒派的历史极为悠久，虽然经四十多年前冥邪两宗一役后，声名大跌，实力也消减不少，但仍不能小觑。虽然不如几大家族及葛家庄这般大规模的实力，但单论派中的实力，也只有青城派等几大门派能与之相比。其派在江湖中的地位，即使飞龙寨及暗月寨也只能与之平起平坐。

当然，崆峒派在江湖之中更显正统一些，飞龙寨和暗月寨受人敬畏，但只能限于绿林道，与崆峒的名门正派相比起来，其名声就要难听一些。

不过，近年来，崆峒派也颇遭朝廷的忌讳，皆因秀容义军首领乞伏莫于与崆峒派的关系极为密切，更有人说秘伏莫于本身就是崆峒派的弟子。这样一来，崆峒派自然也成了朝廷的眼中钉，只是，并没有人敢小觑崆峒派，因为派内有着别人不敢轻视的人物——现任崆峒掌门无涯子！

无涯子，一个在江湖中只流传着他的名字、从不轻易出手的神秘人物，其一生只出过二次手。第一次出手是三十余年前，那时候无涯子才十四岁，便与师兄联手杀退江湖第一杀手“无影子”，虽然其师兄战死，但他们仍是胜了“无影子”，并破了“无影子”的鬼影神功，也因这一战，无涯子在江湖之中初露头角，使江湖人士都知道，原来崆峒派内不但藏龙卧虎，还人才辈出。那一战之后，无涯子便再未露过面，江湖中人也渐渐淡忘了崆峒派中还有一个无涯子的存在。后来，无涯子一举大败马贼黑风，而令江湖中人瞩目，声望在年轻一辈中如日中天，但无涯子依然沉寂于崆峒山中，直到十三岁的蔡伤力杀黑风之后，才盖过了他的名头。后来，蔡伤渐渐取代了无涯子在江湖人心中的地位。二十年前，也就是无涯子接任崆峒掌门之时，棍神陈楚风大战崆峒派，那时的棍神陈楚风早已是一代宗师，甚至比蔡伤及尔朱荣这群新兴的年轻高手更有名，但陈楚风与崆峒一向存有怨隙，他要赶在无涯子之师长恨子退让掌门之前了结恩怨，可是这一战由无涯子接下了，无涯子比陈楚风小了近二十岁，但这一战他却没有败，竟能与棍神陈楚风交手五百三十八招而不败。陈楚风力战这么久仍未能胜过一个后生晚辈，自然无脸再战，且又被人言语相激，尽管他知再用十招就能让无涯子大败，可是那仍有失他宗师的面子，于是便退出崆峒，宣称与崆峒派的恩怨一笔勾销。这样一来，无涯子的声望激增，若非后来蔡伤和尔朱荣都胜过陈楚风，他的声名一定更胜蔡伤与尔朱荣。

之后，无涯子就再也未曾出过手，但他成了江湖中一个可怕而神秘的高手，那是毫无疑问的。虽然不像蔡伤和尔朱荣那么神化，但隐隐对江湖起着一种震慑作用。

其实，无涯子的众弟子这些年来在山西极有名气，武林道上都还得给他们一些面子。

无涯子的大弟子方知子，二弟子方明子，及三弟子方权子和四弟子方尘子都是响当当的高手，更是崆峒六子之四。

说到崆峒六子，江湖中人当然不会不知道，六人颇具侠名。

这次带领崆峒弟子前往泰山的就是方知子和方尘子，虽然在肥城道上，几位师弟被害，但这并没有影响他们的进程，上泰山之事是不会因为任何意外而停顿的。

方知子看上去极为精明，也比较年轻，扎个道髻令人赏心悦目。不过，他少了方尘子那种仙风道骨般的感觉。方尘子更比师兄年轻，才二十出头，脸上似乎仍有一丝稚气未脱，看上去十分单纯，高瘦的身材，显得潇洒脱俗。

这次崆峒共派出二十名弟子，除路上丧生了两名弟子，仍有十八人。众人一路经过王母池、红门宫、万仙楼、斗母宫……一直到双峰夹路之处，却停了下来。

不是他们不想前进，而是这里所聚集的人太多，阻住了他们的去路，而且吵吵嚷嚷，乱成一片。

有人阻路，挡住了上山的通道，这正好印证了英雄庄那篇条幅上所文。

双峰夹道奇险，确有一夫当关万人莫开之势，如有人在这里挡道，的确不是一件易与之事。

方知子和众师弟也全都停留在路上，这条路本来就极陡，如此挤上一大堆人，更显得毫无转身之地。

“师弟，你上去看一看是怎么回事。”方知子向方尘子吩咐道。

方尘子应了一声，几个起落闪入闹哄哄的人群中，只见一人在骂骂咧咧，他不由问道：“在下崆峒方尘子，敢问兄台，此处究竟发生了什么事？”

那人本来爱理不理的，听说是崆峒派的方尘子，立刻变得客气起来，道：“原来是方尘子大侠，久仰久仰，在下黄河帮的吴心，前面的路口被一个自称是东岳圣帝仆人的老头挡住了。”

“哦，东岳圣帝？那是什么人？”方尘子奇问道。

吴心也有些迷茫地道：“我也从来都未听说过什么东岳圣帝，这老头肯定是在胡诌。”

“那可有人上得山去？”方尘子极为客气地问道。

“飞龙寨有五人上去了，幽云寨也有六人上去了，山西成家有两人上去了，青城王子和几位不知名的人物也都上去了。”吴心有些愤愤地道。

“哦，怎会这样？那你们怎么不上去？”方尘子隐隐感到其中有什么古怪，但仍忍不住问道。

“那怪老头，他说想上泰山，必须将手印烙在炼心石上，否则不配上山。”吴心恨恨地道。

“手印烙在炼心石上？这要求未免也太高了吧？”方尘子有些吃惊地道。

“当然太高了，泰山之石以坚硬出名，而炼心石更是石中之精，没有四十年功力休想在上面烙下手印。因此，我们这些人只好留在此地吵吵闹闹了！”吴心无可奈何地道。

“难道你们这么多人还会怕一个老头？”方尘子斜眼向两峰夹道上望了一眼，有些奇怪地问道。

吴心苦苦一笑，道：“就连黑心熊也只能接他两招，第三招便被打到山脚下摔死了，我们哪还有戏可唱？”

“黑心熊熊君？”方尘子一惊，骇然问道。

“不是他还有谁？我的武功与黑心熊相比还差得远，若与那老头交手，只怕连一招也敌不过就已经死翘翘了。”吴心并不掩饰自己的尴尬，黄河帮与崆峒派说起来还有些渊缘。

黄河帮以水系为生，讲到对驾舟和航运的确在行，几乎没有几个组织能够胜过他们，除海盐帮外，他们几乎可称雄水道，但他们在武功之上却是弱项，陆路之术也不行。黄河帮的少帮主还是崆峒的记名弟子，有这种关系，吴心便不能不对方尘子礼敬有加。近年来，因为葛大在三门峡一带巧劫皇粮，甚至连押运使者也全都干掉，未能留下一个活口，使得朝廷疑神疑鬼，把黄河帮也牵连到了其中，两年来生意一直不景气，而乱世之中本来就很难做生意，也不能全怪葛荣那次劫夺粮草。再则，黄河帮帮主与葛荣的关系十分好，因此也不在乎这些。葛家庄是黄河帮的老顾客，而黄河帮也渐渐成为葛家庄的一个外在支系，只是知道内情的人极少而已。

崆峒派自然也知道一些，因为乞伏莫于正是无涯子的师弟，江湖传闻并非全都是空穴来风。义军之间，只要没有达到利害冲突之时，都会相互支援。

葛荣此刻声势之隆，已隐成各路义军之首，莫折念生大败，退回陇西，万俟丑奴、胡琛、赫连恩地处边陲，因组织内部的一些因素，声势虽然极为壮大，可是真正实力与葛家军相比，还相差一个档次。而乞伏莫于与蜀中的侯莫起义军所承受的压力极大，只能在生存的边缘挣扎，只是侯莫的状况比之乞伏莫于较好一些，毕竟关中地形复杂，支撑一段时间还不成问题，且朝廷并未把主力放在对付侯莫之上。乞伏莫于虽有吕梁山为后援，可在财力物力之上难以周转，而黄河帮便充当了援助的主流，葛荣暗中支援乞伏莫于，资源就由黄河帮押运，以黄河帮与崆峒的关系，崆峒自然知道。

方尘子望了望那一线天似的狭道，心头也有些发毛，黑心熊在西北部可是出了名难缠的凶人，不仅仅其武功十分可怕，更且此人凶残成性，对付他看不顺眼的人不择手段，所以江湖中人给他取了个外号，叫黑心熊。

在甘陕之地，黑心熊仅惧万俟丑奴和莫折大提，后来莫折大提身死，能够让黑心熊不敢生出报复之心的人就只能万俟丑奴一人了，即使青城和崆峒两派的面子都不卖，其人极为狂傲。

当然，在甘陕两地，畏惧万俟丑奴的人并不只黑心熊，几乎所有的江湖人士都要对万俟丑奴退避三舍。莫折念生如此狂傲，也依然对万俟丑奴极为敬服，那是因为万俟丑奴的绝世剑术，更因他有着常人无法匹及的魄力和智慧，连强横如尔朱家族，也对万俟丑奴徒呼奈何。

胡琛的大军中，万俟丑奴那一支最为强大，也最具声望，有些人甚至不知道高平王胡琛，但却一定知道万俟丑奴，一个由剑客变为一军统帅的神奇人物。

崆峒派以剑为长，但无涯子却极为钦佩万俟丑奴的剑术，因为他的剑术的确已达到了神鬼皆惊的地步，无涯子更是万俟丑奴的好友。方尘子曾在无涯子口中得知，万俟丑奴谈到甘陕武林高手时，曾不经意提到过黑心熊熊君，能让万俟丑奴看得上眼的人并不多，由此可见，黑心熊熊君至少也不会差到哪儿去。

可是眼下，那拦路老头只用了三招，便使黑心熊命丧黄泉。

三招，只不过眨眼间的事，那这个东岳圣帝之仆，其武功的惊人之处足可想象，而单单一个仆人的武功就高明至此，那他主人东岳圣帝的身怀之学又将可怕到一个什么程度呢？（注：东岳圣帝，泰山之神东岳齐天仁圣帝的简称。）

方尘子别过吴心，挤开人群，来到两峰夹道口，果见夹道口竖起一块两人高的巨石，巨石之上以指力刻下三个大字——炼心石！

巨石顶部坐着一位白发白须却毫无表情的老者，下方石面或浅或深地印着一个个淡淡掌印，想来是已上山者所留下的烙印。

老者对围在一边的江湖人士的怨骂之声似乎充不闻，根本毫不在乎。

方尘子暗暗心惊，炼心石上有几个掌印入石一寸，那种深厚无伦的阴柔劲力绝对不是一般高手所能做到的，即使炼心石上最浅的一个手印，其功力也似乎胜过自己一筹，他没有把握真能在炼心石上留下自己的掌印，那的确不是一件易事。

方尘子正想间，突然觉得有人自他身边挤了过去，一股强大的力量把他挤到一边，方尘子正想还以颜色，那人却已经在炼心石前驻足。

“老头，让到一边去！”那人声音极为傲然地喝了一声。

那老头眸子没有睁开，只是淡然道：“留下手印者，方有资格上山，废材太多，只会辱及东岳圣帝，老夫就是这一关的把守者！”

“你不觉得自己就是一堆垃圾吗？一堆挡路惹厌的垃圾！”那立在炼心石前的汉子毫无顾忌地辱骂道，他似乎显得极为不耐烦。

“好！好！骂得好……”那汉子的一句话立刻赢得了许多赞许声，几乎一下子他便成了联合阵线的龙头一般。

那白发白须的老者冷哼一声，并不还口，甚至连眼皮都不眨一下。

“他是尔朱家族的人，我以前见过……”一声极小的议论传入众人的耳朵，众人不由得又为之“哗”然。方尘子也是一惊，这个自他身边挤过的竟是尔朱家族之人，难怪这般狂傲，打一开始就找这老者的碴。

“老头子，若再不让开，我尔朱复古就不客气了！”那汉子听到别人说出他的来历，更是多了几分傲气，也不再隐瞒身份，开口直呼道。

“老夫驻守泰山四十七年，从来都未曾怕过任何人的威胁，这个规矩是老夫定下来的，任何人都不能例外，否则便休想上山!”那老头似乎更为强横，倒让尔朱复古吃了一顿闭门羹。

尔朱复古一报出名字，立刻有人知道其身份，他是尔朱天佑的两大书童之一。不可不知，尔朱天佑的两大书童在江湖之中名气极响，更得尔朱天佑亲传，因此，他们的地位在尔朱家族比较特别。

尔朱复古大怒，这老头狂得紧，似乎他定下的规矩就成了铁定的规矩，没有任何人可以违拗一般。

“你以为自己是什么人？当今皇上吗？武林盟主吗？老子今日倒要看看你的骨头到底有多硬!”尔朱复古讥讽喝骂道。

“老夫不知道别的道理，只明白在这弱肉强食的世间，那就是谁的拳头硬，谁就可以主宰别人的生命!”那老头阴冷地道。

尔朱复古不再说话，抬脚以快得不可思议的速度重踢炼心石，同时身子拔空而起。

那老者虽未曾睁开眼睛，但似乎能清晰地把握尔朱复古的攻击路线，身子也陡地自石顶拔起。

“砰!”炼心石发出一声闷响，那老者所坐之处升起一溜轻烟，似乎被一股无形的气劲碾成了粉末。

“隔山打牛!”看得仔细的人居然忍不住惊呼出声，炼心石之顶居然显出一只脚印，竟是尔朱复古所致!

这的确不可思议，原来，尔朱复古的那一脚踢出，力道却凝而不发，透过炼心石之身，直击那老者所坐之处，然后再在石顶爆开，不过却被那老者识破，提前一步避开，但尔朱复古这一手出神入化的“隔山打牛”之绝技的确已经震惊了全场。

“哼，雕虫小技，也敢拿出来现丑!”那老者身在虚空，如苍鹰搏兔一般飞扑而下，双手自怀中弹出，拳头便像一颗颗有形有色的气弹，飞射而出，在虚空中变幻成一种凄迷的景象。

围观的众人都不是乡间土包子，但也禁不住为之叹为观止，他们从来都没有想过，拳头竟似可以脱手击人!

那老者的拳头是拳头，双手是双手，似乎全不相干，没有比这更矛盾的场面了，无手哪来拳？但这个老头子却做到了。

老者的双手是那般清晰地存在着，毫无虚幻之感，可是他身体的周围却紧裹着一张巨大的网，由拳头组成的拳网！

尔朱复古也没有见过如此古怪的场面，不过，他根本不必考虑什么，在那一幕拳网罩压他的时候，他的双脚已经点在石顶，而且此刻手上更多了一道光弧。

没有人知道这道光弧是怎么来的，出现得无比突然。

但，没有会不知道那是剑！尔朱家族最擅长的就是剑，江湖中最诡秘的剑莫于过尔朱家族，最狠、最辣的剑莫过于“哑剑”黄海的“黄门左手剑”。

如果此刻尔朱复古的剑让你清楚地知道是自哪个角度所发，又如何谈得上诡秘？

其实，那老者的拳头也称得上诡秘。

“砰砰……”一阵乱响，那一个个虚实难辨的拳头，击在光弧之上，声音极为清晰。

尔朱复古在炼心石之顶连换了八个位置，快得让人眼花缭乱，而在他转换第九个位置之时，那老者飘然落于石顶，拳头变成了指掌，轻轻钳住那道光弧，向前逼进！那是一柄极为古朴的剑，发出惨白的幽光，竟然与尔朱复古的脸色有一种无法形容的近似。

尔朱复古的脸色极为难看，煞白如纸，如同褪尽了血色。

那老者依然未曾睁开眼睛，他似乎根本不屑于看尔朱复古一眼，抑或他自认为尔朱复古根本就不值得他睁开双眼。

尔朱复古弃剑，一个剑手弃剑，就等于是对自己生命的一种污辱，抑或等同于放弃自己的生命，可是尔朱复古选择了弃剑。

也不全是，因为尔朱复古在弃剑的同时，已经拔出了另一柄剑！拔剑和弃剑是两个概念，也是两个动作，但却有同一个目的——保命！

一柄薄若蝉翼、透明如无物的剑荡起一阵温和的轻风，向那只伸向尔朱复古咽喉的手斩去。

“扑！”尔朱复古一声闷哼，那一剑还没有来得及挥尽，他自己放弃的那柄剑已经撞在了他的胸口，结束了他所有的攻击。

尔朱复古的躯体重重翻下炼心石，坠入人群之中，狂喷出一口鲜血，那薄若蝉翼的剑身流过一丝淡淡的血痕，竟然显得异常凄美。

“哼，不自量力！”那老者轻轻拂了拂白袍上的尘土，伸指在尔朱复古弃掉的那柄剑上轻轻一弹。

那柄剑竟裂成十余片，洒落尘埃。

尔朱复古挣扎着撑起上身，却再次呕出一口鲜血，神色显得无比凄厉，但他再也没有刚才那种飞扬跋扈的气焰，他似乎有些不甘，也似乎有些难以置信，不过，他的确败了，而且败得很惨，干脆而利落，事实证明，他与那老者之间的距离相差太远。

第一百五十章　墨刀抗拳

方尘子也暗自惊骇，以尔朱复古的武功，也只不过才接下了对方五招，刚才他注意到了，前前后后，双方只进行了五招。也许，那并不能算是招数，从头到尾，那老者只换过两三种劲力，而尔朱复古便已经败了，这是多么让人难以想象啊，而且自始至终那老者都没有睁开过眼睛。

“难道他是个瞎子？”方尘子暗自想着。

没有人敢去扶尔朱复古，像这种骄横之人的脾气都很古怪，即使败得再惨，也只会自己爬起来，谁要是伸手去扶，就是对他的一种污辱，因此，没有人愿意找这个麻烦。何况，尔朱家族的事情自有尔朱家族自己人去管，别人也管不了，更没有那个能力。

那些本来跃跃欲试的人此刻全都寂然无声，他们自问无法与尔朱复古相比，他那“隔山打牛”神功谁都看见了，单凭那份功力，场中已没有几人能比。连尔朱复古也只能以惨败告终，谁还想送死呢？

方知子已带着十几位师弟赶了过来，他们自然也看到了刚才那一幕。

“师兄，我们该怎么办？”方尘子禁不住有些疑惑地问道。

方知子也只得苦笑道：“静观其变！”方尘子知道师兄的武功与尔朱复古只能处于伯仲之间，即使上场，也不过是几招便要落败，而他自己的武功比师兄又要逊色一筹，只怕连那老者的三招也接不下。方尘子又微微一愣，想到刚才吴心说过，连黑心熊熊君都只是在第三招打落山下，难道眼前的尔朱复古比黑心熊厉害？不由忖道：“刚才可能是吴心的眼力不行，数错了招式，如果黑心熊熊君只能接下对方三招的话，那尔朱复古又怎能接下五招而不死呢?”

尔朱复古的身子撑起来又倒下，终还是一屁股坐在地上大口大口地喘息着。

此时，众人身后传来了一阵骚乱，方尘子和方知子正想回头瞧瞧发生了什么事之时，立即感到一股极为阴冷的寒意逼了过来，夹着一股强劲的压抑之感，直让人呼吸不畅。

方知子一边扭头一边闪身让路，这很出方尘子意料之外，方知子居然会主动给人让路。

方知子看不清来人的面孔，因为对方的头和脸几乎全都埋在一顶极大的竹笠之下，身穿一袭极为简朴的狼皮衣裤，给人的感觉是那般怪异，但这人浑身却散发着一种让人无法不为之心颤的寒意，似乎他本身就是一块冰，一块玄冰，让人无法亲近，无法接受的死物。

但谁都知道，这人绝对不是死物，因为他仍在动，能够动的人自然不是死物。

这人不仅能够动，而且走路的步子还极大，一步几乎可以跨过别人三步的距离，但他却没有一点勉强，似乎这是一种极为自然的步子。的确，他的步子，配合着身形，显得十分自然而贴切，只是他给人的感觉太过阴冷，冷得让人有些无法接受。

这人自方尘子身边走过，方尘子竟意外地看到一族极浓的胡须，如刚针般坚挺地竖立在下巴上，他更看到这人耳朵上镶着一点亮晶晶的饰物，幽幽的绿光让人为之侧目。

一个男人，戴着女人的东西，使得方尘子感到惊奇不已，只是他仍未看清竹笠之下的面貌。

看清这个人面目的，唯有尔朱复古，因为此刻尔朱复古坐在地上，他抬头仰视，自然能够看清对方的脸目。

这是一张十分粗犷，线条极为刚性的脸，青须黑面，却有一双深邃得让人难以揣度的眼睛，尔朱复古还看见了那点闪着幽光的饰物——耳环！只是耳环颜色太过碧绿，反而显得有些阴森，且穿在这么一个男人左耳之上，就有些不伦不类了。

那人径直行到炼心石之前，但却并没有直行过去，而且折身向一旁的山峰上行去，他要绕过炼心石，自炼心石的旁边插过。

“站住！”那白发白须老者怒叱道，他似乎也感觉到了来人冰凉刺骨的寒意。

说实在的，见过如此不可揣度之人的人并不多，在场的所有人都未曾想过，一个人竟然可以像一块玄冰般散发出如此凛冽的寒意。

那神秘人并没有止步，炼心石虽然高大，却并不能阻住整条山道，至少仍有一条可容两个人穿越的通道。

那老者大怒，如幻影般自炼心石上扑下，双拳狂轰而出。

“轰轰！”两声强烈的爆响，神秘人如鸿毛般飘退，冉冉落地，不扬半点尘土，动作之潇洒利落的确让人叹为观止。

那老者也飘落炼心石，如一棵巨松般立于炼心石之前，脸上显出一丝讶异之色。

“你要干什么？”那神秘人似乎刚从梦中醒来般，突然问出这样一句话来。

围观的众人禁不住都大笑起来，似乎是对那老者进行一种报复的嘲笑。

老者心中大怒，他还没有遇到过这般对手，居然在受了他一记无情攻击之后，还好整以暇地问他要干什么。

老者一时也的确答不上要干什么，他被对方冷静得让人有些心惊的话语给怔住了。

“难道你不知道老夫定下的规矩吗？”那老者吸了口气，冷漠地问道。

“你定的规矩关我什么事？”神秘人依然是那么冷静。

尔朱复古露出了一个难得的笑容，那些窝了一肚子气的人也都拍手称快，附和道：“是呀，你定的规矩关我们屁事……”

“可是老夫的规矩关这条路的事，谁要是想从这里通过，就必须遵照老夫所定的规矩！”那老者蛮横地道。

"这条路是属于你的?"神秘人冷声问道。

"可以这么说!"老者毫不退让地道。

"既然这样，那请你将这条路搬回家，因为我的路被你这条路挡住了。"神秘人说话更有趣，也更怪，只逗得一旁的人哄然大笑不已。

方尘子和方知子也禁不住笑出声来。

"是呀，这条路是你的，那你搬回家嘛，我们还要走自己的路呢……"众人哗然而呼道。

那老者的脸色变得十分难看，冷冷地道:"你一定要和老夫过不去吗?"

"我只和与我过不去的人过不去。"神秘人不紧不慢地道，一副好整以暇的样子只让旁人大感痛快。

"说得好，说得好……"被拦住的江湖人士都对这挡路老头极为反感，自然全都与神秘人站在同一阵线上，只差没有与他联手干掉这可恶的老头。不过，他们都不知道神秘人的实力，也不敢太过得罪这老头，免得待会儿惹祸上身可就不好玩了。但是，他们躲在人群中起哄的本事还是有的。

那老者眸子中射出两道比刀还要锋利的神芒，但他却看不清神秘人的模样。

睁开眼睛的老者似乎变得有些狂，更略带几丝魔意，不可否认，这老者的眼睛很有神，甚至可以让人着迷。

他一直都不愿睁开眼睛，可是面对这样一个高深莫测的对手时，他不得不睁开眼睛，抑或他真的动了杀机。

神秘人立如渊亭，更像是周身裹了一层玄冰。他不动的时候，竟然感觉不到他生机的存在。"他只是个死人。"有人这么想着。

一个死了的活人绝对没有一个活着的死人可怕，死与活本身就是矛盾的极端，如果将这两种极端结合在一起，就成了一个谜，一个无法解开的谜。

生死，正是人类永远都无法突破的大限，突破了这个大限，也就不再是人，而是神!一心求道的人不少，但得道者古往今来也不过数人而已。

当然，在江湖中也流传着那些突破生死大限而得道飞升的故事，但那已经成了一个神话，一个让人向往的神话，而眼前的人并不是！

眼前的神秘人只是一个让人害怕的谜，他不是神，也许他是个魔！

真正得道之人不多，但真正成魔之人也不是没有。魔，是另一种不灭的形势，那就是活着的死人！

活着的死人，即为魔，死了的活人当然就是鬼。

眼前的神秘人，是魔吗？没有人知道，只怕他自己也不知道。但，即使他不是魔，也定是个可怕的人，一个让那老者心头蒙上一层阴影的人。

“你叫什么名字？”神秘人突然开口向老者问道，却是一句令人意外的话。

“你可以去问阎王！”那老者双掌缓缓抬起。

四周的风在动，当然，风如果不动也就不叫风了，只是这一刻风动得极快极猛。

“你一定要阻止我上玉皇顶？”神秘人又说了一句。

“老夫不想阻止任何人上玉皇顶，老夫只是要维护所定的规矩！”那老者的话似乎有些强词夺理，任何人都听得出来。

“你定下这个规矩或许是一种错误！”神秘人淡然而自信地道。

“老夫不管它是不是一种错误，只知必须坚守自己的承诺！”那老者毫不退让地道。

“有个性，这么一大把年纪了还是如此倔犟，你可知这样做对你自身没有任何好处？”

“有些人偏偏不喜欢做对自身有好处的事情！”那老者笑了笑，竟似对自己的所做极为满意。

神秘人摇了摇头，声音依然冷极地道：“那你就为此付出一些代价吧！”

风涌动得越来越快，山头的风本来就极大，此刻更甚！夹道另一头的风也似乎被一股莫名的力量牵动着，在山道间“呜呜”作响。

森寒的杀意更在山峰间激荡，慑人心魄的风声夹着阵阵松涛，倒有着一种极为美妙的旋律，只是杀意太浓。

方尘子和方知子心中暗惊，这两人尚未交手，其气机的牵动已达到这种程度，如果两人一旦正面交手的话，那岂非更为可怕？

那老者似乎在无限吸纳天地间的力量，脸色也越来越诡异。

风起，云涌，淡淡的雾气随着激流的风牵扯而至，竟向那老者的手心汇聚。

众人在此刻才看到那老者的手，那是一双肌肤十分粗糙、十指就像一根根棒杵般又短又粗的手。

没有人会不知道老者那粗短之手的可怕，这点是毋庸置疑的。一个修炼手上功夫的人，其手指和掌纹绝对不一样，正如剑手的手修长而白皙，刀手的手宽厚而苍白一样。

手，是任何武学的基础，也是每个武人最珍爱和呵护之处。当然，也有一些人能够达到返璞归真的境界，其双手再也看不出个性，但却是极尽完美的。那样的手甚至比脑子更灵活，任何兵刃都可成为它的奴隶，只是那种手少之又少，其价值也是无法估量的。

当年，武帝萧衍便开出天价，天下正邪各道中人谁要是能够斩下蔡伤的手，他愿意以十万两白银加上五千两黄金相买，更对此人及其后代加官进爵。只是一直都没有人办到，就因为蔡伤的手太过可怕。那一段时间，整个天下十分轰动，只是后来蔡伤失踪了，这条购买讯信也便不再有效。可那毕竟可算是江湖佳谈，证明了一个高手的价值。自此之后，没有一个人的手能卖到蔡伤那个价，即使尔朱荣也无法打破此记录！

此时的夹道上，那老者的手的确很特别，正因为特别，才会显得可怕。但神秘人并没有动，他似乎不觉得危险的存在，抑或是他对搏杀已经太过麻木，对生死毫不在意了。

没有人知道神秘人在想些什么，他在想什么并不重要，重要的是他是否能够抗拒这个也同样来历不明的老者的攻击。

其实，所有人的担心全都是多余的，因为无论神秘人能否抵挡那老者疯狂的一击，这一切都已经成了定局，一个无人能够解开的战局！

风，突停！突兀得像是转入了另一层空间。

风停，是因为有人出手了，是那个老头！那个自称是东岳圣帝之仆的老头终于出手了，他似乎无法忍受神秘人如死一般的寂静。

静，有时候是一种压力，一种让人心头发毛的压力。在死寂的静谧之中，让人很容易产生幻想，事物的本身并不可怕，可怕的只是对事物本身所产生的幻想。所以，在禅定之时，最容易因为魔障而走火入魔，死寂的静，完全是对心理上的一种攻击。

当然，这并不是每个人都能够感受到的，神秘人的对手是老者，因此，那种无形的压抑只有那老者才可以清楚地感应到，因此，他率先出手了！

气势，是一种很奇妙的东西，就像是流水中行舟一般，如果你拼尽了全力，也无法使舟前进的话，那种结局注定只会是一个：不进则退！如果你不想退，又不想被流水牵制的话，就必须改变航向。

那老者的气机无法对神秘人产生半丝威胁感，那么，神秘人自然对老者产生了威胁，这绝对不是虚妄之谈，因此，他必须出手！

“呼！”老者的拳头落空，自神秘人的颈侧击了过去。

“呼！”老者再一拳击空，距神秘人的面门只有三寸，却没能击中。那奔涌的劲气使神秘人头顶的竹笠掀动了一下，但并没有使他露出真面目。

这一切都只是发生在电光石火之间发生，二人动作快到了极点，一进一退是那般有规律，那般默契。

“轰！”一块石头被老者踢得粉碎，但却并未踢中神秘人的下盘，而是自神秘人的脚畔擦过。神秘人每一次都是险之又险地避过攻击，那步子总是恰到好处。

“轰！”这一拳，正中神秘人胸口，神秘人整个身躯晃了一晃，那老者也晃了一晃。

“三招已过！”神秘人终于冷冷地挤出这么一句话来，并没有丝毫受伤的迹象。

在场所有人都惊呆了，那老者开碑裂石的一拳居然无法让神秘人受伤，这是多么不可思议啊，甚至不可能！刚才他们亲眼见过那老者惊世骇俗的功力，可是此刻……

清楚这之中原因的，只有三个人。一个是那老者，一个是神秘人，另一个却是坐在地上的尔朱复古。

尔朱复古跌坐于地，所以他看得比任何人都清楚。

那老者最后一拳的确击在神秘人的胸口上，但神秘人的胸口却是一柄刀。

不，应该说神秘人的胸口横着一柄刀，在狼皮衣服下面，横出一截乌黑的刀鞘，尔朱复古看到的是这些。

其实，那并非刀鞘，就是一柄刀！一柄乌黑阴沉无锋的刀，那个老者更感觉到这柄刀是以一种奇异的木头所做，是一柄黑木钝刀。

普天之下，拥有黑木钝刀的人，只有一个，那就是——慈魔蔡宗！

夹道上的神秘怪客正是在临城出现的蔡宗！

他来泰山不为别的，就为叶虚与蔡风之战。有些事情，有些人永远都不会错过，而蔡风绝对不会错过明天的那一战！

叶虚，一个爱出卖朋友的人；蔡风，一个代表中土年轻一辈主流的人物。是以，蔡宗怎会错过这一场盛会？

当然，也许蔡宗还有另外的目的，这就是别人所无法知晓的，因为他本身就是一个谜，一个似乎无法解开的谜。

蔡宗的手，也很粗糙，不过更重要的是它的宽与厚，一双天生就是握刀的手。

尔朱复古有些惊讶于这么一双手，蔡宗的手，似乎比那老者的手更为神秘，更有韵味，一直藏在衣袖之中，到此刻才伸了出来。

这并不是一件好事，因为这代表杀机，无穷无尽的杀机。

出刀的手法无比利落，无比优美，那种精挑细琢的弧度就像是流星轨迹，灿烂而奔放。不过，他手中的只是一柄黑木钝刀！

蔡宗的功夫一向是以力道称著，天生神力再配以后天的运用，使其具备了别人难以想象的可怕，这是一种无形的资本。

那老者的确吃了一惊，他也应该吃惊，眼前这个敌人的狂傲完全出乎他的想象，竟然敢让他三招，如果这不是故意对他的污辱，那就是眼前这位神秘人真的比他意料中更为可怕！

风再起，不是因为老者，而是因为蔡宗的刀，让人心惊胆寒的刀！

阴森森的刀，惨烈至极的杀气，拖起浓烈的血腥，划破虚空，划破拳影，向那老头劈头盖脸地斩去。

“嘭！”一声沉闷如雷的爆响，那老者和蔡宗同时飞退，似乎谁也没有占到丝毫的便宜。

沙粒激射，四散的劲气比山风更强烈十倍，几乎刮得众人睁不开眼睛，但无论如何，他们还是看见了一柄刀，蔡宗手中黑沉沉的刀！

刀形只是一瞬，在眨眼之时，又变成了一幕暗云，吞噬了蔡宗自己，也吞噬了所有人的视线。

好狂、好猛、好烈的一刀，如同刮起一阵强劲无伦的旋风，飞沙走石。

当暗云吞噬那老头之时，众人便听到了连珠炮般的爆响。沉闷的撞击之声，犹如巨杵击在众人的心头，来自内心的压力几乎让人喘不过气来，功力稍弱一些的，脸色全都变得苍白无比。

有人捂住耳朵，有人捂住心口，但这种声波是无形的，也是无孔不入的。

方知子的脸色也稍变，但瞬即即好。其他崆峒弟子除方尘子之外，几乎全都变了脸色，不过还可以支撑，但有些江湖人物却在呻吟，向山下撤离。

方尘子的目光斜扫尔朱复古，尔朱复古并没有异常的变化，眼睛是那般专注，似乎可以穿透那暗云直逼交手的两大高手。

“噗！”“砰！”蔡宗与老者再退。

蔡宗疾退五步，那老者却背撞炼心石，闷哼了一声，脸色变得更为诡异。

“好，真是痛快！”蔡宗说话之间，头顶的竹笠竟然裂成两半，整整齐齐，断口如被刀切一般。

不错，竹笠正是利刃所切，几缕乱发在风中轻舞，随即被卷得不知所踪。

“你的刀法很好！”老者挤出这样一句话。

“你的剑也好狠、好毒！”蔡宗傲然道。

那老者笑了，笑得依然那么诡异。

“剑？”方尘子和方知子有些茫然，他们不知蔡宗口中的“剑”是何指，不过，他们却为蔡宗的年轻而震惊，蔡宗看上去并不太年轻，那满面沧桑的感觉极为清晰，只是浑身散发出的活力证明他是一个年轻人。

拥有如此功力的年轻人，的确值得任何人惊叹，只是那种装扮有些另类，加之一身狼皮制成的衣服，更显得怪异莫名。

人怪，刀也怪，在开始的时候，谁也不曾想到，发挥出如此惊人力量的竟会是一柄钝木刀，不仅钝，而且还是木制的。一柄黑沉沉的、阴森森的木刀，更透着一股莫名的寒意。

“年轻人，你叫什么名字？”那老者吸了口气问道。

“这个问题，我似乎也问过你一次。”蔡宗并不买账地道，眼中更流露出一股无比强悍的战意。

“我想知道你的名字，好在你死后为你立个墓碑！”老者有些狂傲地道。

“那还是免了吧，倒不如先为你自己准备好墓碑为佳！”蔡宗的语气更为狂傲。

尔朱复古的脸色微微有些异样，似乎为眼前这个年轻人的豪气所染。

众江湖人士都大声叫好，虽然刚才的战局之中谁占了上风并没有人看清晰，但蔡宗并未处在完全的下风，甚至还隐隐在气势上胜了一筹，众人自然对蔡宗寄有极大的期望。他们对这挡路的老者没有半丝好感，所谓好狗不挡路，江湖的规矩是：大路朝天，各走一边。谁要是多管闲事，自然就是惹厌的家伙。

那老者邪邪一笑，斜斜跨上一步，手掌微抬，右掌扬起，竖起食指与中指，其余三指紧扣掌心，左掌平抬腰际，掌心向上。

一个古怪的起手式落在方知子和方尘子眼中，二人大感惊异。

这分明是一招剑法的起手式，虽然他们并不知道这究竟是什么剑法，但他们本身就是用剑的行家，一看其手势便知与剑法有关。此刻，他们立时想到蔡宗刚才所说的“好狠，好毒的剑”。

“难道这老头的杀招真是剑?”方知子和方尘子暗自想道。

“哼，你终于还是要用剑，来吧！就让我看看是你的剑狠，还是我的刀利!”蔡宗冷哼了一声，漠然道。

无风，山风似乎突止，当然，这只是在蔡宗与老者之间。

其实，山风依然未减，甚至在增强，只是所有人的心神全都系于这一场战局之上，更为场中那绷得无法再紧的气机所牵引，心神完全顾不了山风的存在，抑或可以说是对其他的一切都不再敏感。

气机越绷越紧，杀意也越来越浓。山间的云雾也似乎渐渐浓厚起来，淡淡的雾气，在两大高手之间相互缠绕，使得场中更添了几分朦胧而神秘的色彩。

蔡宗轻轻移了一下步子，十分缓慢，似乎在试探着什么，那种小心谨慎就像是一只偷食的老鼠。

当然，蔡宗绝对不是老鼠，也绝对不像老鼠。

蔡宗移步，那老者便立刻出招，一道惊鸿刺穿淡淡的云雾，带着耀眼的亮芒，一闪便越过了两丈虚空。

“噗!”黑木钝刀准确无比地横截住那道亮芒，并完完全全地承受了这一击的所有力道。

“呼呼!”蔡宗两脚连续踢空，那老者的身法若绕花彩蝶，快得让人只能看到一幕白色的幻影。

“噗……嘭……”蔡宗与老者竟换了一个位置。

黑木钝刀犹如神助，每每在紧要关头，准确无比地截住那轻灵飘逸、刁钻无伦的剑，最后两人各交换了一掌才结束第二回合的较量。

“轮到我了!”蔡宗大喝一声，声若惊雷，说话间，双足在炼心石上重重一点，整个身子旋转成一个巨大的陀螺，黑木钝刀更幻成一根粗大的黑木柱，向那老者撞去。

沙石也因蔡宗的旋转而狂乱起来，全都打着旋向黑木刀上凝聚，松针似乎承受不了这股无形力道的牵引，而纷纷坠落。

尔朱复古脸色疾变，方知子和方尘子也大为惊讶，这大概是他们平生见到的最可怕的刀！

当然，那老者的剑法也让他们吃惊，其手如此粗糙，竟然也是个用剑的高手，而且剑法之神妙，的确让人难以想象，若非蔡宗所逼，只怕谁也无法估料这老者能够将剑使得如此出神入化。

“难道这年轻人就是蔡风？”有人在猜测着，传说蔡风是年轻人中最好的使刀高手，武功更高得可怕，但却并没有多少人真正见过。因此许多人都在猜测，猜测这不知身份的刀客究竟是什么人？

方知子和方尘子也似乎在这么想：天下间除了蔡风之外，还有谁能够拥有如此可怕的刀技呢？也只有蔡伤才能够调教出这样的人物来。

唯尔朱复古知道，眼前的年轻人绝对不是蔡风！

在神池堡，见过蔡风的人并不少，虽然那时候人们只知道他是绝情，但拥有蔡风的容貌这是毫无疑问的，眼前的这个年轻人虽然刀法极为可怕，但并非与蔡风一路，而且年龄也相差极大，二人本身的气势和内在风采也大相径庭。

“轰！”石裂沙飞，这一刀并未能击中那老者，却将地上的石阶击碎五级，疯狂的气势如龙卷风般夹着碎石松针四逸而飞。

一旁围观的人都大惊失色，纷纷挥舞兵器，抵挡碎石松针，惨哼之声不断。

木刀未断，蔡宗的身子着地后，便若射出的蝮蛇，腰身略曲，改变角度再次旋转而出，依然是疯狂无比。

那老者有些狼狈，白衣已有几道裂痕，他无法抵抗那奔涌的刀气，尽管险险避开了刚才致命的一击，可也出了一身冷汗，他根本就不敢与蔡宗硬拼，同时更没有把握能够抗拒蔡宗这一击，只因为对方年轻！

年轻，是一种本钱，一种值得骄傲的本钱，没有什么东西可以比年轻更可贵。

老者错步疾退，蔡宗的连环猛击让他显得极为狼狈，他根本无法估量蔡宗的潜力。此刻，他倒有些后悔阻止蔡宗的通过，不该招惹这样一个煞星。

“轰！”这一击，老者避无可避，唯有硬接一途。

也只有硬接他才更进一步认识到蔡宗的可怕！

那一刀之中所蕴涵的不仅是无坚不摧的杀伤力，更有一种深深的死亡之气，死亡之气似乎来自地狱，潜伏了千百年的冤气在刹那间完全迸发，而形成一股毁灭性的力量。

毁灭的力量，似乎是由千万条小蛇疯狂地噬咬着老者的每一寸肌肤，这是一种以他手中之剑无法抵挡的感觉。老者从来都没有想过世间会有这种刀法，也从来都没有体验过这种感觉。虽然他明知道这种感觉是虚幻的，可他仍忍不住呻吟几声，只是他呻吟的声音只有他自己才听得见。

“砰！”老者的躯体重重撞在炼心石上，嘴角渗出了两缕鲜血，蔡宗没有继续攻击，可是在风云渐敛之时，他竟感到一阵无可抗拒的寒意自刀身流回自己的经脉，握刀的手竟然开始麻木。

蔡宗胸口的狼皮衣裂开两道长长的剑痕，交叉在胸口处，淡淡的血迹在毛茸茸的胸膛上交叉成十字，每道刚好五寸，但并未要了蔡宗的命，至少此刻蔡宗仍然活着，因为他在大口大口地喘息着。

天地之间似乎在刹那间归于寂静，山风呼啸声，松涛激荡声，对于所有的人来说，竟是那么遥远，似是传自另外的一个时空。

静，所有的人如置身梦中，似在深思，抑或是他们的灵魂已为刚才那一击的灿烂和疯狂所毁灭，更将他们的心思引入九幽地府，那是一种神奇而异样的境界。

老者喘息了几口粗气，那握剑的手上竟凝聚了一层霜花，窄长而雪亮的剑身，也同样点缀了一层晶莹的雪花。这个变化，似乎是在所有人眼皮底下发生的，使人如同在做梦。

老者的脸色变得极为惨白，他望着霜花越来越厚的剑身和手臂，竟然没有一丝反抗的能力，而且霜花不断上升，向肩头逼近。他从来都未见过如此奇事，也从未想到世间竟有这般可以潜而后发的寒劲，这股寒劲已达到如此出神入化的可怕境界。

“这是什么刀法？”老者眼中满是惊惧，有些虚弱地问道。

“终极败王诀！”蔡宗冷漠地道。

“终极败王诀？”老者眼中闪过一丝迷茫，又喃喃自语道：“没听说过。”

“你没听说过毫不为怪，因为你是第一个试刀者！”蔡宗缓缓抬起手来拉了拉被划开的狼皮衣，吸了口气道。

“我是第一个试刀者？难道‘终极败王诀’是你所创？”老者有些惊讶地问道。

“除我之外，没有人可以使出这一刀。”蔡宗充满了自信，豪气干云地道。

那老者笑了，笑得有些凄惨，突然脸色一变，忍不住一声呻吟，脸色竟红得像火炭一般，那股奇寒之劲抵达肩头，居然化成一股疯狂的热流，如烈火在经脉中燃烧。

呻吟之声终于将所有人自沉迷中惊醒，一下子又回到了充满杀意的现实，更为那老者的奇状而瞠口结舌。

“这是什么功夫？”许多人都在心中如此想着，他们也看到了蔡宗胸口的两道剑痕，是那般刺目，那般让人心惊，脸色变得最为厉害的是那重伤的尔朱复古，因为他看蔡宗的目光有些异样。

“这叫什么剑法？”蔡宗似乎对那老者的剑法极感兴趣。

“败军之将，何足言勇？不说也罢！”老者说话的声音有些打战，额头汗珠直冒，似乎正在承受着烈焰的煎熬。

“败的不是你的剑，而是你的人！”蔡宗吸了口气道。

方知子和方尘子也是用剑高手，亦禁不住为蔡宗捏了一把汗，因为蔡宗胸口那两道剑痕只要再深入两分，胸膛之中的心脏和肺腑肯定会尽数碎裂，那样即使神仙也不可能活命。

正当方知子两人思忖之时，突觉眼前光影一闪，虚空之中盛开了数十朵灿烂亮丽的剑花。

“小心！”方尘子忍不住惊呼出声。

剑花灿烂得刺眼，却是尔朱复古剑上所挑起的，一个能够挑起如此灿烂、如此多剑花的剑手，绝对不会是受了重伤之人，可是尔朱复古明明受了重伤，这一切都变得有些不可思议起来。

尔朱复古的剑，攻向蔡宗，不！这不应算是攻击，而只能算是偷袭。

尔朱复古向蔡宗的背门偷袭，此刻的尔朱复古比对那老者攻击时的尔朱复古更为可怕，至少不止可怕一倍。

方知子自问绝对达不到这个境界，与尔朱复古相比，他的确要逊色两筹，即使其师无涯子出手，也不会比尔朱复古厉害多少，只是方知子有些不明白，尔朱复古受伤之后怎会仍然如此可怕，如果他以眼下的实力与那老者相比，又怎会只那么几招就败得跌坐于地？

其实，并不只方知子如此想，在场很多人都是这样思忖着，他们更不明白为什么尔朱复古还会选择攻击蔡宗！

事情发生得太过突然，谁也没有料到事情会这样发展，即使蔡宗与那痛苦不堪的老者亦不例外。

“哧！”剑身再次划破蔡宗的狼皮衣，自他的后腰插入。不过，尔朱复古感到蔡宗的肌肤滑溜得让人无法掌握。

蔡宗一声狂号，反手一刀，但尔朱复古一击即退，重伤之下的蔡宗一刀也便落空。

蔡宗疾退几步，腰间划开一道深深的血槽，鲜血泉涌而出，染红了狼皮衣，显得无比凄惨。

蔡宗以快不可言的速度止住伤口周围的穴道，以阻血流，更自怀中抓出一把草药抛入嘴中，竟像野兽一般大嚼起来。

尔朱复古禁不住有些暗暗心惊，蔡宗的眼中竟闪过一丝幽蓝的亮芒，就像暗夜的狼眸，更燃烧着一种疯狂的火焰，似乎恼怒于尔朱复古的恩将仇报。

尔朱复古不敢继续抢攻，而是望着蔡宗将那被嚼成糊状的草药敷在腰间的伤口上。

“你为什么要杀我？”蔡宗敷好草药，声音冷如寒冰地问道。

尔朱复古阴阴一笑，道：“别再装傻了，别人或许不知道你的身份，但我尔朱复古却是清楚得很。”

“你知道我的身份？”蔡宗脸色大变，惊问道。

“哼，别以为天下人都是傻子，只有你们父子几个是聪明人。我们尔朱家族与你们蔡家可是没什么好讲的，蔡念伤，你就认命吧！”尔朱复古冷杀而坚定地道。

“蔡念伤，他就是蔡伤的大儿子蔡念伤？”“难怪拥有如此可怕的刀法……”“果然虎父无犬子……”围观的江湖人士不由得全都哄然议论起来。

蔡宗的脸色变了数变，竟然显得无比冷静地问道：“你是怎么看出来的？”

尔朱复古自信地笑了笑，自鸣得意地道：“哼，虽然相隔近二十年，你再也不是童年的模样，可是有些东西并不是时间可以改变的。你可记得二十年前，咱们一起玩雪的情景？”

蔡宗没有说话，但心中却无比激动，今日，他居然意外地获知与自己身世有关的事，这也是他多年来一直寻求的结果，他此时只希望尔朱复古快一点说出口。

尔朱复古突然撕开胸前的衣衫，只见胸前一道道浅浅的红痕，显然是伤疤，凌乱得如一条条蚯蚓在爬动。

“这些全都是拜你所赐，如不是你这窝囊废，主人又怎会将我伤成这样？”尔朱复古狠声道。

蔡宗心里微微发凉，忖道：“难道自己的身世与尔朱家族有关？”心想间，倒忘了拉上狼皮衣，又将胸膛露在寒风之中。

在蔡宗的记忆中，就知道自己姓蔡，至于叫什么全都忘记了，自己的身份也是全都模糊不清，隐隐地只能在记忆深处找到北魏这个名词，他也记不清自己在哪一天突然忘记了以前的事，只知道因为一只熊，一只大狗熊。那一天，他拼命地跑，在当曲河边的黑暗沼泽中，可是他怎么也无法逃过那只狗熊的追捕，当狗熊追上树之时，他便自高高的树上掉了下来，在树上还被一条毒蛇咬了一口，后来，他就什么事也不知道了。醒来时只觉浑身如撕裂一般的痛，狗熊已经不在了，他不知道狗熊是什么时候离开的，可是他看到在自己的身上爬满了一条条让人恶心的小虫，生长在沼泽中的小虫都是有毒的，也正是因为这些毒虫才让他没有死，反而解了他所中的蛇毒。

那个时候，他也不知道是第几天没有吃东西了，只感到腹中很饿，那种饥饿是刻骨铭心的，其他的什么都不记得了，但潜意识中他知道自己姓蔡。那时，在饥饿的驱使下，他将身上蠕动的毒虫全都抓进了嘴中，那是一种像泥巴一般呈灰褐色、小如蛆虫的软体动物，他清楚地看见这些小毒虫在指缝间蠕动，还拖着长长的唾水。由于太过饥饿，最终他闭上眼睛将身上爬满的毒虫全吃了下去。腥臭的烂泥味就是这种毒虫的主要味道，于是他吐，几乎将肠胃之中所有能吐出来的东西全吐了出来，直吐得嘴唇发裂。

那一次，他身上被狗熊抓得满是伤痕，也失血过多，那条咬他的毒蛇死在狗熊的爪下，后来成了他的美味佳肴，自那次之后，他便尝试着吃毒虫，也曾中毒快死了，可是他总能奇迹般地又活过来，那是一段比地狱之中更惨的生活。后来，他知道怎么去对付狗熊，怎么去杀死野狼和毒蛇、毒虫。

在那充满危机的沼泽之中，什么样奇怪的毒物都有，大的、小的，但却没有什么不是没有毒的。他也记不清在沼泽中生活了多少个日日夜夜，不可否认，他也成了沼泽中一个奇异的毒物。而对于过去，他只有一些模糊的印象，但对喇嘛的仇恨却似乎一直都长驻于他的心灵深处，他还深深记得一个名字，那是华轮。后来才知道，华轮是域外喇嘛教的大喇嘛，而北魏是一个国家名号。他明白，这些肯定与他的过去有关系，因此也成了他这些年来的主导和目标。

他知道，自己可能是因为那次被狗熊所惊吓过度，失去了记忆，是以，他一直在寻找记忆中的东西，但却很失望。今天，却意外地找到一个知道自己过去的人，尽管对方是自己的敌人，但那种激动仍是免不了的。

尔朱复古见蔡宗毫不作声，心中更恨，愤然道："你可记得那次你偷来你爹的沥血刀，来与我比武？我本来不想跟你比，但你踢坏了我堆的雪人，我就跟你打，你们蔡家的刀法也不过如此，十招不到，你的沥血刀便被我磕飞，与此同时，你也被自己的刀割破了肚子，可你爹蔡伤那句争雄好斗之话，使得主人对我进行割肉之刑向他赔罪，还以沥血刀划开我的背部，留下这永不磨灭的残痕以示警告。从那一天开始，我就发誓要找你蔡家算账……"

"你还说你是怎么认出我的？"蔡宗有些不耐烦地打断尔朱复古的话道，不过心中的激动是无以复加的。至少，他知道自己姓蔡没有错，这就说明今次前来北魏是对的，而且他猜想自己很可能与北魏第一刀有着特殊的关系。

第一百五十一章　沥血留痕

尔朱复古拉上胸前的衣襟，又撕开后衣，背上如一条巨大的蜈蚣般，龟裂出一条长达一尺的肉沟，就像是蜈蚣的腿，泛着淡淡的红色，形状可怖至极。

“这就是沥血刀的杰作!”尔朱复古语调之中充满了无限的仇恨。

蔡宗的心神为之大震，目光禁不住落在自己的腹部，那道蜈蚣纹随着他年龄的增大而越来越清晰。他记得最初，这只是一道无法结疤的伤痕，后来他渐渐长大了，可是那伤痕始终无法长出肉来，便深深地陷入肉中，成为一条肉沟。再后来，肉沟旁竟也裂开了一道对称的小肉沟，犹如蜈蚣一样怪异，他还以为那是因为他吃的蜈蚣太多了，而得到的报应，没想到，今日才知道这竟是沥血刀的杰作，不由得愣住了。

旁观的人全都忍不住向蔡宗的腹部望去，他那狼皮衣被剑划开了，小腹也露在风中，众人很清晰地看到了一条与尔朱复古背部一模一样形状的龟裂纹理。

方知子听过沥血刀的传说，他师父曾说过天下有几件奇兵，而沥血刀排在首位，这并不是因为沥血刀是一柄神兵，而是因为沥血刀因人而出名，沥血刀的名字是在江湖上一场场杀戮之中所树立起来的不败形象。当然，沥血刀也的确是一柄好刀，尽管其本身并不能切金断玉，可它在蔡伤手中饮过千万凶人的热血，更在战场上斩敌无数。刀在蔡伤的手中渐渐具有灵性，每一次搏杀，蔡伤都将自己的无相神功贯入刀身，竟使鲜血渐渐吸入刀身之内，变成了凶物。天下之间，也只有一种功夫可以驱驭沥血刀，那就是无相神功，亦只有配以无相神功才能够将沥血刀发挥出最强的威力！沥血刀更有一个特点，被它所伤的伤口永远都不可能恢复到正常状态。当然，这只是一种传说，真正见过的人并不多，但眼前的事实，似乎正证实了那个传说的真实性。

“他果然就是蔡伤的大儿子蔡念伤……”“是呀，这回……”众人禁不住纷纷议论起来，但却没有人敢上前说话，因为事关尔朱家族的事，又有谁敢跟尔朱家族作对呢？即使崆峒派也没这个胆量，何况在场的围观者又有谁能够胜过尔朱复古？

“不仅如此，在你的左耳根下更有一块伤疤，那正是当年我的剑所留下来的。因此，就算天下所有人都不认识你了，我却不会认不出你，你就认命吧！”尔朱复古狠声道。

蔡宗禁不住大笑起来，却是欢快的大笑，这一笑，只让所有的人全都给蒙住了，即使尔朱复古也不知道对方在笑什么，他当然不明白蔡宗是因为知道了自己的身世而欢快地大笑。

蔡宗心中的喜悦是无可形容的，虽然尔朱复古的话不一定全都可信，但至少让他的身世有些眉目了，他对自己的身世一向都是茫无头绪，此刻总算理出了一个头绪，尽管因此而受伤，但似乎也是值得的。

“他在说谎！”一个冰冷的声音传了过来。

尔朱复古和蔡宗都愣了一下，所有人的目光禁不住全都投往声音传来的方向。

那是一个同样戴着竹笠，众人根本看不出他面貌的人，但其声却并不显得沧桑，显然是个年轻人。

“你是什么人？”蔡宗冷冷地问道。

“一个刚见过蔡念伤的人！”那人不愠不火地道。

所有人全都愣住了，他们不知这个突然出现的神秘人之话何指？

“你刚才见过蔡念伤？”蔡宗心头有些失望地问道。

“那是八天前的事，但我敢肯定，你不是蔡念伤！”神秘人望着蔡宗自信地道。

“你以为他在说谎？”蔡宗不答反问道。

“当然！”神秘人回答得斩钉截铁。

“为什么?”蔡宗心头多了一分失落，他被对方那肯定的语气给怔住了，竟然无法肯定谁对谁错。

“因为他们是同一路人!”神秘人指了指尔朱复古和那重伤的老者，冷峻地道。

“啊……”所有人全都大愕，更感到极不可思议，他们怎么也想象不到尔朱复古竟然与白衣老者是一路人。

尔朱复古和那老者也全都脸色大变，他们的神情证实了神秘人所说的话没错。

蔡宗禁不住扭头望向白衣老者，冷冷地问道：“你也是尔朱家族的人?”

“不错，他不仅是尔朱家族的人，而且还是尔朱家族的两大元老之一。你刚才说得好，他败的不是剑而是人！他就是那个在尔朱家族最精擅拳法的尔朱归!”神秘人淡然而平静地道。

“尔朱归?!”方知子和方尘子忍不住惊呼出声，他们当然听说过尔朱归。传说当年尔朱荣大战棍神陈楚风，首先派出尔朱归试探对方的身手，但尔朱归败在陈楚风棍下。那一战知道的人并不多，但无涯子却知道，而无涯子又是自长恨子那里得知的，因此知道尔朱归的存在。在尔朱家族之中有很多从未涉足江湖的高手，江湖中人知道他们面貌的也少之又少，尔朱归就是这些人当中的　个。

“单论拳法，他的确可算是当世数一数二的人物，但他不该弃剑学拳。尔朱家族的剑法精奥玄妙，举世之间几乎难有与之相抗衡的剑法。可是他却弃剑学拳，后来又弃拳练剑，这是一种错误，也正因为这样，他这一辈子都无法成为无敌的剑手！一个练剑的人，双手必须严格要求，如今他的手已经不适合握剑。只有一双修长之手，才能够无比灵活，准确掌握剑的存在。也只有修长之手，才能让心与剑相互勾通，剑手的手，需要保持最高的灵敏度，甚至可以让每一根经脉都能清晰感受到剑的精神，这才能注于剑最强的生机，正因为他的手在练拳的时候已经麻木不仁，甚至不怕痛痒，这样的手，即使再好的剑法也会大打折扣!”神秘人娓娓道来，却有一种让人不得不信服的感觉。

蔡宗默然，但心中却又有些不以为意，因为这与他的身世并无关系，不由得冷然问道："你到底是什么人?"

神秘人向蔡宗望了一眼，轻轻掀开竹笠，露出一张极为潇洒的面孔，悠然道："在下就是三子!"

"啊!"众围观的人又是一惊，要知道，三子就像是蔡风的影子，更是蔡风的好兄弟，形同左右臂膀，却没想到竟然在这条夹道上出现。

蔡宗心头忍不住一阵失望，他虽然来到中原时日不长，但也有一个多月，自然知道三子在蔡家是怎样的一个重要角色，更不会说谎！那也就是说撒谎的人是尔朱复古了，可是尔朱复古身上怎么也有同样的一条刀疤？又怎会如此巧合？那他的话又有何目的呢？难道只是为了掩饰与尔朱归的关系吗？那可是完全没有必要的。蔡宗的心头微微有些迷茫。

尔朱复古脸色变得极为难看，他自然知道三子的可怕，财神庄一役就有三子的参与。当初防卫如此严密的神池堡都被三子给逃了出去，此事一直都是尔朱家族的耻辱。三子和蔡风形影不离，既然三子此时出现了，那么蔡风是不是就在附近呢?

"不仅尔朱复古与他是一伙的，就连黑心熊也同样是尔朱家族的人。"三子淡然道。

所有人禁不住再惊，这件事情越来越有趣，也越来越复杂，使得他们都弄糊涂了。不过众人想到尔朱复古重伤后仍能出手伤了蔡宗，可见三子所说并没有错，尔朱复古和尔朱归只是在演戏。尔朱复古所受的伤也全是假的，那么黑心熊熊君落下山崖，难道也还有假？而尔朱家族这么做的目的又是什么呢?

三子轻轻拍了拍手，人群之中一阵骚动，分开一条通道，众人不由得全都大为愤怒，为尔朱归的可恨和尔朱家族的可恶而愤怒。

众人眼中出现的是一道人影，神情呆板，身上更有几道血痕，这人赫然就是黑心熊熊君!

夹道之间，众人的嘈杂之声与风声松涛之声相合，倒也别具一种意境。

大家都亲眼见到黑心熊滚落下山，都当他摔死了，却没想到那只是在演戏，一种上当的感觉让在场围观者心中产生了极大的愤慨。不过，却没有谁敢发作，毕竟尔朱家族可不是好惹的主儿。

“这位兄台想来就是大闹包家庄的蔡宗吧?”三子悠然问道。

蔡宗一惊，惊异地望了三子一眼，反问道：“你似乎对我的行踪很清楚?”

“那也不是，只是适逢其会，兄弟们传达一声，我便这么猜测而已。”三子极为轻松地道，神情间自有一股难言的潇洒，各道之人也都为三子的神采所慑。

蔡宗突然想到，几次暗中有人为他阻住了追兵，而他却从来都不曾知道那些神秘相助之人究竟是谁。此刻三子一说，那对方极有可能是葛家庄的人，而赤尊者的失踪又是不是葛家庄的人所为呢?不过，他并没有必要去为那些事烦心，赤尊者的生死更不关他的事，他有兴趣的只是如何解开自己的身世。中土，他的确没有来错，无论是对于武道的修行，还是关于身世之谜，都有所突破。他这一生，就是希望能在武道上不断精进，将生命推向巅峰，更要弄清楚自己的身世之谜!

“尔朱复古，你是要我动手还是自己动手?”三子眸子中闪过一缕凌厉的杀机，就像是两柄锋锐的利剑深深插入尔朱复古的目光中。

尔朱复古心头微怔，三子的武功比之两年前似乎可怕了很多，单论自对方身上散发出来的气势就足以慑人心魄。他知道，三子今日绝对不肯善罢甘休，在神池堡时，尔朱复古几乎是对他们尽情污辱，更灌药水，这一切三子全都看在眼里，那些与三子一起的阳邑众兄弟，更有几人死在他手中，那时候三子便说过，即使做鬼也不会放过他!

那次三子没有死，不仅没有死，后来还变成了一个极为可怕的人物，因此如今与三子的这一战，尔朱复古自忖绝对不可避免，但三子的口气之狂妄连他也为之错愕，似乎他已经注定成了对方囊中之物一般。这对于他来说，摆明是一种污辱。不过，尔朱复古并不动怒，因为他知道那是最不明智之举，高手相争，就要以最冷静的态度去面对，否则只可能是败亡。

围观的众江湖人士只听说过三子是蔡风的影子，更像其左右手，那么三子的武功一定不会差到哪儿去，他们自然更清楚今天有好戏看了。三子与尔朱复古的一战，所代表的是当今武功最强的两大宗系，更是一番龙争虎斗。

蔡宗似乎受伤不轻，大口大口地喘息着，移步于一旁静坐疗伤。他知道，有三子在这里，他不会有太大的麻烦。

尔朱归的面色渐渐平复，似乎已经调匀真气，压住了蔡宗那古怪的真气，但整个人似乎病了一场，手臂和剑上也开始冒气，一缕缕淡淡的热气，却是那霜花所化。他不得不承认，蔡宗的“终极败王诀”比他想象中更为可怕。刚才并不是他不想杀蔡宗，而是他不能，根本就是心有余而力不足，蔡宗也的确够狠，竟全然没将生死放在心上。如果蔡宗那一击有半点犹豫的话，他必将死于尔朱归的剑下！那是绝对没有任何情面可讲的，但是在生与死面前，蔡宗没有半丝犹豫，抑或蔡宗本身就是已超脱生死的死神！魔鬼！

其实，蔡宗的刀法不仅令尔朱归大感震惊，更包括在场的所有人。那柄黑木钝刀本身就极为怪异，再加之那奇异的真气，的确能够起到极强的震撼作用。更何况，三子还说他曾经大闹过包家庄，单凭这一点就不能不让人心惊。

三子缓缓伸出一只手，一只修长却又不失宽厚白皙的手。

他的手，似乎是不沾半丝半缕烟火，还略带一种若有若无的魔力。

尔朱复古的脸色微变，他并不知道三子要干什么，只是黑心熊的脸色变得若死灰一般苍白，他似乎感觉到了什么。

当尔朱复古也感觉到了一丝异样之时，三子的手已经扣在黑心熊的咽喉。

“你死有余辜！”三子冷冷地道。

“喳！”黑心熊连惨叫都未曾发出，颈骨便已寸寸碎裂，脑袋软软地歪到一旁。

“噗！”守在黑心熊身边的两名极为普通的汉子之一顺脚踢出，黑心熊那庞大的尸体直飞出五丈，重重向山崖之底坠落，这一次他绝对再也没有丝毫活命的可能了。

众江湖人士大感痛快，黑心熊并不是什么善男信女，在甘陕一带，可谓是独行大盗，行事毫无原则可讲，让江湖各路人马都耻于与其为伍。只是黑心熊心黑手辣，武功又高，没有人敢去招惹他而已。此刻，有人能杀掉他，自是大快人心之事，但众人有些不明白，黑心熊是在什么时候成为尔朱家族的人？不过，江湖中让人费解的事情太多，也没有必要细细追问清楚。

尔朱复古的脸色变得极为难看，不仅仅是因为三子下手的狠辣，也因为三子身后那两名看起来极为普通的人。

刚才踢飞黑心熊尸体那轻描淡写的一脚绝不普通，可这却是一个普通得不能再普通之人的杰作，那人的举措使众人不得不心惊。

方知子和方尘子也为之暗暗心惊，天下间传闻葛家庄藏龙卧虎，看来并非空穴来风，单只这两个普通人也不能不让人刮目相看。那一百多斤的尸体，只是轻描淡写地一脚便凌空踢出五丈之远，那份力道该是如何的强猛！方知子自信自己也可以做到，但是绝对没有那人利落，对方的动作没有丝毫拖泥带水的感觉。

尔朱复古深深吸了口气，手中薄若蝉翼的剑抖了一抖，向三子冷冷地道："就让我看看这两年来你的武功有什么长进吧！"

三子不由得哂然一笑，正要说话，他身后那踢飞黑心熊尸体的汉子冷冷地道："你还不配！"同时身子向前大跨一步，立在三子之前。

尔朱复古差点没把鼻子给气歪掉，他何曾被人如此轻视过？如果这话出自三子的口中，他还可以当对方是在激怒他，可这却是出自一个名不见经传的小卒口中。

"你动手吧，杀你这种人，还用不着三公子出手！"那普通人冷冷地道。

尔朱复古强压心中的怒火，因为他感觉到来自那普通人身上的压力。

"我叫无名三十一，你记好这个名字，有空的时候去阎王那里告告状。"那普通的汉子冷杀地道。

"无名三十一……"众江湖人士禁不住大愕，他们哪里听过这么怪的名字？更因为无名三十一那种异乎寻常的镇定所震慑。

尔朱复古的眼中闪过一丝异样之色，江湖中人对葛家庄无名三十六将的了解或许比较少，但是尔朱家族却是绝对不会是初次听说。财神庄一役，他们已充分领教过无名战将的可怕，耿怀恨曾细讲过无名五和无名十六的厉害，因此，尔朱家族已将无名三十六将视为眼中钉了。

尔朱复古自然清楚耿怀恨的实力，如果无名五可以胜过耿怀恨的话，自然也可以胜他。他与耿怀恨的武功处于伯仲之间，而眼前这人却是无名三十一，那么无名三十一的武功与无名五的武功又是孰高孰低呢？

当然，这一切已经不再重要，重要的是这场比斗应该怎么进行，其实，也没有必要想得如此复杂，该出手时就出手。

尔朱复古没有出手，倒是无名三十一先出手了。

无名三十一的手似乎很多，满身都是，散布于每一寸空间，而且每只手的姿势全不相同，有拳、有掌、有钩、有爪，还有指，犹如兰花吐蕊，犹如睡莲初绽，犹如牡丹盛放，犹如……每一个姿势都是那般生动。

尔朱复古大惊，那些挥舞于空中的手影是那般真实，可是无名三十一只有一双手，绝对只有一双手！除非他是个怪物，但怪物也不会有这么多手啊。

那这些手孰真孰假？哪是杀招，哪是虚招？尔朱复古弄不清楚，因此，他唯有退！

当然，光退还不行，还必须出剑，薄剑幻成数十朵绽放的鲜花，耀眼、刺目，只是没有那千万只手夺目和奇诡，更少了那种妖异的气势。

“哧……”千万只手全都化成飞灰，被灭成一片的虚无，只因为尔朱复古的剑。

所有的手全都是虚招，只是一种影子，也许，连无名三十一整个人都是虚无的，因为无名三十一已经失去了踪迹。

其实也不是失去了踪迹，而是已到了尔朱复古的身后，只是尔朱复古没有看到而已。

“小心！”尔朱归急呼道。

即使此刻尔朱归没有出声，尔朱复古也感觉到了，他清晰地感觉到两道劲风自“腰腧穴”和“命门穴”袭入，这大概就是无名三十一的杀招所在。

“尔朱归，本来我并不想趁人之危，但是对敌人的仁慈就是对自己的残忍，因此，你必须死！”三子望了尔朱归一眼，充满杀机地道。

尔朱归一惊，此刻他身上有伤，且那只被冰冻的右手经脉失控，尚未曾恢复，此时面对这个年轻的对手竟然有些惧意。

三子嘴角泛起一丝不屑的笑意，似乎已清楚看出尔朱归的心思，而不耻于对方那种畏怯的神情，更似乎略带一丝怜悯之意。

尔朱归心头禁不住升起一股怒火，但在同时他也感觉到三子那独特的杀气和气势。

蔡宗也讶然地睁开眼睛，因为他是位刀客，对于刀，他比谁都要敏感，因为他有着别人无法相提并论的超强敏锐的觉察力。

刀，并没有形状，只是一种感觉，一种清晰无伦的感觉，要问刀在哪里，三子会告诉你，在他的心中！

的确，刀在三子的心中，心中有刀，手中才有刀。这十余天来，三子的刀道几乎是一日千里，因为达摩，也因为蔡风，更因为有爱情的激励。

有人说，情与爱是武道的绊脚之石，那只是一种偏见的说法，情与爱可以是阻力，当然也可以成为动力，有时更会使人具有灵感。天地万物，生生不息，就是因为情之所在。上天体量苍生，是对苍生的博爱，真正得道之人，是心系苍生之人。正因为其爱博大到无所不容的境界，才能上体天心，下合民意。在凡与神之间，破开一道虚空，而飞升天道，因此，情与爱并不是武道的绊脚石。

此刻的三子比之昔日的三子，确是已脱胎换骨。

蔡宗的眼中闪过一丝讶异，眼前的年轻人，比他还年轻，可是那种自骨子里流露出来的气势并不比他逊色。三子的这种境界，他仍是前几天才达到，在飞雪楼重伤之后，他便一直在苦修，费天因为有急事，在蔡宗伤势稍好之后，立即就离开了，唯留下蔡宗一人搂抱着冰魄寒光刀苦思。终于让他悟出了“慈心三杀”第三式刀招——“终极败王诀”，从而使刀道再升一个境界，因此才能够抵达三子这种境界——刀在心中！

心中有刀，刀是无所不在的，手中有刀，落个有迹可寻，反为下乘。而只有真正体会得出刀心之人，才能够真正心中有刀，手中无刀杀人无形。

蔡宗的刀道只是自己在每一次杀戮之后的心得所积累，那是一种别人所不能拥有的经验。看到三子那种傲视天下的气势，蔡宗心中禁不住涌起一种惺惺相惜之感。虽然初入中土，与费天出生入死，可以说是建立起了深厚的情谊，但他与费天的年龄相差极大，怎么也找不到这种惺惺相惜的感觉，何况费天行事乖僻，与他的脾性并不太相合。不过，对于朋友，费天还是极为真诚，至少凭着蔡宗的直觉，可以明白这一点。

三子轻轻跨出一步，以一种优雅而轻缓的步伐跨过了两尺，目光落在尔朱归的脸上，似乎略略有些俯视的味道，其实，尔朱归所站的地方比三子还要高一些。

"你出招吧!"三子淡然道。

尔朱归的剑似乎在颤抖，热气升腾得更快，他必须尽可能以最快的速度使右手恢复正常。

三子缓缓抬起左手，傲然地笑了笑，道："给你个公平的机会，我只用左手杀你!"

所有的人全都为之愕然，谁也没有想到三子竟然说出这样一句话，也的确狂傲得超出人的意料之外。

蔡宗的眸子中却流露出几许赞赏之色，他并没有看错人。

尔朱归却脸显怒色，眸子之中闪过几近疯狂的怒火，他缓缓挺直腰杆，如一头凶猛的雄狮，整个人的气势也渐渐提升。

……

尔朱复古数击尽数落空，无名三十一的动作实在太过溜滑诡异，在攻击之中，虚虚实实根本让人无从捉摸，那种怪异拳法更让尔朱复古大为头痛，只让他有些眼花缭乱。不过，无名三十一并没有占到什么便宜，双方的功力应该处于伯仲之间。

无名三十一极为平静，虽然攻势如狂风骤雨般猛倾而下，但他的神色没有丝毫的躁动，拳法之中更没有半丝漏洞。

尔朱复古刚开始被迫退了几步，后来也渐渐稳下战局，虽然他的剑极为锋利，但也无法破开无名三十一的拳网。

在尔朱复古攻出第一百三十三剑时，他竟然发现无名三十一的拳头不见了。

也不完全是，只是尔朱复古的眼睛被强光耀了一下，那是一柄刀，一柄雪亮的刀！

刀无疑是无名三十一的，也不知道他的刀是什么时候出现的，尔朱复古当然也就不清楚刀来自何方，但无论刀是来自何方，它却是致命的。

致命的一刀，代替了无名三十一的拳头，简单明了的一刀，似乎毫无阻隔地击入了尔朱复古的剑网。

尔朱复古大骇之余唯有疾退，他必须退，因为对方的刀正劈在他剑式的最弱点，无名三十一居然找到了他的破绽，弄清楚了剑法的路子。

无名三十一的确已弄清楚了对方剑法的路子，在尔朱复古攻出第一百三十二剑时，他已经将这路剑法重复地使用了两遍，第一百三十三剑正是第三遍的开始，这便是无名三十一强攻的最好时机。因此，无名三十一出了刀，一直深藏不露的刀。

一个真正的刀客，就像是狩猎者一般，会寻找一个最佳的时机使出最厉害的杀招，以求一击而使猎物致命。

无名三十一就是这种刀客，不轻易出刀，一旦出刀则必须取到最佳的效果。

尔朱复古退了三步，但是并没有摆脱无名三十一的刀，无名三十一的刀依然是简单而又直接，却封住了尔朱复古的所有攻势，因为无名三十一已掌握了他的剑路。

尔朱复古唯有再退，无名三十一并不能要他的命，只是，他不能将先机让给无名三十一。退，至少可以让他不失先机，虽然占不了先机，但也不至于失去。

尔朱复古再退三步，无名三十一的刀势之中终于出现了一丝松懈，他绝对不会错失任何机会，任何扳回先机的机会对于他来说，都是十分珍贵的。是以，他聚劲于剑上，反击而出，只是在这时，他突然发现无名三十一露出了一个极为诡异的笑容，笑得那般让人心寒。这使得尔朱复古觉得自己似乎坠入了一个无法挽回的死局。

的确，这是一个死局，当尔朱复古还未将这个问题想通之时，便感到腰间一阵刺痛，然后他感到一件冰凉的东西进入了他的体内，而他所有的力道也在顷刻间化为无形，唯有暴发出一声狂号。

无名三十一的刀收入了怀中，其实也没有人知道那柄刀收到了哪里，就像它出现时一样，无声无息，无知无觉。

尔朱复古低头看时，发现自己的小腹之前伸出了一截剑尖，他缓缓地扭过身来，如同将死的野兽，低低地号叫着。

眼睛！

尔朱复古最先看到的是眼睛，一双清澈明亮而又略带怜悯之色的眼睛。

“我叫无名三十四！”那眼睛的主人轻轻地说了这么一句话，便拔出了那柄刺入尔朱复古腹中的剑，带起一道血弧，给人以无限凄艳之美。

尔朱复古再次发出一声惨号，倒下去便成了一具失去了生命的尸体，只是那双眼睛瞪得浑圆。

杀人的人是无名三十四，其实，谁杀人都无所谓，战局总得有个了结。

围观的众人全都禁不住心惊肉跳，无名三十一和无名三十四的配合是那般简洁利落，对付敌人，更不讲究什么规矩，那完全是没有必要的。

无名三十四自怀中掏出一块白绢，迎风抖开，然后轻轻拭去剑上的血渍，动作是那般优雅和生动，与那袭普通得不能再普通的装束有点不相配。不过，若仔细看无名三十四的那张脸，倒显得眉清目秀。

无名三十四松开手中的白绢，让它随风而去，然后将剑身缓插回鞘中，仰天长长吁了口气。

方知子和方尘子都觉得有些不屑，他们是名门正派的弟子，自然看不惯无名三十四这种背后杀人的偷袭行径。

无名三十一却向方知子和方尘子笑了笑，很淡的笑容，不过两人看不出这笑容的含义。

……

尔朱归对尔朱复古的死似乎并不怎么在意，他只是望着三子露出一丝高深莫测的笑容，淡淡地道：“年轻人，你太狂妄了！”

三子不以为然地道：“年轻人需要的就是一份不着边际的狂傲，这样才能更显示出年轻人的朝气和活力，难道你不觉得吗？”

尔朱归一愣，笑道：“说得好，的确说得好！年轻人到底还是年轻人!”

蔡宗也展颜露出一丝难得的笑容，他对三子的话毫无反感，因为他自己也狂、也傲。

三子悠然一笑，道：“有时候光说并不行，更要以实际行动来证实，以实力来维护自己的狂傲!”

“好，年轻人，如果五招之内，我逼不出你的右手，不用你动手，我自行将脑袋给你！而且，我也用一只左手对你!”尔朱归比三子更狂更傲，似乎尔朱复古一死，他就再无顾忌一般，而且整个人的气势也随着狂涨而起。

三子和蔡宗似乎都感觉到了尔朱归异样的变化，不禁皆有些讶然。

三子自信地一笑，道：“如果真会是这样的话，今日我就不再找你麻烦，也算是输了一场。不过，我觉得你今次是没有活命的希望!”说完心中忖道：“你明明受了重伤，难道还有什么厉害的杀招不成？你要是能以单手在五招之内逼我出右手的话，那么你的武功就不是我所能敌了，那时我再战也没有什么意思。”

尔朱归高深莫测地一笑，向三子道：“年轻人，你小心了!”说着，右手所握的剑突然裂成近百块废铁片，手臂轻轻一抖，那些霜花悠然化成烟雾升腾而起。

蔡宗禁不住吃了一惊，讶异地望了尔朱归一眼，对方似乎并没有因为他的“终极败王诀”而身受重伤。

“不必奇怪，你的‘终极败王诀’的确可算旷古绝今的刀招，且霸道无比，可对我老人家却是没有多大用处的。但你无须气馁，因为老夫知道连蔡伤的‘怒沧海’也不能将我怎样。刚才老夫之所以剑下留情，只是因为见你是个人才，如你这样的人才早死，那简直是一种损失!”尔朱归望着蔡宗傲然道。

蔡宗几乎信心尽消，他花了那么长时间才创出的“慈心三杀”的第三式“终极败王诀”，可在对方眼中，竟全然毫无用处，这对于他来说的确有些无法接受。不过，他并不相信尔朱归所说，因为他对自己的刀绝对有信心，而尔朱归手臂结霜的情景也历历在目。可尔朱归恢复能力之快也大大超出了他的想象，对方竟然能够用右手将剑震裂成如此多的铁片，足见其功力已经恢复了八九成。不过，绝对没有完全恢复，因为那些碎片之中有几块大小与其他的碎片并不一样，这就证明对方力道还未达到最纯之境，但这只是受伤的右手，而左手呢?

尔朱归的左手已经五指如钩，略略内扣，可以在任何一个时间化掌为拳，而所有的气机全都自那拳心迸射而出，一股若有若无的烟雾轻绕在拳头的周围，形成一种极为怪异的感觉。

空气似乎越来越干燥，越来越让人喘息有些困难，这一切的原因来自同一个地方——尔朱归的左拳!

尔朱归已握手成拳，在成拳的那一瞬间，便挥了出去。他碎剑明志，摆明是要以拳胜三子，而尔朱归的拳头，的确可怕至极。

尔朱归本是练拳之人，弃拳而练剑之谜，并没有人知道。不过，其拳道究竟达到一种什么境界，江湖中并没有几个人知道，因为他唯一只与棍神交过一次手，在那一战中，众人只知道尔朱归全身而退，至于最后到底是什么战局，外人只是道听途说，并不知其中详情。

尔朱归的这一拳与对蔡宗的那一拳之气势并不一样，此拳一出，虚空中的空气犹如被烧焦了一般，干燥得有些呛人。

拳头出现，已是在三子面前三尺之内，快得让人无法想象。

三子吃了一惊，蔡宗也吃了一惊，全因尔朱归的速度超出他们的想象之外，但无论如何，三子都必须出手，而且只能出左手!

其实，这次三子的确失算了，尔朱归的可怕之处并非他刚才所见的那些，抑或刚才的尔朱归只是故意装出来的……

“嘭……”三子退了三步，一股焦热的力道自他的掌缘流涌而入，入体之后却化为汹涌的狂潮。

尔朱归的拳头再一次出现，是在三子又未曾回过气来之时。

尔朱归本身似乎根本不用回气，根本不需作任何停留，功力之高，动作之快，是三子做梦都未曾想到的。

三子不敢硬接，既然不能硬接，那唯一可以做的就是退!

蔡宗似乎比三子更为惊讶，心中有些发凉，忖道：“难道尔朱归刚才所说是真的？之前他的表现全是装出来的，但那又是为什么？是否因为尔朱复古的存在？”

无名三十四和无名三十一的手心已冒出汗水，他们当然很清楚感觉到尔朱归那奔涌的气劲和疯狂的压力，他们本对三子的信心是不可动摇的，但此刻却并不是他们所想象的那般，只因尔朱归太可怕了。

“轰！”尔朱归的拳头击空，一股疯狂的劲道将一级石阶击得碎成沙砾。

尔朱归用的只是一只手，一只手始终无法使自己的武功发挥至最为凌厉的境界。

“哧！”一溜闪亮的银龙破开沙砾乱飞的虚空，似自另一个空间纵出的神物，斜绕向尔朱归的左臂。

三子的剑，三子竟不是用刀，而是用剑！

“黄门左手剑！”方知子和方尘子禁不住同时惊呼出声，对于剑的了解，崆峒派可以说绝对不会输给任何一家，因此在三子出剑之时，他们就立刻知道剑名及剑式。

尔朱归也为之微微吃了一惊，但他依然显得十分轻松，也很优雅，只是眼角闪过一丝淡淡的讶异。

三子的剑快，尔朱归的身法也同样快，错步之间已回臂，化拳为爪，竟似不畏剑锋之利，迎着那缕亮光直抓过去。

“叮，哧……”亮光一灭，剑身隐现之下，尔朱归衣袖已化为幻飞的布蝶，但剑身却被两只粗若棒杆的指头夹住。

尔朱归一声怪笑，淡淡地说了声；“好剑法！”而他的身子也在说话的同时，向三子的怀中撞去。

三子骇然，剑身被尔朱归所夹，竟然丝毫挥击不得，眼见尔朱归这一撞足以撞碎他的五脏六腑，禁不住一咬牙。

“嘣！”一声脆响，剑身断为两截，却并非尔朱归的杰作，而是三子造成的。

断剑依然是剑，是剑就仍可使人致命！

尔朱归似乎也感到极为意外，三子的反应速度之快的确不同凡响，毕竟，三子是个高手，难得的高手，高手总会有过人之处。

尔朱归虽然背对着三子，但却清晰地感应到剑气锋锐地袭入衣衫之中。

“叮!”尔朱归手中的一截断剑尖准确无误地反阻住那截剑尾!

“砰!”尔朱归闷哼了一声，却被三子一脚踢中了屁股。

“好，踢得好!”蔡宗赞道。

“两招了!”无名三十一突然出言道，虽然三子出脚踢中了尔朱归，但他却清楚地看出三子并没有取胜的希望，尔朱归的确太过可怕了，不仅仅其武功可怕，而那深藏不露的个性使他显得更为神秘诡异，尔朱归似乎是个演戏的天才，更让人无法揣测出他的用意，因此，无名三十一不得不记着招数。

蔡宗一愣，有些不屑地望了无名三十一一眼，他并不太喜欢无名三十一的这种做法，五招之数只是说说而已，难道真的就以五招为限？那只是对武人的一种污辱，他还是比较看得起三子，所以，他才会不屑无名三十一的做法。当然，他也是一个高手，一个得道高手，自然知道尔朱归的可怕，也不得不承认刚才自己的确是看走眼了，对尔朱归估计失误。

以尔朱归的拳法，根本就没有任何必要在中途以剑换掌，单以拳法就可以化解那招终极败王诀！而中途尔朱归却弃长取短，以剑代掌，这摆明是不想让外人知其的真正实力。蔡宗并不知道尔朱归的真实身份，也是第一次与尔朱归交手。不过，尔朱归的确是他所遇到的最可怕的对手，这一点是不可否认的，绝对不可否认。

三子并不会放过任何机会，尔朱归的功力胜他很多。虽然佛家的无相神功对人体的潜质有极大影响，能改善人的经络气脉，使人练功事半功倍，但是尔朱家族的武学也是博大精深，绝不容小觑，因此此时的三子必须乘胜出击。

三子一脚既出，另一脚也同样紧接而出，刀气迸发，却是自脚掌之上，心刀，无所不在，无所不存，锋锐无伦。

尔朱归身子翻跌而出，身子在空中犹如陀螺般倒旋而起，大喝道：“看老夫的裂地神拳!”

三子一脚踢空，立刻知道不好，而天空在此时陷入了绝对的暗淡，日光尽失，松林变色，一股自四面八方奔涌而至的劲气便若绳索一般将他紧紧缠住，更在肌肤之上呈螺旋状绞动，几欲将他的肌肉尽数撕裂成无数碎块，而尔朱归的身形已经失去了踪影。

三子仰头，虚空之中，只有一只拳头，硕大无比的拳头，就像是泰山之顶的仁圣之石那般。

第一百五十二章　勇者无敌

三子心中大骇，蔡宗也为之惊讶不已，甚至有人惊呼出声。

“嗡!”一柄巨刀自黑暗中升起，三子凝聚所有劲气击出最强悍的一刀，依然是左手！他绝不能退缩，因为他是一个刀手，是个武人！败，也得将自己的战果扩张到最大限度。

勇者无敌！敢拼的人，绝对是勇者！

左手刀，并不比右手刀差，刀与剑本来就可互用。刀还是自剑中演化而出的兵器，不过，刀比剑更霸道、更有力度、更具杀性。

“轰轰……”三子犹如败叶一般悠然飘飞出五丈，几乎立在绝崖之边，脸上一片潮红，他劈出了九十九刀，才挡住尔朱归这一拳。

好可怕、好霸道的一拳，石阶裂开了八级，那些观战的武林人物全都被拳劲逼得退后十余丈，只能远远地观看着。

三子刚刚立稳身子，尔朱归的拳头又至，这一拳却显得极为普通，因为他根本来就不及使出刚才那最为凌厉的杀招！

尔朱归不想让三子脱出这个几乎已经陷入了死局的位置，他相信自己有这个能力将三子击下深崖，只要击下深崖，那三子就是有九条命也不够一死。

三子惊骇异常，但却表现得十分平静，越是到了生与死的关头，便越要镇定，唯有镇定才是高手相争时挽回败局的最佳途径，否则，只会败得更惨、更快！

不过，此刻三子已经没有其他的办法，唯有硬拼一途，挥手击出天马行空的一刀！

杀气奔腾于山腰之间，刀尖之上竟然射出了一缕长长的、淡淡的刀芒。对于刀道，三子的确已经达到了一种极高的境界，随手一刀，都是必杀的一式。那种角度和弧度都是无可挑剔的，精美得像是一场优雅的梦。

“轰!”刀芒与拳风相接的闷响刚刚传出，尔朱归的那一拳已重重击在三子的刀锋之上。

尔朱归并不想这样，只是三子的刀锋弧度太过精妙，精妙得有种算无遗漏的感觉。

不过，三子并没有讨到好处，身子几乎已经有一半倾斜至危崖之外，就像是一丛弱不经风的嫩草在崖头摇晃不定，似乎只要风势再强一些，就可将他吹落崖下。

尔朱归的拳面之上竟奇迹般被割出了一道淡淡的血痕，这是他数十年来从未有过的事情，不禁心中吃了一惊，不过他并不恼怒，心中总觉得三子只是一个将死之人，又何必与之一般计较呢?他在震退三子之时，振臂腾空，竟再一次使出了那式裂地神拳，三子此时的身形摇晃不定，这给尔朱归制造了最好的出拳时机，而这已是第五拳。尔朱归不仅要逼得三子以右手迎击，还要对方将命也赔上。

三子的确是个可怕的对手，因此，尔朱归已全力以赴，毕竟单臂不如双臂。

当三子的身形定下来之时，尔朱归的拳头已笼罩了他周身五尺方圆。

三子竟然连眼睛也未眨一下，那种镇定几乎让人有些心寒，也许，不只是心寒，更有一种高深莫测之感。

三子究竟会不会使出另外一只手呢?会不会毁去自己的承诺和誓言呢?

所有人都在为三子担心，他们几乎有些不忍再看，三子能接下这一拳吗?即使三子双手同出，是否能敌住尔朱归呢?此刻的三子，只要再退后半步，就会掉落深崖，其结果可想而知，必定粉身碎骨。三子能否保持半步都不退呢?这似乎有些不可能!

风凄凄，尘落灰散，松涛依旧。夹道两峰，立如摩天之柱。

没有半丝人语，因为大家都为眼前的结局而惋惜。

三子似乎永远地消失在山头之上，尔朱归那无情的一击几乎击碎了无名三十一和无名三十四的希望。

三子本来不会败得如此快，但却无法拗过地势之险，此刻没有人会不知道三子已经坠入了那绝命的孤崖，坠入深崖就只有一个结局——粉身碎骨！

尔朱归的最后一击，并没有几人真正看清楚了究竟是怎么回事，因为那一击的确太过狂野激烈，以致让所有人的视线全都被涌动的尘砾所挡。当然，知道战局的人不是没有，至少，尔朱归和三子知道，不过三子已经不在崖顶，也许此刻已经粉身碎骨，自然无法说出，而尔朱归又怎会说呢？

尔朱归仰天望望西斜的夕阳，神色之中展露出无限的豪情。

“再过一天就算完成任务了，四十六年，可真难熬啊！”尔朱归自言自语地低声道，语调之中带着淡淡的哀伤和沧桑感。说话之间，尔朱归缓缓转过身来，目光冷冷地扫过在场的所有人，充满杀意地道：“如果你们不想死的话，就全都给我滚！”

蔡宗紧闭着眸子，似对尔朱归的话充耳不闻。

尔朱归的目光最后落在蔡宗身上，射出两道幽光，微显得意地问道：“你服不服？”说着向蔡宗逼近数步。

蔡宗悠然一笑，有些淡漠地道：“你似乎很得意？”

“哼，老夫有得意的资本，你们年轻人能有今日的成就的确不简单，但妄想与老夫相提并论，无异是螳臂当车……”

“可你还是输了！”蔡宗突然打断尔朱归的话，语破天惊地道。

尔朱归一愣，不屑地笑道：“谁说我输了？”

“当然是我说的！”蔡宗冷冷地回敬道。

“你是在胡说八道！”尔朱归冷然地道。

“你说，刚才一战你用了多少招？”蔡宗反问道。

“五招！”尔朱归毫不犹豫地道。

“嗯，你的确只用了五招，可是你可还记得先前说了什么话？”蔡宗反问道。

“我自然记得，我说过五拳之内要逼他用右手，否则……”说到这里，尔朱归似乎想到了什么，禁不住顿住不再言语。

“否则怎样？”蔡宗笑了，笑得有些古怪，似乎在嘲弄尔朱归一般。

“哼，否则我会将人头双手捧给他，可是此刻他却死了！”尔朱归愤然道。

“看来你还不是全然不讲道理，我还以为你会否认刚才所说之话呢！”蔡宗悠然笑道。

“哼，我为什么要否认？不错，我虽然没有逼得那小子以右手出击，可是他死了与施出右手又有什么分别？”尔朱归冷冷地道。

“不，你败了，谁说我死了？”说话之人竟然是崖头失踪的三子！

“三公子?!”无名三十一和无名三十四突然见三子在崖顶重现，禁不住同时惊喜地呼道。

众江湖人士本来将目光本都聚在尔朱归和蔡宗身上，竟然没有看清三子是如何出现的。

三子的神情有些狼狈，灰头土脸的样子，却并没有半丝受伤的痕迹。

尔朱归吃了一惊，却看见蔡宗脸上闪过一个古怪的笑容，依然带有嘲弄之意。

三子轻轻拂了拂衣衫上的尘埃，正视尔朱归转过来的面孔，露出潇洒的一笑，道：“你败了，如果你以为刚才一战很不公平的话，我们可以再来！”

“你……”尔朱归竟然被逼得无言以对。

“尔朱荣当年在北魏曾面对天下群雄说过，尔朱家族之人，无论主仆，如许下诺言，定不毁诺，而你更是尔朱家族的两大元老之一，相信定会守诺，而不至于让你的族王失言吧……”无名三十一和无名三十四同时嘲弄道。

“我先杀了你们这两个嚼舌头的小子！”尔朱归恼羞成怒，拳劲轰然而出，不仅打断了无名三十一和无名三十四的话，还夹着凛冽而狂野的劲风袭向他们的面门。

“哼，言而无信！看来整个尔朱家族也不过如此！”三子只是怒喝道，但却并没有出手，抑或他根本就来不及出手，因为尔朱归的速度太快了。

无名三十一和无名三十四似乎早就料到尔朱归会恼羞成怒，他们也并不怕，分立两侧，成犄角同时出击，刀与剑交夹而出，犹如怒龙腾空。

尔朱归眼中闪过一丝不屑的神采，双拳同时轰出，霎时天地为之变色。

风卷云舒，沙石狂涌，尔朱归双拳的威力比之对三子那单拳的力量几乎狂增了一倍不止。

“轰轰……”地面爆裂出一连串的闷响，犹如天崩地裂般威势骇人，奔涌的劲气如潮水般四射怒绽。

而令人奇怪的是，在尔朱归如此威狂的拳劲下，无名三十一和无名三十四竟然冲出了拳势之外，只是有些狼狈不堪，手中的兵刃已经只剩下一截把柄。

同时尔朱归的身形却已经出现在数十丈开外，伴着悲鸣，向山下狂奔而去。

尔朱归竟不战而退，这的确出乎众人的意料之外。不过，他此时的举措也许是对三子的一种回答，虽然他没有应验刚开始的承诺，但也算是一种让步的做法了。以尔朱归的武功，若让他自杀，那的确有些不甘心，可作为一个前辈，败了就是败了，再无脸面留在夹道上，是以，尔朱归才选择了离开。

三子长长吁了口气，以尔朱归的武功，若是一气乱杀，在场的人恐怕没有一个是他的对手，唯有他与蔡宗联手才有希望击败对方，可是蔡宗的伤势不轻，武功自然大打折扣，如何还能与他联手出击？无名三十一和无名三十四虽然也是高手，可是与尔朱归相比，却差了很多。

“我就知道你没这么容易死的！”慈魔蔡宗望着三子淡淡地笑了笑道。

三子有些虚弱地、感激地望了蔡宗一眼，展颜耸肩道：“生死相隔只在一线之间。”

原来，三子在尔朱归使出最后一招裂地神拳之时，就知道自己绝对无法硬挡此击，若是在平地上还好说，但此刻他却身陷绝崖之畔，只要稍有一点冲力就会九死一生。泰山之险神州闻名，因为此山之中深涧绝壑，悬崖峭壁，多不胜数，三子若是被击落悬崖，哪里还会有命在？因此，他只能在死里求生。

在生与死的界限中，人的思路往往显得格外清晰，反应也无比灵敏，三子的思维反应本就极快，在最紧要的关头，他并没有施出右手，因为他知道即使挥出右手也只会是同样一个结果，所以他宁可一赌！

三子没有在尔朱归的拳下反抗，而是运足目力，一眨不眨地盯着尔朱归的拳势。

终于在最要命的时候，他发现了尔朱归拳中的一丝小得不能再小的破绽，这也就是让他逃得一命的机会。

尔朱归的拳劲带起的劲风，将沙石尘土全都扬起，似成了一道屏幕，迷糊了旁观者的视线，可是身在拳劲之中的三子却可以清楚地看到这股劲气范围之中的任何变化，他并没有选择对这个破绽进行攻击，因为那样只能引来无情的反震之力，使他身陷万劫不复之地。

三子在劲风刚刚接触到他身体之时，他反身翻入山崖之下，由于身形的牵动，将尔朱归击出的所有劲道如洪潮般引向山下狂泻。

尔朱归也感到有些意外，不过，他并没有想到这一切竟在三子的算计之中，还以为三子是受不了他拳劲的逼压而坠入山崖。

其实，三子在翻身自坠山崖之时，已运劲于刀，以目光迅速找好地点，然后挥刀猛插入石壁中，将自己的身子虚悬在绝崖之上，而那股疯狂的劲气自他的背后掠过，消除了被击入崖底的危机。而尔朱归对自己的拳道太有信心了，也懒得去察看山崖之下的情况，于是就给了三子以喘息的机会。只要有丝毫喘息的机会，三子就立刻可以翻身回跃崖顶。

其实，蔡宗早就知道三子身悬崖间，虽然他的眼睛也与其他人一样，无法穿透那层迷雾，可是他有着绝对不同寻常的耳朵，他可以清晰地捕捉到方圆百丈之内所有的声音，包括两峰夹道中人的呼吸之声，尔朱归拳劲裂地之声虽响，却也并不妨碍蔡宗的听觉，因此，他敢断言尔朱归败了。

此刻蔡宗见三子果然没有令他失望，不由得悠然一笑道：“但你越过了这一线，活了过来！”

“也算是侥幸，不过，败的人始终是我，我太小看了尔朱归！”三子苦笑道。

“我也一样，只怕他的武功还不止于此。你们中土的武功比我想象中更为高深莫测！”蔡宗禁不住有些感叹地道。

“哦，难道蔡兄是从域外而来？”三子奇问道。

蔡宗淡然一笑，挺身而起，持刀而立，道：“不错，我自西域踏入中土，十分向往中土的武学和风土人情，只不过今日的中土比我想象的更乱。”

三子浅浅一笑，有些不置可否，只是淡淡地问了一声：“蔡兄伤势不要紧吧？”

“谢谢关心，这些事经历得多了，已感觉有些麻木，区区小伤根本无甚大碍。不过，你如果要上山的话，可得小心了，这山道之间伏有不少敌人，也许前面的山路敌人更多，虽然我不明白他们的动机，但还是小心一点为好！”蔡宗哂然道。

“噢。”三子有些惊讶地望了蔡宗一眼，似乎对蔡宗清楚山道间有埋伏而感到意外，不过他并没有作出任何表示，反而淡淡地笑了笑，道：“谢谢提醒，我们今日前来，就是要清理这条山道间所有的埋伏，给众位江湖朋友一条安全的上山道路！”

“哦？”蔡宗也有些惊异地望了望三子、无名三十一及无名三十四，有些讶异地问道：“就凭你们三人？”

三子高深莫测地一笑，道：“这一点恕我先卖个关子，明日蔡兄再来时，一定可以畅通无阻！”

“旭日东升，天下奇景！本来我想早些上山看看，现在看来只好作罢了！”蔡宗似乎微微有些遗憾地道。

“来日方长，何必在乎这么一日？明天之后，看日出的机会多不胜数，为不扫你的雅致，看来只能等待他日了。”三子笑了笑道。

“罢了罢了……”

“啊……”几声惨叫自两峰夹道间传了过来，打断了蔡宗的话。

蔡宗举目向两峰腰望去，只见峰腰上不知何时多了几人，正在调弦收弓，显然刚才那几声惨叫是他们的杰作。

“吁……吁……”一声长长的尖啸，在山峰之间回荡开来。

三子也搓嘴一啸，与那声尖啸遥相呼应。

“原来你们早有安排，看来我是担心太多了，就此别过！不过，你让蔡风小心叶虚这个人，此人曾以双手横扫域外，然而世人却不知，他最具威力之处却是脚！”蔡宗也不知道是出自一种怎样的心理，诚恳地向三子道。

三子一呆，深沉地望了蔡宗一眼，见他满目真诚，不由感激地一笑，道：“谢谢提醒，我一定转告。”

蔡宗洒然一笑，蹒跚地向山下行去。

三子不再犹豫，穿过两峰夹道，向十八盘险道进发，他们这次是有备而来，专为明日蔡风上山清理好通道，免得又节外生枝。以葛家庄的实力，其遍布各地的眼线，又岂会不清楚几大家族的动向？自然知道尔朱家族的一举一动，虽然并不太明白尔朱家族的意图，但尔朱家族与蔡家之仇不是一日两日了。如果尔朱家族占驻了要道，又岂会不对蔡风进行阻拦？而这种情况，葛荣绝对不允许出现，因此，葛家庄与尔朱家族这一战不可避免。

这是一种纯粹的实力之战，更有先机和被动之利，但无论如何，三子知道，这是一场极为艰难而且也极度危险的厮杀，尽管他们早在十多天前就作了安排，可那种潜在的危险依然存在。

蔡风和叶虚的约斗惊动了葛荣，蔡风受伤同样也让葛荣心惊，葛荣几乎将蔡风视为己出。自小到大，葛荣就对蔡风特别疼爱，此刻若不是军务太过紧急而分不开身，他大概也会亲临泰山。不过，即使他不亲来，也必定会让葛家庄的精英前来，这是不可否认的。

葛家庄势力日盛，兵力多达数十万，加之江湖势力也绝不容小看，几乎成了江湖的龙头，各个大小寨头，盗寇响马，无不以葛家庄马首是瞻。

世道太乱，强者为王，苛政之下，民不聊生，江湖人物也不太好过。稍有些实力的，就心生叛乱，也好在乱世之中谋得一席之地。当然，这些人必须选中投靠目标，而葛家庄不可否认地就成为了首选对象。也有些人选择投效朝廷，无形之中，使得江湖人士分为几个流派。

此刻葛家庄要杀上泰山，正是许多人大献殷勤之时，不过，也有许多人知道这之中涉及尔朱家族，尔朱家族可也不是个好惹的主儿，因此，大部分人还是选择撤退或静观其变，谁都爱惜自己的生命。

方知子和方尘子相视一眼，崆峒派虽然自视甚高，可是今日与葛家庄及尔朱家族比较起来的确相差太远，同时他们知道这两大江湖势力已经正面交火，会有一场大比拼，他们崆峒派不能得罪任何一方，因此只好选择撤退。不过，方知子和方尘子知道，一切至少要到明天才有惊人之举，因此他们不太急着登上泰山之顶，遂率十余名兄弟返回山下。

泰山之险，就在于十八盘。十八盘又分紧十八、慢十八、不紧不慢又十八。

最险的要数紧十八，不可否认，险地生杀机。对于三子来说，紧十八盘和天街将成为他们最为艰苦的一段路，他甚至可以嗅到那种浓浓的杀气弥漫于奇险无比的山道之间，而这一切都是没有办法改变的，他必须闯！也必须消弥所有的杀机，这是葛荣交给他的任务，打通这条意义极其重大的道路势在必行，对于明日一战，绝对不容有任何闪失。

三子身上的衣衫有些破烂，血迹斑斑，他的神情看上去也似乎有些疲惫，也的确，如果说不疲惫，那完全是骗人的。

闯过慢十八盘，三子身后的葛家庄高手只剩下八人，有十六人战死于途中，没有人想象得到一路上的残酷和战局的惨烈，三子能够活下来，应该算是一种幸运。

尔朱家族众高手的确可怕，就像江湖传说一般可怕，不过，比起葛家庄，比起葛荣的算计，他们似乎又要略逊一筹。毕竟，三子是杀过来了，踩着敌人的尸体，来到了紧十八盘之前。

无名三十一也是浑身浴血，唯一让人感到他存在的，是一双眼睛，一双满布杀机的眼睛！在杀死第十二个敌人时，无名三十一的右小指被斩断，左小臂被划开，背上有三道刀痕。不过，他并未倒下，而且像铁人一般坚强地挺立着！

无名六、无名三十及无名三十二已经先后丧命，山道太险、太陡，但他们不怕死，是正常人所无法比拟的死士，所以他们为别人而死了，为三子，也为其同伴。更有几名高手坠入深谷之中，留给世间最后的遗产，大概只有一声长长的惨叫。

唯一稍好些的是无名三十四，他身上的衣衫虽然显得十分破烂，也有斑斑血迹，但这些血迹都是别人的，包括无名三十二的血迹。无名三十二是为了替他挡住尔朱流方致命的一剑而与对方同归于尽，无名三十四也趁势杀了尔朱听聪。

尔朱流方在尔朱家族年轻高手中排在前几位，而尔朱听聪也绝对是个极为厉害的高手，可是他们都死了，死在慢十八盘，如果尔朱天佑知道他们的死讯肯定会气昏过去，他的宝贝儿子全被人击杀了，这对他的打击的确不小。

三子的刀最为锋利，也最为狠辣，不过，他在与尔朱归交手之时受了些震伤，否则其威力绝不止如此。自两峰夹道走完慢十八盘时，三子共杀敌十人，其中六人是尔朱家族的厉害人物，这一段路，尔朱家族几乎死了五十多名好手，另外加上十余名高手，付出的代价比葛家庄惨烈得多，但三子却知道，眼前的紧十八盘是最为险要的一段路，而己方只剩八人，这肯定是一场艰苦得不能再艰苦的杀戮。

不过，险道有险道的好处，对方并不能仗人多占便宜，而只能凭借实力，狭道相逢，勇者胜，这绝对适合用于此时。

三子自然懂得勇者之道，但他更懂猎者之道，狩猎者，必须具备最好的耐心，甚至比狼更能忍耐，更能等待时机。

紧十八盘，依然曲折回环，眼中所见，唯有白云蓝天，松涛绝壁，夕阳微微高出远处的山峰，红得有些让人心旷神怡的彩云像是浮于虚空的棉絮，只是比棉絮绚烂很多。

今日真是个好天气，三子不想否认这些，望着泰山奇景，禁不住豪情激涌，仰头长啸，若龙吟九霄，虎啸林间，只让人心情激荡不已。

三子驻足，无名三十一斜斜踏前几步，当与三子并肩之时，竟跃起脚点三子的肩头。

三子跨步，一道急而陡的拐弯，一柄疾而狠的利剑如亮起的旭日向他咽喉刺到。三子笑了，笑得有些得意，有些庆幸，更多的却是为无名三十一的剑而笑。

那伏于拐弯之处的人是个高手，只凭那一柄快得无以复加的剑，与那掌握时机的准确性，就可以看出他的确可算是一个可怕的杀手。

三子挥刀，其实这一举措可说算是多余的，因为无名三十一的剑此时已经破入了那偷袭者的剑网之中，惨叫声中，对方几乎有些不敢相信地、无法理解地死去了。

偷袭者是名杀手，但无名三十一却是杀手中的死士，更深懂埋伏之道，甚至拥有着野兽一般的警觉，这是一般高手无法比拟的。

那名偷袭杀手更估计失误，他也许连想都没有想过无名三十一与三子居然是这种架势，他甚至无法理解三子和无名三十一竟配合得如此默契。

不错，偷袭者的确算准了三子的方位和角度，那也是必杀的一剑，至少对三子造成了极大的威胁，可是他没有算到无名三十一的存在，所以他死了，而且是一击致命。

击杀那名杀手后，无名三十一的身子已化为一道轻风，飘落于地，三子的刀自他腋下穿过，如自缝隙中蹿出的死神，以一种诡秘莫测的角度划入那名被无名三十一的动作惊了一跳之人的胸膛。

“当！”三子的刀并未将那人开膛破肚，那人的胸膛之前居然有一块坚厚的铁板。

“哧！”剑锋快捷无比地掠过三子的耳畔，竟削去他几缕头发。

“当！”那人正要回剑切断三子的脖子之时，一柄斜插而至的剑架住了对方那柄夺命之剑！

剑是无名三十一的，来得无比及时。

山道极窄，窄得并不能容下几人同时出击，不过，三子和无名三十一仍能够配合得无比默契，甚至可以说是天地绝配。

三子的刀，斜挑而起，就在他感觉有点不好的时候改变了刀的方向。一个人除非是铁打的，否则他的关节之处不可能以金属做护套，如此他的身手绝对会失去平时应有的生动和灵活性，这对于一个高手来说，是一种损失，绝对的损失！

“呀!”那人忍不住一声惨呼，握剑的手在追打着什么一般，但很快便没有了动静，无名三十一伸手轻抄，将之挟于腋下。他心中很明白，在这夹道中危机重重，留具尸体开路总不是什么坏事。

拐过弯，并没有什么，一切都十分正常。无名三十一见此情景不由得呆了一呆，这一道弯对方竟然没有安排任何埋伏，使得他的主意落空。无名三十一正要跨步，三子的手却紧搭在他的肩膀上，拉住了他。

三子伸手在石壁上抓下一块小石头，向前面的路面掷去。

“砰!”一旁的山壁竟然飞出一簇劲箭，在碎石纷飞之中锐啸着射落山谷之中。

无名三十一禁不住吃了一惊，暗自庆幸三子发现及时，否则只怕他会被逼入山谷也说不定。不过心中暗自奇怪，刚才飞龙寨和成家的诸般高手上得山来，难道未曾经过此地?如果是这样的话，那就显得有些不可思议了。通往玉皇顶只有一条山道，再无其他，如果说他们曾走过此地，那这些机关是否是在他们登上山顶之后所设?

三子也有着同样的疑惑，为什么会出现这种情况?难道是尔朱家族中人对他们的行踪了若指掌，在夹道间设置关卡专门为了对付他们?

如果说这一切都是飞龙寨及成家之人上山之后所设，那么这些埋伏肯定有些仓促，绝对没有什么时间精心布局，而事实上夹道上的所有机关埋伏，都是经过严格布置的，步步充满着杀机，显然易见，这种可能不存在。还有一种可能，那就是飞龙寨和成家的高手并未上得玉皇顶，而是被击落深谷，抑或被尔朱家族中人所擒，但这对于尔朱家族来说可谓有百害而无一利，以尔朱荣的头脑，自不会想不到这一点。三子并不知道尔朱家族所发生的事情，甚至想不通为何尔朱家族这么不惜人力地在夹道上埋伏这么多高手，难道就是要与葛家庄和各路江湖人士拼个你死我活?这可是极不像尔朱家族的行事作风。不过，无论是怎样一个结局，怎样一种情况，他都必须穿过这一片死亡地段。

无名三十一极为小心地移动着步子，作好了应付任何突起之变的准备。

行过八步，三子的脸色微微有些变化，他的手轻搭在无名三十一的背后，一股强霸的内劲竟涌入了无名三十一的体内，无名三十四也同样以手掌按住三子的风府穴，内劲透体而入，通过三子传入无名三十一的体内。

无名三十一立刻明白是怎么回事，在两股强烈的内劲充斥全身之时，他听到了心跳之声，就在前面不远的拐弯处。

心跳，似乎极为微弱，就像是将死之人，不过，这心跳很有规律，呼吸之声几乎没有，细缓悠长得让人心寒。

这是一个高手，一个可怕的高手，究竟是谁却不是三子和无名三十一所能推断的，但这个人的杀伤力定是不可预测的。无名三十一很清楚自己将要面临什么，不过，这一切并不可怕。

的确，无名三十一只觉得自己体内奔涌着一股难以宣泄的狂潮，通体有着使不完的力量。

无名三十一停步，左手前探，将那具尸体推向拐弯之处。

“哧!”寒芒一闪，一蓬凉血飞洒而出，无名三十一手中一轻，那具尸体竟成两截而坠！而那缕剑光丝毫不停地射向无名三十一的胸膛!

好快的剑，好可怕的杀招，那是一种让人无法抗拒的杀招。

“叮!”当那缕寒芒重重击在无名三十一的胸膛上时，无名三十一才想到要作出反应。

那人似乎吃了一惊，没想到无名三十一的胸膛上竟有块铁板，那必杀的一剑竟然毫无作用，而且那铁板之上更生出一股强大的反震之力，几乎将他的手指震得发麻。

无名三十一的刀在此时幻起一抹弧光，在夕阳的残照之下，凄艳得让人心醉，刀气所过，石碎风裂，尖厉的锐啸自有一种慑人心魄的气势。

无名三十一单刀挥出，连他自己也吃了一惊，他怎么也不会想到自己竟然会击出如此霸道的一刀，那奔涌的劲气仿佛找到了一个宣泄之处，自刀锋上直泄而出，不过他知道，这一刀并不只是他一个人的功劳，而是聚合了三子、无名三十四与自己三人的功力所成，因此，他才能够发挥出平时连想都无法想到的效果。

那剑手似乎也吃了一惊，无名三十一的刀势之烈的确有些出乎他的意料之外，其实，出乎他意料之外的并不只这些，还有无名三十一的机警及防备。

在突然出现那具尸体之时，那剑手把它当成了一个对手而将之切断，斩断尸体使他的剑式减弱了极大的一份力道，也变缓了速度，他更没想到无名三十一的胸膛之前竟然加了块铁板，使他认为必杀的一剑再次失算。既然认为是必杀的一招，也就没有准备什么后路，因为他认为对于一个死人加以防范的确没有必要。可是无名三十一没有死，不仅没有死，而且还出乎意料的可怕。

这个用剑的伏击者，的确是个高手，而且是个十分厉害的高手，不过，无名三十一也同样是个高手，此刻尤其是。两个高手相对，就不能有半点失算，半点失算就可能酿就致命的错误，这是毫无疑问的。

伏击者的确是个高手，只可惜他连连犯错，连连失误。人是有情的，但刀与剑却绝无情面可讲，这是一种悲哀，抑或是一件异常残酷的事情：按照江湖规矩，其结局只有一个，那就是死！

死，是一个可怕的名词，没有人想死，只是在非死不可之时已没有任何办法了。不过，任谁都会垂死挣扎！

那名剑手就是这样，他的剑快，快得让人有些心寒，就像最开始的那一击般，同时，他的身子疾退，他必须退，不退就只有死，死在无名三十一的刀下！

“当！”一声强烈的爆响，夹着强劲的冲击力，几乎将那名剑手击落山谷，但那名剑手的剑已经断成了两截，虎口更渗出了鲜血，不过，他毕竟还是挡住了无名三十一必杀的一刀，至少此刻拥有了一个喘息的机会。

无名三十一如果是个让敌人有喘息机会的人，也不配列入无名三十六将之中，哪怕你想多呼吸一口空气！你所吸入的，也应是他的刀气！

那名剑手正吐出呼入的第一口气时，无名三十一的刀便夹着奔雷之势逼至了他的面门。

这似乎有些残酷，可是世上残酷的事情又何其多？苍天有时候就喜欢开这种残酷的玩笑。

“当！”那名剑手奇迹般地挡住了无名三十一由上而下的一刀。

“嘭！砰！”那名剑手的反应很快，在挡住无名三十一单刀的同时，也挡住了那由下盘攻来的一脚，遗憾的是，他只有两只脚两只手，尽管挡住了无名三十一的刀和脚，却无法挡住三子横空出世的一拳！

三子腾出左臂的一拳，其力道虽然不是很大，但足够将那名剑手击入山崖下。

虚空之中，唯留下一声惨叫，使泰山的韵律更显得悠长。

“当当……”无名三十四的剑快捷无伦，已经以最快的速度挡开了另外一个埋伏者的三十九剑。不过，他并没有还击一剑的机会，实是因为这条山道的确太窄、太险，根本就无法放开手脚，无法以全力还击。但，他不能退半步，退却代表的只是败亡，只能助长对方的锐气。

三子很清楚伏击在这里的两人的实力，虽然他并不清楚眼前两人在尔朱家族的具体身份，但想来不会低，他们的剑法之快比之尔朱流方有过之而无不及，在功力方面，更不是尔朱流方所能够比拟的。

不过，也没有什么值得奇怪的，尔朱家族的实力一向都是神神秘秘的，外界之人只知道尔朱家族中年轻一辈的三大高手，以尔朱兆排在首位，可是这只是一种假象。由尔朱家族所营造的假象，抑或这也不是假象，只是江湖人对尔朱家族了解太少，而无法对尔朱家族年轻一辈之人一一进行考证，而唯有尔朱兆、尔朱流方诸人在江湖中露面多一些，也就被人排了高下。实际上，在尔朱家族中更有一批潜在的、且江湖人对他们根本一无所知的高手，此时出现在三子等人面前的这两名剑手就是如此，不过刚刚上阵就被三子与无名三十一以狡计放倒一个，否则只怕很难对付。说不定无名三十一还有断腰破腹之危。

三子左拳回收，而刀却斜斜斩出，在无名三十四与他的对手交击到第四十三剑之时，他的刀势已经切入了对方的剑网之中。

无名三十一有种虚脱之感，此时无名三十四和三子已收回各自的功力，使他觉得四肢有点空荡荡的感觉。

不过，无名三十一也长长吁了口气，身子后撤，让过五名葛家庄高手，他可以在众人的身后好好休息一会儿了。不过，他很庆幸自己拾到一块救命的铁板，如果不是这块铁板，只怕他此刻已经伏尸当场了。

无名三十一刚退至众人之后，自怀中掏出铁板之时，无名三十四的剑已经切入了那名伏击的剑手胸膛，这是在三子的帮助下第十次成功地杀死了一名可怕的敌人，以致使战局胜得场场漂亮。

三子将刀锋在石头上磨了磨，神情微微有些古怪地望着无名三十四，无名三十四对他无奈地一笑，耸了耸肩，将剑身的鲜血在尸体上擦了擦，却并没有说话。

无名三十一也笑了，在经过生死的洗礼之后，一种会心的笑。

三子接过铁板，并不怕有失身份地插入胸前的衣服之中，缓步又向前一个拐弯处行去。

血腥味似乎是这仙境般美妙的世界中唯一不协调的气息。

浓浓的血腥味，弥漫在整条艰险无比的山道中，构成了一种郁郁的杀机。

松涛阵阵，山间猿啼鸟鸣，更不时自远处的山谷间传来虎啸，使泰山的黄昏变得那般幽静而空寂。

夕阳如一轮通红的火球，轻浮在一层层浪涛般的晚霞之上，便如是通往仙境的门庭，而仙境的毫光使人眼力无法穿透那神秘的门槛。

云彩压得很低，似伸手可及，又似高不可攀，那种感觉很好，不过此时这一切在三子心中却是例外。

三子根本没有任何心情去欣赏美景。当一个人在生死之间选择时，他们当然不会选择欣赏风景，而会选择生存。

三子自然会选择生存，唯有好好地活着，才能够静心地欣赏风景，也有无数欣赏风景的机会，三子自然懂得其中的道理。

再拐过一道弯，就可进入天街。很侥幸，他终于能够在紧十八盘上生存下来，这升仙坊的四百多级石阶可真是不好攀登，跟在三子身后的唯有无名三十四及三名葛家庄兄弟，但每个人都伤痕累累，包括他自己，身上也添了几道深深的伤口，不过，他仍可以支撑下去。

无名三十一实在无法再战，他伤得的确很重，因此，只得留在山道上，等待葛家庄的兄弟接他回去。这是没有办法中的办法，因为三子根本没有把握能够活着登上泰山之顶。

在这最后一段最为艰险的路途中，谁也不知道究竟会发生什么事情，会遇到怎样可怕的对手，这是一个悬念，生死之间的悬念，是以三子绝对不能分出太多的精力照顾无名三十一。不过，他知道葛家庄很快就会有人到来，他们只要走过了这一条死亡之路，就不会再有什么很大的危险。

无名三十四突然竖起耳朵，贴紧石壁，眸子中露出一丝欣喜的光彩。

三子也似乎有所感觉，问道："你听到了什么?"

"有人在前方厮杀!"无名三十四认真地道。

"噢，看来尔朱家族并没有调集太多的人马上玉皇顶。"三子喜道。

"嗯，应该是蔡叔他们!"无名三十四似乎长长吁了口气，想到前方天街之上的一场好斗，恨不得立刻便飞上天街。不过，他知道在这最后的关头，绝对不能有半点大意，那也许会成为致命的失误。

任何失误都可能是致命的，生与死并不是玩笑，也不能当作玩笑，除非你想死。不过，此刻的三子诸人心中都注入了无穷的斗志，一路上的疲惫和劳苦全都抛到了九霄云外。

三子绝对是个小心翼翼的人，更不会拿自己的生命开玩笑，越是最后关头，就越要小心。

第一百五十三章　泰山之战

山道间，并无杀气，除了血腥之外，似乎一切都几近完美。

三子小心翼翼地挪动着脚步，似乎在任何一刻都能作出最凌厉的反击，也足以应付任何突变。

每个人握着兵刃的手都在冒汗，冷冷的汗，越是到了最后关头就越显得紧张，这似乎任谁也是无法避免的。

“哈哈哈……尔朱家族也不过如此，老子几十年没有杀得这么痛快了，你们这些小王八正好来祭祭老子快要生锈的锤子！……”

“是蔡叔！”无名三十四和三子同时低声喜呼道。

原来，葛荣在很早就派人潜上泰山。葛荣做事从来都不会打没有把握的仗，任何事情都必须经过最为精密的计划，对于蔡风的事他更不能马虎，其实他早就预料到时必定有人从中作梗。因此，蔡艳龙在五天之前便已带着葛家庄的一部分高手化装潜上玉皇顶，每个人身上都带有足够的干粮。这五天之中，足不下玉皇顶，在天街附近或一些山洞中先住起来，而到时他们从山顶杀下去必定事半功倍，这也是葛荣的策略之一。当三子的长啸在山下响起之时，就是通知山顶的蔡艳龙，而蔡艳龙听到啸声立即作出了行动，对凡是任何可能对山道构成威胁的人物进行清理，这就酿成了天街之上的一番惨杀。

十九年前，尔朱家族杀得蔡艳龙惨逃而出，更对他追杀了数百里，这种仇恨在此刻便全面爆发出来。十九年前，蔡艳龙就是尔朱家族最为头痛的人物，十九年之后的今天，其武功比之当年不可同日而语，一出手就是杀招，只杀得对方天昏地暗，血染胸衣。

三子连踏三步，眼前豁然开朗，禁不住一声长啸，若风鸣龙吟，在最后一盘，竟然没有人阻挡，也许所有敌人都在天街之上疯狂地围歼蔡艳龙吧。

无名三十四和三名葛家庄弟子都禁不住长长吁了口气，那种沉闷死寂的压抑感在刹那间尽数化为乌有。

十八盘乃登上泰山的最险之处，生死在不经意间便已决定，这使人的神经绷得如满弓之弦，这份感觉其实就是一种疲惫，心灵上的疲惫。

南天门高大而雄武，屹立成一种神化的境界，仰视南天门，众人清楚地听到南天门之后不远处天街上的厮杀之声。

升仙坊，一级一级的台阶，陡峭至极，倒似乎真有一种爬入仙境的感觉，只差南天门中没有紫气烟霞外逸。

无名三十四和三子还是第一次登临泰山，其实，跟在无名三十四身后的三人又何偿不是第一次登临泰山呢？此刻心神稍松之时，他们才发现泰山之上的风景竟是如此的脱俗俊奇，那种威逼天下的气势使所有人都有跪伏于它脚下的冲动。

夕阳、晚霞、奇松、怪石，松涛如歌，清风似诗，兽鸣鹊啾更为泰山的意境增添了几许灵奇。

“嗖……”一簇劲箭如飞蝗般向发愣的三子等人射了过来，快若流星疾电。

“小心……”三子的话犹未说完，那簇劲箭已经射至面门。

“叮叮……”三子险险挡开射向他的几支劲箭，无名三十四最为警觉，竟闪至一块大石后，那些箭矢对他根本就丝毫不起作用。

三子身后传来了两声闷哼，三名葛家庄高手有两人中箭，不过却并非致命之伤。

五人迅速各找一块石头相挡，心中禁不住大恼，在最后的关头仍是马虎了一些，他们没有想到来敌并不在升仙坊上选择地利之便，而是躲在南天门之中以箭矢远攻。

“奶奶个儿子！”无名三十四恼骂道。

“你们伤势如何？”三子关心地问道。

那两名受伤的汉子吸了口气，道：“没关系！”说着竟挥剑斩断露在肉外的箭杆，箭头震动之下，禁不住眉头微皱。

无名三十四和三子露出一丝赞许的神色，这些人全都是一些不怕死的硬汉子，可以说是葛家庄的精英力量，每个人都有着一股普通江湖人物无法比拟的狠劲和悍劲，更对葛家庄忠心不贰，即使为葛家庄去死，他们也不会有半点犹豫。

“三公子，将那块铁板给我！”无名三十四的眸子中暴出一团浓浓的杀机，向南天门望了一眼，坚决地道。

三子自然知道无名三十四想干什么，不禁有些迟疑地道：“还是让我去吧！”

“不，我去，你们以毒弩为我掩护，也正好借机缓口气，让我将这帮小乌龟给炖了！奶奶个独生子，不相信这世上会有我炖不烂的乌龟！”无名三十四充满杀机地道。

三子也不能不承认，在五人当中，唯有无名三十四受伤最轻，虽然血染战衣，但却是敌人的鲜血多，他和另外三名兄弟都有些疲惫之感。

“没事的！”无名三十四自信地一笑，拍了拍三子的肩膀道。

“可是你体内……”

“我知道该怎么做！”无名三十四不由分说地打断三子的话，更自他的怀中将铁板拿了过来，长身而起。

“童山陪你一起去！”那名未受箭伤的汉子也挺身而起道。

无名三十四望了童山一眼，洒然一笑，道：“好吧，你小心了！”说完便若一溜青烟般向南天门扑去。

“嗖嗖……”箭雨如蝗而出，当中自然夹有三子的几张毒弩之箭。

无名三十四和那名葛家庄高手却奔掠于其中。

无名三十四根本毫不惊慌，乱箭甚至对他的速度都没有半点影响，那块铁板犹如一块巨盾旋开，四射的劲气竟然将来自南天门的箭雨尽数挡下。

“当当……”一连串爆响，若雨打芭蕉之声，更若急弦嘈嘈之声。

无名三十四瞬息掠过五丈，身法快如鬼魅，那些守在南天门的箭手似乎有些慌了手脚，上弦之箭射出来竟有些笨拙。

无名三十四一声长啸，身子旋转成一道陀螺，如龙卷风掠过，蜷缩之间，在身体周围形成一股螺旋气团，那些飞过来的劲箭无条件地被荡向一边，根本无法伤他分毫。

箭虽利，但抵不过那牵引排斥的劲气，无名三十四的厉害，连跟在他身后的童山都有些讶然。杀过十八盘之后，无名三十四依然没有呈现疲劳之态，仍有如此猛烈的攻势，的确让人无法理解，这或许就是无名三十六将的特别之处吧，他们似乎都有发挥不尽的潜力，更有一股永不后退的狠劲。

南天门雄奇至极，透过南天门仰视那湛蓝的天空，犹如一幕无瑕的翡玉，点点白云如鱼鳞般泛在不着边际的天空上，自有一种清闲恬静的韵味。

无名三十四飞临南天门之时，对方的第六轮劲箭犹未发出，他的动作的确快若惊电。

无名三十四的躯体升上半空，那块铁板若一片散云般旋飞而出，锐啸之声刺耳至极。

“嘣……呀……”弓弦崩断声，惨叫之声，在血花飞溅之时，一切都远离了这种虚幻的梦境，变得残酷起来。

山青，林茂，猿啼虎啸，是那般遥远，遥远得似是一种虚无，因为现实总是残酷的，更没有半点仁慈和人情可讲，对待敌人永远就只有一个字——杀！

那块铁板以一种极为玄奥的角度又回到了无名三十四手中，而这正是无名三十四出剑之时。

在夕阳之下，剑泛鳞光，如一层淡淡的辉润破碎了宁静而单调的虚空。

浪，层层地泛在不着边际的空间里，怪异莫名得让人有些心寒。

浪，并非浪，而是剑，无名三十四的剑！

“叮叮……”守候在南天门之内的人物，并没有三子和无名三十四所想象有那么多高手，对方只是一般的普通好手，甚至很多都是一些无关紧要的小卒。无名三十四的杀来，犹如闯入羊群的猛虎，噬血的感觉几乎让他想疯狂一回。

三子跨进南天门时，是在无名三十四割下敌人第九颗人头之际，那两名受了箭伤的葛家庄兄弟，依然狂野无伦，他们似乎终于找到了一种发泄的方法，虽然他们在功力和招式的灵活度上大打折扣，可对付这群小人物却绰绰有余。

这真是一群可怜的人！

无名三十四发现了蔡艳龙的存在，蔡艳龙的样子的确很恐怖，犹如自魔窟中蹿出的大魔王，浑身浴血，脸上也溅满了鲜血，可是他似乎并没有时间去擦拭，在他的衣衫上不仅仅沾满了鲜血，还有白白的脑浆。

十九年未曾开过杀戒的蔡艳龙，今日竟疯狂了一回，望着他那杀意疯狂的躯体，无名三十四竟有一种想呕吐的感觉。

蔡艳龙手中挥动的是一柄镔铁大锤，这柄大锤之上，已经不知沾了多少人的鲜血。

当初的蔡艳龙，就是沙场上的勇将，在江湖之中更以奇门兵刃镔铁大锤著称，在蔡伤的十大家将中尚排在杨擎天和颜礼敬之上。

盛名之下无虚士，经过近二十年的苦修，蔡艳龙的功力不知提升了多少个档次。十九年前，尔朱家族中便没有多少人能够胜他，十九年后的今天，这些小辈们如何能强抗蔡艳龙疯狂而强悍的猛击？

蔡艳龙的锤法大开大豁，每一锤力若千钧，他本身就像一个不知劳累的铁人。身上虽然也是伤痕累累，可他越战越狂，越战越猛，似乎要将近二十年来所有的情绪在这一刻发泄出来，毫无保留地发泄出来。

在江湖中，蔡艳龙的这件奇门兵刃曾被列入了数件奇兵之列，皆因两个大锤实在太重，加起来达两百余斤，如此重量本身就是一般人所不能承受的，可是蔡艳龙却能舞得轻松至极，即使他的武功不厉害，单凭这份臂力，就足以让江湖人物惊服，何况其锤法之精，已达无可挑剔的境界，很自然地，他便挤入了顶级高手之列。这些年来他更将蔡伤那霸杀的刀法隔入锤中，使得锤招别具一格，成为武林一绝！

蔡艳龙一边击杀，一边“哈哈”大笑，显得大开胸怀。“老子好久没有杀得这么痛快了！”他挥击的双锤多为砸、撞、扫、崩、挤……每一个动作之利落，犹如行云流水，无迹可寻，每一个动作虽然简单直接，但却极为有效，那些劣质的兵器根本就经不起一砸一撞，即使高手也无法承受重锤的一击。

蔡艳龙的确仍如当年一般，有万夫莫敌之勇，不过，在他发现三子和无名三十四时，三子的刀已经将最后一个敌人劈成了两半，而天街之上的尔朱家族实力也几乎只剩那几个负伤者在作困兽之斗。

无名三十四大步行上天街向蔡艳龙请了个安，三子也跟着赶到，望着蔡艳龙那浑身浴血的怪异模样禁不住感到有些好笑。

“蔡叔，你可真是宝锤未老哇！”三子拄刀而立，打趣道。

蔡艳龙望着他们满身是伤，知道在上山的路上有过一场苦战，禁不住道：“后生可畏，你们也不错，活该这些小王八运气坏，终于还是让我雪了十九年前的恨，要是能将尔朱天佑、尔朱天光那几个老贼给砸扁，那才叫过瘾呢！”

无名三十四淡淡地笑了笑，他望了望那相继倒下的尔朱家族好手，又望了望伤残过半的葛家庄兄弟，心头竟涌起了一丝无限的感慨，不由得问道：“山上只有尔朱家族的人吗？”

“那倒不是，刚才上来了一批人，不过，他们并没有参与尔朱家族的事，我们也便没有理他们。”蔡艳龙道。

三子立刻明白，那批人应该就是飞龙寨、成家的那几位高手，因此不再理会。

“公子什么时候上山？”一旁的蔡新元插口问道。

三子把目光投向无名三十四，无名三十四道：“明天午时之前定会赶到，在通往山巅的山道上，游四皆已派人沿途把关，以确保公子不受惊忧而安心应付明日之战。”

“噢，老爷子可回来了？”蔡新元又问道。

“老爷子飞鸽传书说，他已与老神仙及四大门童直接赶赴泰山，此刻应在途中。”三子微微有些欣然地道。

蔡新元松了口气，脸上绽出一丝会心的笑容，自语道：“有老神仙亲临，就是再大的问题也无大碍……”

翌日，泰山之顶聚集了近百武林人士，昨日的血腥似乎已成了记忆淡薄的风远远飘逝。

山道、石阶之上犹有斑斑血迹，似是在默默宣告着什么。

血腥之气已经极淡，不过，那种浓郁不协调的氛围依然笼罩着玉皇顶久久不能散去。

玉皇顶，仁圣之石似乎成了一道独特的风景，一道让人有些不解而又向往的风景。

惊蛰，当所有人沉浸在旭日东升的瑰丽奇景中时，有人竟然听到那巨大得犹如一座小山的石头在嗡鸣，在震荡，然后与松涛回应，与猿啼虎啸相应，更惊动了所有人，让所有人都为之不解。

有人将手搭在仁圣之石上，竟感到石质在颤抖，但没有人明白这究竟是怎样一回事，便是以这些江湖人的胆量，也禁不住感到毛骨悚然。

每年惊蛰，泰山之顶就会有异象出现，而且一年比一年强烈，难道就是指这块仁圣之石？所有人心中都充满了疑惑与不解，难道江湖之中的传言是真的？惊蛰之时，将有异宝在泰山之顶现世？这种异象使人们禁不住不联想那个传说，因为那个传说的确十分动人。

联系前后，“尔朱家族与葛家庄战于山道之上，双方为什么要拼个你死我活？难道就是为了这将现世的异宝吗？”有人这么想着，但面对这块巨大的仁圣之石，他们也似乎有一种无从下手的感觉。更何况围在这仁圣之石四周的江湖人物之中没有一个是好惹的，兼且葛家庄之人在将尔朱家族的好手尽歼之后便消失得无影无踪，谁也不知道他们是否就潜身于旁边某个地方，抑或他们就在天街的几间草棚中，根本未曾出现观看日出。可是谁都知道，只要真有异宝出现，他们绝对无法逃过尔朱家族和葛家庄高手的伏击，到目前为止，还没有任何人有这个胆量敢试探葛家庄的势力，这不仅仅是因为葛家庄拥有数有数十万大军，有用之不完的财力，更因为葛家庄中有着任何人都无法忽视的一批可怕高手。

有人传说蔡风要来，说蔡风会上泰山与人决斗，这个消息也许并不实在，但也不能不信。江湖之中的许多人都听到这个消息，闻说玉皇顶将有绝世高手比斗，因此很多人千里迢迢赶来泰山。

泰山道上，依然三三两两地有人上山，不过，此刻所有人的话题已经不再是围绕着那块仁圣之石，很多人有自知之明，他们根本就没有能力去动那块仁圣之石，不说那块巨石重若万钧，单论周围的武林人物，就足够让先动手者惨死千百次，而且谁也不知道，仁圣之石下究竟有一种什么样的东西。

其实，除了仁圣之石外，泰山上的话题极多，比如那些美不胜收的风景，那些让人惊叹无比的险峻，那些鬼斧神工的天然之作……这些全都足以让人找到话题。

晨曦如梦，霜露并重，清新的风，逐着虫啾鸟鸣，行上泰山的路途，犹如进入一种如梦如画的仙境之中。

山泉热气蒸腾，偶尔可见小鱼游动，虽然离满山的苍翠之期仍远，可春意已盎然可见。

泰山之巅，奇松怪树随处可见，林茂树密，让人有些微微心惊，那种原始而古老的景观更显出泰山的苍奇雄伟，一山独霸的王者之气在那些奇峰怪石间显现，让人有一种高不可攀之感。

蔡风今天的心情似乎极好，丝毫没有将要面临大战的那份紧张，更似乎有一种指点江山、激扬文字的文人墨客之感。

蔡风一改往日的装束，一身儒雅的打扮，更将本身那自骨子里透出的雅意衬托得淋漓尽致，他手中所拿的并非剑，而是扇，折扇，一柄描金龙纹折扇，这的确与他往昔的装束有些差别。

有铁异游和颜礼敬及四大无名战将相陪，这足够组成一股天下无匹的攻击力量，他们每人都是一身水貂皮衣，以黑色为主体，唯蔡风的貂裘之上描了一圈细细的金线，更显华贵无比。

在蔡风身后不远处尚紧跟着一队人，那是葛家庄的后备力量，人数并不多，不过却很有气势，他们并不与蔡风一起上山，这完全没有必要，也免得让人认为蔡风怕了对方。

过英雄庄之时，英雄庄主刑通极为知趣地前来问安，刑通是一个圆滑的人物，一个很知道做人的人，他自然十分清楚葛家庄的实力。若是葛家庄想动他英雄庄的话，只要钩钩小指头，不出三天，英雄庄就会化为灰烬，虽然葛家庄的大军无法逼临泰山脚下，但仅凭江湖上的实力，做到这点就绰绰有余，英雄庄与葛家庄相比，一个是天上，一个在地下。以海盐帮的财力和实力，不过是一夜之间就变成了葛荣的财富，单凭这一点，他刑通再活二十年也无法与葛荣相抗衡，而且，蔡风更是中土后起英杰，又身为天下第一刀蔡伤之子，自身的武学修为也已达到了绝世之境，这种人他自然要巴结。

蔡风并不是很客气地应付着，他没有心情去敷衍这些人，整个心神完全寄于山水之间，连今日将来的决斗似乎也毫不放在心上。

刑通自然不敢有半点不满，说起来，单以铁异游和颜礼敬的身份就比他高出很多，虽然他是一庄之主，可是在江湖上的声望如何能与二十年前便已名动天下的铁异游及华阴双虎相提并论呢？

铁异游在蔡伤的十大家将中仅排在黄海之后，以剑术称冠武林，其影响绝对不小。二十年后复出的铁异游更是武功深不可测，刑通不仅要向铁异游和颜礼敬行礼，更不能怠慢了蔡风。

通往泰山之巅的路只有一条主道，英雄庄庄主刑通亲自送蔡风诸人至王母池，才退了回去。

王母池，数道泉水汇入之处，池水清澈见底，几尾小鱼畅游其中，几株斜松横出枝杈倒映在水中，鸟叫伴着“哗啦啦”的流水之声，一切都使人心旷神怡。

“好水！好山！”蔡风和诸人全都是赞不绝口，这里的景色的确值得称赞，伴随着蔡风的是无名五、无名一、无名二及无名三，这次葛荣可谓下了很大的决心，同时更想借此机会立威江湖，因此，他不惜调派葛家庄中的大部分精英上泰山。

这次登临泰山的江湖人物之多的确有些出乎葛荣的意料之外，不过，那样他似乎更能起到立威江湖的作用，让天下人都知道葛家庄的可怕，更有足够的实力去对抗朝廷和江湖，使各路江湖人士更多地依附葛家庄。

江湖从古至今都是对抗朝廷的一股重要力量，绝对不能忽视，葛荣来自江湖，自然知道这浩瀚的江湖究竟有多大的潜力，自然明白如何运用有效的力量与朝廷周旋，更懂得为自己营造声势。

无名四将并没有丝毫放松警惕，他们必须在任何时刻都要保持警觉，这是他们训练时的基本内容，也是最严格的一环。他们此行的目的就是要让蔡风不受任何惊忧，这对于一个即将决战的人来说，是一件极为重要的事，战前保持最佳的体力和心态，那是极为重要的，一个高手尤其如此。只有将所有状态都提升到最巅峰之时，才能使自己的功力发挥到最高境界。

蔡风是高手，但谁都知道，他的对手武功也绝对可怕，甚至更胜于蔡风，这有些难以理解，不过有些事情很难以常理论之。世间没有什么事情是绝对的，武功尤其如此，奇才中更有奇才，一山更有一山高，没有人能够否认这点！

正如有人说蔡伤和尔朱荣的武功走上了极端，已达到最高的武学境界，可是蔡伤却明白，在不可能中出现了个石中天，而尔朱荣也明白，在不可能中又出现了达摩和黄海。还有那登入天道的神话人物，佛陀、天痴、烦难，这些人的武功也许才是真正的极端，可是谁又知道，在天道之外是否还有更高更可怕的武道呢？对于这个问题凡俗之人永远不会清楚，唯有登入了天道者才知道，可是登入天道的又有几人？又有谁在登入天道之后还能返往人间回答这个问题？因此，神话之外的神话，始终还只是神话，那是不可能变更的本质。

叶虚的武功当然有很多人在怀疑，更让人难以置信，以蔡风的武功竟然仍被他击成重伤，这的确让任何人都难以想象。

虽然，那时候蔡风已功力虚耗太多，可毕竟不能否认叶虚的厉害。

铁异游似乎并没有蔡风所表现的那样轻松，因为他在想问题，似乎在想一个十分复杂的问题，他的眉头有些微皱，或许那的确是一个伤脑筋的问题。

铁异游是个高手，他对蔡风的武功很有信心，可是他见过蔡风的伤势，知道蔡风的对手有着让人心寒的可怕，对于今日一战，他并不乐观，兼且对方的身份不明，也没有人知道其来历，如果叶虚单只与蔡风决斗，那还好说，但如果对方别具用心，那就不好说了。何况，眼前诸般江湖人物全都登上泰山之巅，这些完全在他们的意料之外，而谁也不清楚这究竟是偶然还是有人存心的安排？抑或泰山的确会发生其他的什么事？如果不是偶然，那是谁将蔡风与叶虚决斗的消息散播出去的呢？

铁异游是个老江湖了，所想的问题自然很多，因此他的心情微微显得有些沉重，他不能如蔡风那般心神放松，一心只准备今日之战。

蔡风的折扇之上没有任何图案，似乎有待加工一般，如果有笔的话，说不定他会即兴作画，将泰山那美不胜收的景色绘入折扇之上。

蔡风轻步而行，游目四顾之际，突地发现一物若箭般自池中标射而出。

“轰轰……”几块岩石爆断，挟着雷霆万钧之势直冲而起，向蔡风和颜礼敬诸人撞到。

无名一和无名二诸人大惊，他们的确没有想到在王母池下的岩石之底竟有伏兵，这的确出乎他们的意料之外。

蔡风冷哼一声，折扇轻挑，那利箭般的黑影竟是一根芦苇杆。

“嗖嗖……”水中的芦苇杆如箭雨般射向岸上。

“轰轰！”铁异游丝毫没有犹豫地出掌，两块犹带水珠的礁石立刻成为碎片，而在此时，他看到了两柄剑。

黝黑黯淡的剑身，无光无泽，犹如两条恶毒的蛇，无声无息地向铁异游噬来，更带着触肤生痛的水珠没头没脑地直冲而上。

铁异游并不去看那两柄剑，而是透过那两柄黝黝黯淡的剑网落在两柄剑之后的眼睛上，那是两双比剑更毒的眼睛，没有人可以形容得出那种阴森的感觉究竟有多么恐怖，因为那完全不像是人的眼睛，倒像是索命的阴魂。

铁异游的眼中有些讶异，他可以极清晰地感觉到这两双眼睛的怨毒和杀机。两柄剑，绝对不是普通的剑，即使普通的剑，在这两只手中施展出来，也会绝对不普通！

偷袭者是高手，而且还是一等一的高手，只是有些让人费解的是，像这样的高手怎会如此拉下脸来采取偷袭的手法呢？

无论是什么原因，铁异游都没有必要细想，也没有机会细想，因为这些人绝对不会让他有仔细思考的机会，来剑不仅毒，而且快！

颜礼敬也遇到了同样的情况，这些人似乎早就已经商量和算计好了，那些芦苇杆和被劲气击断的礁石所选择的角度无比精确，而且这些人分工也似乎极为明确。

王母池旁的岩石是向池内空出的，岩石之下藏人的确无人能够觉察出来，尽管池水十分清澈，但那岩石却不透明，也便给这些人的偷袭创造了机会。

无名一诸人也同样有对手。

蔡风并没有任何慌乱之处，依然是那么自在清闲，温尔儒雅。

"轰轰……哗哗……"那一座座礁石根本就没有对无名四将产生威胁，因为他们在任何一刻都保持着绝对的清醒和警觉，虽然这突然的袭击有些出乎他们的意料之外，但也并非全不能抵抗。

无名一想都没想便出刀了，他一般很少轻易地用刀，但今日似乎有些不同，他不想让蔡风有半点惊忧，更不想对这些敌人有任何心慈手软的举措，是以，他一出手便用上了刀。

“叮叮……”颜礼敬的动作够快、够狠，但仍退了两步才挡住对方连环的三十八击。

对手是两人，蒙着头脸，一身黑衣，便如两只自水中跳出的水蝪，只不过比之水蝪凶狠很多。

颜礼敬能够挡下对方连环三十八击而只退了两步，似乎让那两人吃了一惊，但他们并没有迟疑，剑气如炽，竟将颜礼敬的夺魄针逼在剑圈之外，而无法展开近身搏斗，他们的身法也奇诡无比。

铁异游的身形陡旋，如锥体一般穿破层层剑气，双拳迅猛地撞向那两名剑手的胸膛。

“砰砰！”两声爆响，铁异游倒射而出，几片破碎的衣袖如蝴蝶一般轻舞于虚空，他的两拳竟被对方两名偷袭者的膝盖给挡住了，合两人之力，他完全有些身不由主地倒射而回。

那两名偷袭者的身子微微一晃，却并不惊讶铁异游的功力，他们似乎早就知道铁异游的功力达到了这种境界，他们继续抢攻，铁异游的剑此刻已经出现在虚空之中。

无名四将也感到极为惊异，他们所遇到的对手似乎都是极为可怕的人物，每个人的身法和剑法皆精纯得让他们吃惊，无名四将各就各位，一上场就被六个人钳住，无法分身。

蔡风的折扇微抬，极为轻松地挡住一柄自侧边射来的利剑，在那柄剑稍稍抬起之时，他的脚便踢了出去，如踢球一般轻松利落，但这一脚绝对是充满杀机的，也绝对拥有致命的杀伤力！

当然，那名胆敢偷袭蔡风的人自然不会是庸手，在落足于地的一刹那，他迅速弹身而起，上身倒翻，双足如钩上踢蔡风的下颌。

蔡风微感惊讶，对方的动作之灵活在这群杀手之中似乎是最为厉害的一个。

蔡风微微后仰，斜身踏步而前，自袖中滑出一缕电芒。

是剑，蔡风的剑，颇富诗情画意，更如挥舞的大笔。

“哗！”一截断枝自一旁的古松上斜射而下，并带着强劲无比的锐啸，犹如流星，悠然而阴冷。

树枝未到，那浓烈之气已经笼罩了所有空间，包括蔡风的每一个后退的角度，每一条进攻的线路，疯狂的劲气在树枝间激荡不休。

铁异游大惊，颜礼敬大惊，无名四将也全都大惊，包括蔡风在内，他们的脸色皆变了，因为他们知道，这才是对方真正的杀招，真正让人无可抗拒的杀招！

杀手又是谁？在浓浓的叶片之下，他们根本无法看出对方的真正面目，但却清晰地觉察到那让人心寒的气势和压力。

蔡风退，以最快的速度疾退！在他退后的同时，那繁茂的古松之上，松针便如追命的鸟雀倾巢而出，竟然拖着锐啸和阴寒的风声。

松针也是杀人的利器，绝对没有人会怀疑它的可怕，当然，更可怕的仍是那藏身于古松之中的杀手。

蔡风退，追击他的不仅仅是那些如具灵性的松针，更有那名自王母池中跃出的杀手，那柄要命的剑！

铁异游的剑划过一道美丽的弧线，避过他所面对的两名对手，而向那断枝扑去。在空中，他的人和剑全都旋转成了锤形，疯狂旋转的劲风，竟将那些充满杀伤力的松针扰乱，变得凌乱无力。

"轰！"铁异游的身形倒翻而回，落地之时，立足不稳倒退两步。

那截断枝爆成了无数碎片，如一片阴冷的粉末洒落于虚空之中。

"尔朱天佑！"蔡风和铁异游两人不禁同时惊呼出声，立刻明白眼前是怎样一个局面。

"铁异游果然宝刀未老！"自空中坠落的尔朱天佑脚下不停，踩着一种似乎在梦里才有的步子向蔡风逼进，冷杀地道。

铁异游一声闷哼，他所面对的两名杀手趁虚而入，竟在他的两肋划开了两道长长的血槽。

"当当……"蔡风利落地挡住逼进的那名杀手凌厉无比的八剑，但由于退势未竭，再次退了八步。

驻足之时，尔朱天佑的剑已追到，剑尖在眼前无尽地扩大，似乎想将蔡风周围所有的空间全都吞噬。

尔朱天佑居然亲自出手偷袭，可见其对蔡风的重视。

尔朱家族的剑法在尔朱天佑的手上似乎得到了充分发挥，铁异游在二十年前也与他交过手，但那时却不是尔朱天佑的对手，此时的尔朱天佑更为可怕。

也的确，能身为尔朱家族的第三剑手，又岂会简单？江湖人的评断并没有错。

蔡风对这一剑几乎没有了抗拒之力，尔朱天佑的剑太快，也太过诡异，在这一剑之上所包含的并不只是劲气和杀意，更有着一种内在的精神，一种让人心胆为之震慑的精神。

一个真正的高手绝对不仅仅沉迷于兵器上的功夫，更会追求一种境界，一种精神，只有注入了精神的兵器才拥有难以抗拒的生命感，才会使生命力在兵器上显示。如此兵器也便成了活物，能与主人心意相通的活物。

只有具有精神的兵器才是最具杀伤力的，最为霸道的，蔡伤的沥血刀之所以出名，就是因为具有精神，刀本身就具有精神。

尔朱天佑的剑当然不具有精神，只是当尔朱天佑将自己的精神倾注其中之时，剑也便具有了精神。

尔朱天佑的眼中绽现出一丝诧异，是因为蔡风的表现，蔡风一退再退，这完全不符合蔡风平时的行为和作风。

颜礼敬急，无名四将急，可是他们却抽身不开，眼见蔡风一退再退，几乎使他们心神大乱，但却唯有徒呼奈何。

泰山之巅，旭日早已东升，玉皇顶上的人群闹哄哄的，人头攒挤。此刻众人全都在东逛逛，西望望，风景是无可挑剔的，但这些都似乎没有什么意思，因为今日的主戏仍未曾开场。

“各位武林朋友……”一道雄浑的声音让嘈杂的议论声变得安静起来。

众人纷纷将目光转向声音传来之处，却不知什么时候，仁圣之石上竟立着一位神情极为威猛的中年汉子。

“他就是昔日蔡大将军手下的猛将蔡艳龙……”有人又一次低声议论起来，他们是昨日见过蔡艳龙出手的人。

蔡艳龙浴血天街的情景的确可让人热血沸腾，见过蔡艳龙出手的人，就绝对忘不了他的形象，不仅仅是因为那两个巨大镔铁锤子，更因为他本身表现出来的让人永远无法忘怀的勇、狠、猛。

蔡艳龙的名字无论在军中还是江湖，都不会让人感到陌生。虽然他近二十年未出江湖，可有些人的名字就像丰碑，并不会随着时间的流逝而消失，反而是崇拜瞻仰的人更多，虽然沧桑感难免，但这更是神话的本钱。蔡伤就是这样一个丰碑，一个将事业和声誉推向巅峰，但却在一夜间寂寞无声的人，而蔡艳龙却是这座丰碑之下的守护者，伴随着神话的寂灭而寂灭，伴随着神话的复活而复活，这就是人们无法将他忘记的原因之一。

江湖之中当然存在有关蔡艳龙的典故，那就是他的兵刃——镔铁大锤。在奇门兵刃之中，蔡艳龙的镔铁大锤排在第三位，这就足以让他在江湖中留下一段典故。因此，一旦有人说出他的身份，整个玉皇顶立刻犹如炸开了锅一般，众人议论纷纷，因为一直不露面的葛家庄之人终于还是出现了。

“今日玉皇顶乃是我们三公子与域外高人决战之地，多谢各位武林同道光临捧场，我蔡艳龙在这里代表葛家庄，代表我们三公子蔡风，向你们表示感谢！”蔡艳龙的语调极为诚恳和客气，丝毫没有高高在上、咄咄逼人的气焰。

众江湖人士听得大感顺耳，要知道，在场的江湖中人说起来，几乎没有几个人的身份比蔡艳龙高。当然，若论年龄，比蔡艳龙大的不乏其人，可蔡艳龙在江湖中成名之早，可以算是武林前辈，即使今日前来的许多武林人士的师父都要称蔡艳龙为前辈。

如崆峒的方知子诸人的师父无涯子都只能与蔡艳龙平起平坐，蔡艳龙如此说法，自然是给足了众人的面子，更何况蔡艳龙所代表的还是葛家庄和蔡风，这两种身份可不简单。所以，众江湖人物纷纷还礼，即使他们对蔡艳龙本身可以无所谓，但对于葛家庄却不能无所谓，但各人心中却在揣测，与蔡风决斗的究竟是什么人？居然劳动葛家庄派出如此多能人。

“今日，因场地的需要，可能要破坏各位朋友的观光雅兴，还请各位同道能够密切配合，让出玉皇顶，退到一旁观战；如有对今日决斗不感兴趣的朋友，也可下山由我们葛家庄设宴相款。不知大家意下如何?”蔡艳龙的目光在百余名江湖人物身上扫过，神情之中露出坚决之意，语调虽然十分温和，但任何人都可以听出牵强之意。

众武林人士一呆，自然明白蔡艳龙语气之中的意思，蔡艳龙以询问的口气说出这番话来，是对他们的一种礼貌，如果他们不让出玉皇顶的话，所面对的也许就是无情的攻击。江湖人士就是有一点好，见风知势，圆滑自如，更不会做不讨好之事。

“既然蔡大侠如此说，那我们恭敬不如从命了!”有几个寨头的人立刻出言道。这一批人与葛家庄都有些关系，葛荣以绿林起家，江湖之中的朋友多不胜数，谁敢不给面子？南北两朝各个大大小小的山头基本上都与葛荣有些关系，这是极为正常的。既然有人开了先例，很快便有人响应，转眼间玉皇顶上腾出一片空地来，唯留下蔡艳龙孤坐于仁圣之石上。

三子和无名三十四及童山走了出来，经过一个晚上的休息，三子身上的伤势已基本康复。无名三十四其实并未受伤，因此精神更为饱满，童山也是葛家庄中难得的高手，竟也康复无碍。

三人相继走上仁圣之石，盘膝而坐，他们昨晚已将全体伤员送下山去，兵不在多而在于精，玉皇顶上并不必留下太多的人手，只要稍稍有人照应就行了。人手太多，似乎就是在向对手示弱一般。

周围观战的众江湖人士突然起了一阵骚动，三子和蔡艳龙同时嗅到一股浓烈的杀气，杀气浓如烈酒，这才引起人群的骚动。

人群分开一道通道，这全都是下意识地让开，根本不需要人说，因为谁都知道，如果谁挡住了这种气势的锋端谁就一定会倒霉。

杀气，特别是这么浓的杀气，并不是每个人都能拥有的，更何况来人竟似能将杀气凝成实质，单凭这一点，就知道来者是个可怕的高手。

三子斜眼向杀气的源头望去，只见一队全副武装的异族武士行了上来。

有人在猜想，大概是蔡风的对手来了，不由得将目光全都投向来人。

“原来是巴颜古国师和二王子到了，三子失迎之处还望勿怪。”三子立身而起，向行来的几人欢声道。

来人正是哈鲁日赞和巴颜古及高车武士，巴颜古和哈鲁日赞一见三子，立刻杀气敛了许多，但声音仍充满杀气地问道：“叶虚那厮还没有来吗?”同时大步向三子行到。

“还没有!”三子应了一声。

哈鲁日赞的眉宇间禁不住露出一丝忧郁之色，只是有些强装欢颜地向三子和蔡艳龙行了一礼，与之并排而坐。

“王子不用担心，哈姑娘不会有事的，叶虚说过的话一定算数!”三子肯定地道。

“你怎么知道那狗贼说话一定算数?”巴颜古有些担心地问道。

“因为他是一个狂傲之人，狂傲的人一般不会干丢脸的事!”三子笑道。

哈鲁日赞和巴颜古似有所思，望了望几人，问道：“蔡公子还没有来吗?”

“没有，在午时之前他一定会赶到!”三子极有信心地道。

巴颜古不再说话，只是将目光再在童山和无名三十四身上扫了一遍，这才收敛杀气，静静坐在仁圣之石上。

“嗖!”一支锐利的劲箭自一个不远的角落追风逐电般向尔朱天佑的面门射到，而蔡风在此时终于出刀了，一柄出乎所有人意料之外的刀——圆月弯刀。

如一道美丽的电弧在虚空中撕开空气，圆月弯刀以无可比拟的凌厉划向尔朱天佑的咽喉。

“果然有假!”尔朱天佑的口中只说出这样一句话，手中的剑轻轻一挑，正中那飞射而至的劲箭箭尖，竟将一支劲箭削成两半，而他却自两半分开的箭身之间，撞向圆月弯刀。

“当当……”圆月弯刀全不受控制地在空中打着旋儿，却无法突破尔朱天佑的剑网。

“当!”蔡风手中的刀断为两截，尔朱天佑的剑自圆月弯刀的空隙之中穿过，切向蔡风握刀的手。

蔡风手臂一缩，右腿疾踢，奔涌的劲气狂泻而出，爆发出洞金裂石之威，但尔朱天佑似乎早已料到了这一招。

“砰!”尔朱天佑的脚尖准确无比地踢在蔡风的脚脖子之上。

蔡风闷哼一声，胸口一痛，尔朱天佑的指尖已经在他的乳根穴上扫了一下，一种麻木之感立刻使他的攻势不攻自破。

尔朱天佑冷冷一笑，似乎是满目的讥嘲。

颜礼敬和铁异游暗叫不好，拼着受伤甩开各自对手的纠缠，向尔朱天佑扑去。

尔朱天佑根本就懒得在意他们的攻击，大手向蔡风的肩头抓到。

“呼!”一道黑影自蔡风的肩头脖项之间弹出，带着尖厉的锐啸。

尔朱天佑吃了一惊，剑尖一挑，他并不想杀死蔡风，因为尔朱兆也有可能在葛荣手中，如果不用人质交换的话，尔朱兆性命堪忧。因此，对于扑面而至的黑影，他只是以剑相挑。

“嘣!”一声弦断的轻响，那黑影陡地猛弹而至。

尔朱天佑再次一惊，那个黑影竟是一张大弓，弦断弓直，强劲的弹力使大弓的速度和杀伤力大增。

尔朱天佑不及回剑，只得暴退!

错步后退，那张大弓依然如毒蛇般向他的咽喉射到，弓背竟是以一杆怪异的铁枪打造。

“当!”尔朱天佑在退后三步之时，以剑身截住这要命的一击。

蔡风陡觉身子一紧，一股淡淡的幽香蹿入鼻息之中，整个人便如飞般倒退。

尔朱天佑大怒，居然有人自他的手中抢走了人质，叫他如何不怒?第一时间掠身而追！

铁异游和颜礼敬也大惊，他们根本就不知道来者是什么人，不过，却知道那支阻了尔朱天佑一阻的大弓是神秘人射出的，而神秘人究竟是什么模样，他们也如尔朱天佑一样根本不知道。因为神秘人戴着一张怪异的面具。虽然蔡风没有落在尔朱天佑的手中已算万幸，但那神秘人究竟是敌是友也根本无法分清，他们禁不住也尾随而追。

尔朱天佑的轻功几近化境，可是那神秘人的轻功似乎也高得难以想象，挟着蔡风偌大一个躯体竟让尔朱天佑无法赶上。

神秘人挟着蔡风直上红门宫，尔朱天佑怒意大盛，杀机狂升，足下发力，人如巨鹰翱翔，向那神秘人的背影疾射而去，手中的剑更脱手掷出！

“当当……”神秘人反手将弓背一绞，险险挡住那射至的利剑，但尔朱天佑的功力何等深厚，利剑依然斜斜划过，却将蔡风的手臂划出一道血槽。

那神秘人脚下一缓，尔朱天佑便已逼至，神秘人手臂一抖，手中恢复成长枪模样的弓背使劲挥出，直射身子凌空的尔朱天佑胸膛，而他自己则向红门宫中跃去。

尔朱天佑无可奈何，双手一分，那支弓背被螺旋的气劲一扯，竟将之抓在手中。

那神秘人跃入红门宫突然消失不见了。

尔朱天佑跟在神秘人身后跃入红门宫，却觉有一股强劲无伦的反弹力道向他逼至。

“轰！”尔朱天佑不能置信地被弹出红门宫之外，竟愣愣地发起呆来。

铁异游身上负了两处轻伤，却并不影响其斗志，自尔朱天佑的身后飞袭而至，颜礼敬也化为一道轻风逼向尔朱天佑。

尔朱天佑吃了一惊，立刻惊醒过来，铁异游和颜礼敬两人任何一个的武功都是他所不能忽视的，如今两大顶级高手联合起来，他岂有胜望？身子一缩，竟然又退入了红门宫。

铁异游和颜礼敬同时一惊，只见尔朱天佑缩入红门宫的身子竟奇迹般消失了，而他们的两股劲气毫无阻隔地击入红门宫中。

“轰轰！”虚无的空中似乎有一团巨大的气团，对任何外力进行反弹而出。

颜礼敬和铁异游竟然被那股极强的反弹之力撞得反跌而出，只震得心血浮涌，而尔朱天佑此时便如跃入了另一个虚空般再无任何声息。

颜礼敬和铁异游禁不住面面相觑，不明所以，刚才那股强大的反震力显然不是尔朱天佑所为，尔朱天佑也不可能功力高到如斯境界。不过，他们刚才见到尔朱天佑也似乎遭遇同样的情形，似是被一股无形的气劲反弹而出，那这股反弹劲力又是什么古怪所造成的呢？

颜礼敬禁不住小心翼翼地移近红门宫，手心似乎在冒着冷汗，里面究竟有何古怪呢？但颜礼敬很快便呆住了，因为他看到了五根粗细不等的小石柱，在地上似乎毫无规则，但尔朱天佑竟在其中左冲右突，以古里古怪的步子穿插于其中，明明直行便可走出来，但他偏偏脚步一歪，又回到石柱之间，更似乎有种疯狂的感觉。

铁异游也大感惑然，不明白尔朱天佑在玩什么花样，不过，那神秘人和蔡风却早已不见了。

那几名杀手却紧追而至，无名四将已被攻得手忙脚乱，幸亏此时葛家庄众好手迅速赶到，那些杀手见大势已去，连尔朱天佑也不再管，就向山间纵去，瞬间便失去了踪影。

铁异游取出一些金创药敷在伤口上，望着尔朱天佑在红门宫内五根粗细不等的小石柱间左冲右突，对他们却似视而不见，心知这其中必有玄奥。

无名一对尔朱天佑可谓恼到了极点，掏出怀中的弩机，瞄准尔朱天佑的咽喉直射而出。

“嗤！”一声轻响，那支箭矢在距五根石柱一丈左右时立刻偏转了角度，在所有人惊讶的目光之下，远远偏开尔朱天佑而落在远方。

铁异游和颜礼敬禁不住面面相觑，心头的震撼是不可言喻的。

蔡风一路被人挟着几乎喘不过气来，不过，那缕幽幽的体香却让他大为受用，行不多时，突觉身子一飘。

“砰！”蔡风被重重摔在地上，只摔得他眼冒金星，而身上穴道被制，无法动弹，否则他早就跃起了身形。

“哟，堂堂花花大少蔡风也会怕疼吗？”那神秘人终于开口说了一句话。

蔡风一听对方竟然是个女人的声音，心放下了一半，本来还在暗自揣测对方究竟是什么身份，有何意图，可是一旦知道对方真的是个女子，心便定下来了。女人总比男人心软一些，想来不会有太过为难他的举措，不过，让蔡风感到费解的却是这神秘女人为何如此费劲地将他自尔朱天佑手中救出来呢？难道她是自己的熟人？想到这里不由得道：“谢谢姑娘出手相救之恩，蔡风他日定当报答！”

“凭你？”神秘女子似乎有些轻蔑地笑道，扭头望向蔡风，那神态只让蔡风没气得翻白眼。

“哦，姑娘不相信我的能力吗？”蔡风有些微微恼怒地反问道。

“咯咯……只要下次你不要求本姑娘救你，已算是万幸了。江湖中传说蔡风是如何厉害，我看也不过如此，敌不过人家三招两式，只是浪得虚名而已，真让人感到失望！”神秘女子不屑地道，神态傲慢至极。

蔡风大恼，冷哼一声，冷冷地道：“在下只是个感恩图报之人，我并没有说自己有什么了不起，江湖人说我如何，只是他们的评断，与我本身无关，姑娘乃一代高人，自然看不起我等凡夫俗子，你爱如何说就如何说吧。”

“哦，脾气还不小嘛，男人就是这副德行，没有什么本事却有些臭脾气，浪得虚名就是浪得虚名，为什么不敢面对现实？还怪本姑娘说错了话吗？”神秘女子轻蔑地道。

“能正视现实的人并不多，我就是那大多数人中的一个，这也没有什么值得大惊小怪的。”蔡风也不再客气，虽然此刻落在这不知来历的女人手中，生命系于一线间，可是他无法忍受别人对他的那种蔑视，还从来没有人敢小看他，何况对方是个女子？

神秘女子冷冷地望着蔡风的眸子，似乎想从他的眼神之中找出说这话的动机，不过，蔡风的眸子里唯有一片冰冷，此刻也正直视着她。

神秘女子似乎为蔡风的眼神所慑，语气稍缓了一些，淡淡地问道："听说联军阿那瓌的计策是你出的，是吗？"

"我的确出过这个计策，至于别人有没有想到此点，那我就不太清楚了。"蔡风并不否认，但却对面前少女的来历极为费解。

"你倒是挺谦虚的，那莫折大提可是被你所杀？"神秘少女又问道。

"可以这么说！"蔡风淡然道。

"这是什么意思？"神秘少女愣了愣神，有些不明白蔡风的话意。

"那时候我并不是我。"蔡风所说之话一句比一句让人糊涂。

"这还是我第一次听说如此有趣的话题，你不是你，难道你还会是我呀？"神秘少女大感有趣地道。

"也无所谓，你说是你就是你吧，反正我已是你囊中之物，你爱怎么折磨就怎么折磨吧。"蔡风摆出一副全不在乎的样子，淡然道，他不想对以前之事作太多的解释。

神秘少女也为蔡风的态度惹恼了，冷杀地道："你以为本姑娘不敢吗？"

"你当然敢，连尔朱天佑你都不放在眼里，又有什么不敢做之事？"蔡风淡然一笑道，目光悠然地瞟了神秘少女一眼，又移向四周。

这里是个不大的石洞，在泰山之上，如这般石洞大概不下千个，普通得不能再普通，洞外是一棵葱郁的古松，将洞口掩盖得还算隐秘，不过光线不是太好，但并不影响蔡风的视线。

"你在运功冲穴？"神秘少女有点明知故问地道。

"姑娘不愿替我解穴，求人不如求自己，我只好自己出力了。"蔡风并不否认地道。

神秘少女为蔡风的直接而惊讶，不过并没作任何表示，只是淡然道："你别白费心机了，本姑娘的独门手法任何外人都别想解开！"

"如果是这样的话，我只好自认倒霉了。"蔡风似乎并不怎么着急地道。

“噢，那你就倒霉在这儿吧，本姑娘可没时间陪你，我还要去玉皇顶看看葛家庄的熊样呢！”神秘少女丝毫不客气地道，说完转身便向洞外走去。

蔡风此时可真有些急了，不由得呼道：“哎，哎，你怎能丢下我不管呢？”

“你不是有很多红颜知己吗？听说红颜知己都是心有灵犀一点通，心心相印，她们会来救你的呀！”神秘少女并不回身，只是淡漠地道。

“慢，慢，暂且我还只与你心有灵犀，心心相印，其他人可是远水救不了近火，我还有急事待办呀！”蔡风急道。

“啐！谁跟你心有灵犀、心心相印？狗嘴吐不出象牙！”神秘少女突然大发嗔怒道。

“你还不承认，要不你怎会如此及时解救我？你怎会知道我有难，这不是心有灵犀、心心相印是什么？”蔡风急了竟口不择言地道。

“你欠揍！”神秘少女一恼之下，身形如电而回，伸手向蔡风脸上扇去。

“砰！”神秘少女掌到中途却又收了回来，换用脚踢，在蔡风的屁股上狠狠踢了一脚，只痛得蔡风龇牙咧嘴。

蔡风心中却暗暗感激，对方本来是要打他的脸，但竟改踢屁股，显然还是极为尊重他的，并不是有心想污辱他，要知道，一个男人被女人扇了巴掌那可比杀了他还要难受。

“你若再胡说八道，我可真要打你耳光了！”神秘少女故作凶巴巴地道，可语调之中明显已没有了开始时的杀气。

蔡风终于知道对方实是没有很大的恶意，虽然处处气他，可并不是有心要污辱他，这一点自对方的语调中可以很清楚地听出来。

“没办法了，你不为我解开穴道，我又没见过你的真面目，就只好胡思乱想喽。也许你就是我的某一位红颜知己，此刻正与我开玩笑也说不定呢。除非你让我看看你是谁，再为我解开穴道。”蔡风眼珠子一转道。

“哼，跟本姑娘玩心计，你还差得远，更休想知道我是谁，就让本姑娘封住你的哑穴，看你还如何胡说八道！”神秘少女娇笑道，说着伸指向蔡风的脑后哑门穴点到。

“凤儿，不得胡闹，还不为蔡公子解开穴道？”一个苍老的声音自洞外传来。

蔡风不由得一呆，那神秘少女也一呆，两人目光全都投向洞外。

松针稍摆，一个极为伟岸的身影挡住了洞口所有的光线，来人有一张苍老但却焕发着无尽生机和活力的脸，身着一袭极为朴素衣衫，却有一股自骨子里散发出来的霸气，给人一种震撼的感觉。

“爷爷，你怎么来得这么快？”神秘少女如依人的小鸟般娇声道，同时向那老者迎去。

“爷爷要是来迟了，你岂不会闯出祸来？”老者笑道。

“原来爷爷是不放心我办事呀，下次我可不出手了。”神秘少女不依地道。

“哈哈哈，爷爷怎会不放心凤儿办事呢？不过，蔡公子是爷爷的朋友，你可不能使小性子哦。”老者笑着拍拍那神秘少女的香肩道。

蔡风脑子在苦苦地思索着，突然恍然惊问道：“你就是叔孙怒雷老爷子？”

“你不是蔡风，你到底是谁？”老者突然开口道，推开神秘少女，目光冷冷地逼视着蔡风，他正是那次失踪了的叔孙怒雷。

蔡风心中暗叫糟糕，神秘少女已掠至他的身前伸手一抹，撕下一张精巧无伦的人皮面具。

“好哇，原来你是假的，这就难怪了，我还以为蔡风如此窝囊。”神秘少女恍然道，同时语意之中有太多的不服气，仿佛在恼怒被蔡风耍了这么一手，此时似乎想将所有怒气全发泄到这假蔡风身上，伸脚便踢。

“凤儿，不得无礼！”叔孙怒雷轻轻一拉神秘少女，立刻解开那假蔡风一脚之危。

“爷爷，他是假的……”

叔孙怒雷打断神秘少女的话，向假蔡风冷冷地问道：“你就是那个被称为葛荣智囊的游四？”

假蔡风一呆，惊讶地望了叔孙怒雷一眼，道：“晚辈正是游四，至于智囊却是不敢当!”

“那蔡风呢?”叔孙怒雷缓了口气，问道。

“公子他早已上山了!”游四知道叔孙怒雷已与蔡风化干戈为玉帛了，所以并不在意将蔡风的消息告诉对方。此刻，他也知道，问题是出在哪里，以叔孙怒雷的功力，又岂会辨不出他的真伪?他虽然能极为神似地扮成蔡风，可是在那股来自体内的气机与蔡风却有一段差距，而这段差距对于一个熟悉蔡风的高手来说，就是极大破绽。

“蔡风果然是蔡风!”叔孙怒雷嘴角泛起一丝欣慰的笑意。

泰山之巅的上空，竟出现一只大鹰，在山头上空不停地盘旋着，且越旋越高，吸引了所有人的目光。

泰山之上居然有如此大的鹰，的确极为罕见，也让人啧啧称奇，只是今日泰山之上奇事太多，众人见怪不怪，不过哈鲁日赞与巴颜古却显得有些诧异莫名了。

“这是大漠的秃鹫，而不是鹰!”哈鲁日赞肯定地道。

“不错，这是一只大漠的秃鹫，怎会出现在中土呢?奇怪!”巴颜古也感觉到极为邪门地道。

三子和蔡艳龙禁不住有些讶异，他们也弄不清楚这是鹰还是鸠，不过他们相信哈鲁日赞不会说谎，那是完全没有必要的，对他们也没有任何好处。

“可能是叶虚那厮就要来了吧，现在快近午时了。”三子猜测道。

无名三十四也附和道：“嗯，想来也是，他是吐谷浑人，自然会养鸠!”

哈鲁日赞和巴颜古也只能将这作为解释了，因为没有比这更合理的解释，于是众人全都翘首以盼，更在思忖如何对付这迟迟未曾出现的叶虚。不过，哈鲁日赞似乎又另有所思，目光轻轻移向无名三十四和童山，最后定在斜侧而开的玉皇庙大木门上。

玉皇庙里面就是蔡风与叶虚的比武之处，此刻玉皇庙中的僧侣已尽迁而出，众武林人士根本就不能进入庙中。

玉皇庙极大，而仁圣之石就在庙内的大院中，清晨之时，众武林人士挤入庙中登石观山，因为仁圣之石正是泰山极顶的象征，此石为泰山之上的最高点。

玉皇庙的两面凭临深谷，可谓是险中立基，实受当地百姓的称道。

院墙之外，仍可见到仁圣之石上的情景，不过各路江湖人士知道，他们无法观看此战的全过程，因为葛家庄之人不会允许，更有院墙相隔，自然无法将庙内双方交战的过程全部目睹。不过，就算无法窥得全过程，他们也愿意等待，毕竟高手之争，难得一见。更何况，他们更想一睹蔡风的风采，是以，他们退出玉皇顶的极端，在庙外各选好了一个位置。由于仁圣之石的异状，使很多人深信泰山之巅有异宝将出，蔡风与人决战只不过是找一个借口而已。

玉皇顶，几乎被玉皇庙占去了大部分，庙的另一扇门，与天街相通，形成别具一格的局式。

三子和蔡艳龙的脸色微微有些异样，是当那只秃鹫在空中盘旋了第十七圈之时。

童山的脸色也微变，在童山脸色微变的刹那间，哈鲁日赞竟陡然出手了。

哈鲁日赞的狼牙棒并不在手中，出手的只是一柄窄长而弯曲的怪刀，雪亮得有些刺眼。

三子和蔡艳龙的脸色变了，无名三十四的脸色也变了，童山的脸色变得更为可怕，似乎谁也没有料到哈鲁日赞竟猝出杀手。

三子和蔡艳龙的脸色再变，变的原因却是童山的出手，童山出手一剑，快！狠！准！

哈鲁日赞与童山所选择的对象完全不同，哈鲁日赞的怪刀直抵童山的咽喉，而童山的剑却是刺向他身前无名三十四的后脑勺。

一切的变化都只是在刹那间发生，没有半点征兆，甚至没给三子和蔡艳龙反应的机会。

无名三十四在哈鲁日赞出手的一刹那，他似乎有些反应，抬手向哈鲁日赞的脑门击去，但是他却惊骇无比地发现自己全身竟然没有半丝力道。

“砰!”无名三十四的身子被自斜侧穿过来的一只脚踢得滚了出去，那是巴颜古的脚。

巴颜古的脚踢得极为及时，而这一脚也刚好解开了无名三十四死于童山剑下之危。

童山吃了一惊，身子后仰，腿下一撑，倒滚而出，反手一揽三子的脖子，躲至三子的身后。

三子竟然没有任何反抗之力，他如无名三十四一般全身施展不出半点力道，这也是他与蔡艳龙最初脸色大变的原因。

哈鲁日赞一惊，刀锋一转，削向童山的手臂，巴颜古也飞身攻至。

童山一声怪笑，飞身倒射而出，一手捏在三子的脖子上，大喝道:“都别动，谁再动，我就杀了他!”

“童山，你想干什么?”蔡艳龙怒喝道。

巴颜古的刀出到一半不得不收手，哈鲁日赞的身上散发出难以掩饰的杀机。

“你逃不掉的!”哈鲁日赞冷杀地道。

“童山，你想干什么?还不放了他!”无名三十四似乎也明白了什么事，叱道。

“蔡风，你别再装糊涂了，你以为我不知道你易了容吗?”童山望向无名三十四，不屑地道。

蔡艳龙不由惊讶地转望向无名三十四，竟被弄得有些糊涂了，不明所以。

“你果然是吐谷浑的奸细!”哈鲁日赞眸子中闪过无尽的愤怒，吼道。

“是又如何，不是又如何?”童山傲气凌人地道。

“童山，你知道这样做会有什么后果吗?”三子的语调竟显得格外平静。

“当然知道，这自然是你比我先死了!”童山冷杀地道，显然已经根本不在意自己的生与死。

“是叶虚让你这么干的?”三子依然十分平静地问道，他似乎并不在乎眼前发生的事情，或许他很明白，眼前的局式就是急也没用，只能慢慢思忖对策。

“这个你管不着!”童山缓缓地后退着。

“你以为自己可以逃下山?”无名三十四冷冷地问道。

“即使逃不掉，杀一个够本，哼，没杀死你蔡风，算你走运，现在杀了这个不可一世的三子也不亏!”童山阴笑道。

“你真是蔡公子?”哈鲁日赞和巴颜古也有些疑惑地问道。

无名三十四没有直接回答哈鲁日赞的话，反向童山问道：“你怎会知道我就是蔡风?”

“哼，天下没有不透风的墙，你的偷梁换柱之计只能用一次，到了第二次就不怎么灵了，虽然你够聪明，也够狡猾，却仍逃不过我们的耳目。第一，无名三十四此刻仍在葛家庄中，我们花了三天时间的查证，那留守葛家庄的人中，赫然有无名三十四在其内，那么登临泰山的无名三十四一定有假；第二，你那面具虽然妙手天成，可是我们域外的巧手绝不比中土少，在跟随你第四天时，我终于发现你的确戴着人皮面具；第三，在上山的道上，无名三十、无名六和无名三十二都是为了替你格挡杀招而死，如果你仅是无名三十四这种身份的话，他们有必要如此奋不顾身以自己的性命换取你的生存吗?第四，山下行来的蔡风是个冒牌货，只要绝顶高手一试就可知真假。再说，众人不是看见上空的秃鹫了吗?那就是宣告，山下行来的蔡风是假的，而且攻击他的高手有十一个，并且被人劫走；第五，过南天门时，你不该表现得太出色!”

“难道秃鹫是你饲养的?”哈鲁日赞惊问道。

童山得意地笑了笑，道：“秃鹫并非我所养，但它飞行的姿势却等于向我说话。”

“这毒也是你下的?”蔡艳龙长长地吁了口气，问道。

“不错，你们别白费力气，这是自域外传来的混毒之术，昨晚你们饮食之中便已有了催化剂，只要我今日再放一些其本身没有任何毒素的东西，就可以让你们功力尽失，十二个时辰之后，其毒自解!”

“而施毒者就是上空这只秃鹫?”无名三十四冷然问道。

“你很聪明!”童山有些阴森地道。

无名三十四淡淡地笑了笑，道：“你们似乎比我更厉害一些，居然连一丝一毫都调查得如此清楚。看来，叶虚真是有心了!”

童山又后退了一步，目光警惕地扫了哈鲁日赞和巴颜古一眼，这两个人的出现的确有些出乎他的意料之外，而他们的机警更意想不到。

“你不用这般望着我们，你其中一名同伴的脑袋已在我手上，不过他太倔犟，不肯合作，我只好让他去见阎罗王了。”巴颜古冷冷地道。

童山脸色微微一变，冷然问道：“难道你们听到了他们的对话?”

“不错，但只有少数，如果全都听到了，你就一点机会也没有了，我要让你吐谷浑王知道，高车绝对不是好欺负的!”巴颜古杀机陡盛。

无名三十四和蔡艳龙这才明白为什么哈鲁日赞和巴颜古似乎未卜先知地向童山发起进攻，及时地救了无名三十四一命，这全因他们早就在暗中注意着童山和无名三十四，只要这两人中任何一人有半点异常的举动，他们就立刻知道对方的意图，也会毫不留情地施以杀手。童山的一举一动丝毫没有逃过哈鲁日赞的眼睛，因此，哈鲁日赞率先出手，但由于距离问题，还是被童山占去了先机，更没料到三子和蔡艳龙诸人功力尽失，否则此时的童山只怕早已伏尸当场了。

这或许就是天意!

蔡风在对付财神庄之时，便耍了一招偷梁换柱，害得尔朱兆满盘皆输。童山卧底于葛家庄多年，自然知道财神庄的事，对蔡风耍偷梁换柱之作并不感到奇怪。不过，他比起那些无名三十六将和三子等人，只能算是外人，许多事情，他根本就无权问津。因此，对于今日的计划他只能够从旁侧查探，方能从中看出一些端倪。

三子心中盘算着，童山在葛家庄的同伙似乎并不少，否则如何能够如此准确地获知这些内部情况？而他体内也不知中了什么毒，竟使本身功力尽失，不过他并不奇怪这种混毒，自蔡风的口中得知，以叔孙怒雷那么深厚的功力，也同样在中了毒之后无法运功，他们中毒那完全有可能。而童山的下毒本领的确奇特，让人难以相信，他居然利用空中之鸠下毒，如果不是亲身体会，大概谁也不会相信。

庙外的各路江湖人士全都弄不明白怎么回事，他们只见到几人的一番动作后，就成了一种僵局，全然无法弄清其中的细节。不过他们并不想插足葛家庄的任何事情，那对他们没有任何好处，既然蔡艳龙让他们退出玉皇顶，从大庙中让出，就不希望有任何外人参与今日之事，因此，他们只是看看而已。

童山望了望天空中盘旋的秃鹫，搓嘴一声尖啸，那只秃鹫双翅一敛，俯冲而下。

无名三十四和蔡艳龙全都吃了一惊，巴颜古也吃了一惊。

天空中的黑点越来越大，如一颗陨石自天外坠落，当降至山顶十丈左右之时，秃鹫双翅再张，竟有一丈余长。

蔡艳龙和三子诸人禁不住全都惊讶莫名，他们还从来都未曾见过如此巨大的鸟，那泛着幽光的铁喙和利爪越来越清晰。

所有赶至泰山的人都吃了一惊，他们也从来都未曾去过漠外，在中土见过最多的只是鹞鹰之类，但鹞鹰又如何能与这凶猛无伦的秃鹫相提并论？像这种秃鹫，在漠外也极为少见。

无名三十四看见了秃鹫的眼睛，似乎闪烁着电火，亮得让人心寒。

“嗖！”不知自何处飞出一支快捷无伦的箭，比秃鹫下坠的速度更快上十倍。

三子吃了一惊，无名三十四、蔡艳龙、巴颜古，连童山，无一例外地吃了一惊。

众人吃惊于这带着无尽杀伤力的劲箭，竟没有人看清楚它的来处，但绝对没有人会怀疑这一箭的洞穿力。

“嘎！”秃鹫一声惨鸣，再次冲天而起，天空之中洒下几点鲜血与几片铁块般坚硬的羽毛，秃鹫带着那支劲箭向山谷间斜斜滑去。

没有人知道秃鹫是死是活，但所有人都明白，那支劲箭一定射中了那只巨大的秃鹫，而且还重创了它。

童山的脸色在刹那间变白，猛地拉着三子倒退一步，捏住三子脖子的手一加劲，不过，他依然迟了。

也不能算是迟，而是失算了，童山的的确确失算了，他不该退！

在他立稳脚跟之时，突然感觉到有一缕阴寒至极的风向他右臂袭来，这缕风几乎与童山的加劲同时而起，可是童山的劲力刚刚传到指间时，才陡然发现自己已经无法感受到手指与三子脖子的存在。

鲜血狂喷而出，染红了童山的眼睛和三子的衣衫，更激活了无名三十四和蔡艳龙的活力和兴奋。

童山一声狂号，立刻明白是怎么回事，可是待他明白是怎么回事之时，那条右臂已经不属于他的身体了，不过他仍然能以最快的速度，用左手绞缠三子的脖子，但是他仍快不过自身后递来的刀！

无情的刀，沾满了无尽的血腥，更爆绽着山洪海涛般的杀气，当森冷冰寒的刀身自背后切入童山躯体之时，冻僵了童山的血液，凝固了童山的经脉。

三子以无力的手肘反撞在童山的胸膛之上，身子竟然奇迹般地挣脱了对方的束缚，滚倒在地。

巴颜古动作轻灵得胜过野林中的狸猫，一手横刀，一手拖起三子回到几人中间。

蔡艳龙和无名三十四禁不住大为惊叹，更知巴颜古的确是个可怕的高手，幸好此人是友非敌。

童山的脑袋滚落在仁圣之石下，但鲜血却洒在这块巨大的石头上。

刀光尽敛，在童山刚才站立的位置立着一个人。

这人身着一件缝了补丁的狼皮衣，一顶斗篷将其容颜深深掩于其中，整个人身上散发着一种浓浓的死气，阴森的寒意自然迸发而出，似是来自地狱的魔鬼，刀是他的，童山也是被他所杀。

蔡艳龙心中泛起一种莫名的寒意。

“噢，原来是蔡兄出手相救，三子先行谢过了。”三子一见来人，禁不住微微有些喜色地道。

“不用谢，我平生最恨的是叛徒和奸细，他死有余辜!”来人正是慈魔蔡宗。

无名三十四昨天在山腰见过蔡宗与尔朱归交手，此刻也认出了蔡宗，尽管对方又换了一顶斗篷。

“好，好，杀得好！啪啪……”一串掌声极有节奏地响起，夹着一阵爽朗的笑声传了过来，自庙门口缓缓行入一人。

所有人的目光全都移向来人。

“叶虚!”蔡宗口中冷冷蹦出两个字。

“叶虚!”哈鲁日赞和巴颜古及三子诸人同时重复着这两个字。

哈鲁日赞重复了两遍，突然暴吼一声，向叶虚扑去，口中却呼道：“交出我妹妹!”

巴颜古伸手疾拉哈鲁日赞，扯住他前扑之势，冷冷地望着温文尔雅、看上去颇有几分江南公子意味的叶虚，漠然问道：“我们的公主可是在公子手中?”

叶虚扫了哈鲁日赞一眼，又望了望巴颜古，突然“哈哈……”大笑起来，就像是在笑两个傻子、两个痴人一般。

“你笑什么？难道很好笑吗?”巴颜古杀机隐现地冷问道。他不能出手，因为哈凤仍在对方手中，如果激怒了叶虚，说不定叶虚会将哈凤杀掉也并非完全不可能。因此，他只能强压住心中怒火。

哈鲁日赞逐渐将自己的情绪稳定下来，他并不是一个莽夫，自然明白眼前的局面，在未见到哈凤之前，他总是处在绝对的劣势，别人让他如何，他唯有被人牵着鼻子走，这也是没有办法的事。

叶虚顿了顿，斜斜地又望了巴颜古一眼，淡然道：“不错，她的确在我手中，不过却是这一战的赌注!”

“你……”巴颜古以眼色止住了哈鲁日赞要说的话。

“叶虚，我发现你越来越卑鄙了!”蔡宗毫不客气地冷声道。

“噢，这也是没有办法的事情，因为这个世界也是越来越复杂了，如果依规依矩，我叶虚只怕无法活到今日。不过，以前的事，我真的不是有意而为之。”叶虚深深望了蔡宗一眼，有些无可奈何地道。

蔡宗似乎被触及了伤处，半晌才道：“那这毒可是你让人下的？也是你让他们来杀蔡风的？”

“不是，我叶虚虽然喜欢耍些手段，但却并不喜欢自贬身价，我完全没有必要去这么做，也很讨厌这么做，所以，我认为你帮我杀了童山反而很好！”叶虚认真地道。

众人为之一愕，三子讶然问道：“他不是你的人吗？”

“不错，他的确是我的人，但我并没有让他杀蔡风，因为我已将蔡风视为一个对手，如果要趁人之危，蔡风就无法活到今日，早就死去多时了。那只秃鹫就是我饲养的，而刚才的劲箭也是我所射，相信你们应该明白我的意思。”叶虚傲然道。

所有的人都禁不住有些傻眼了，如此看来，这一切的确与叶虚无关了，可是蔡艳龙却有些不明白，禁不住插口问道：“可是除了你之外，谁还能向他们发号施令呢？难道他们敢擅作主张吗？”

“哼，这全是那些对本公子没有信心的庸人所致，本公子又怎会败？待此地事完后，本公子一定对那些自以为是的人严惩！”叶虚微微有些怒意地道。说着目光又移向慈魔蔡宗，声音变得极为和缓地道：“大哥终于练成了‘慈心三杀’，真是可喜可贺，假以时日，小弟和华轮便全不是你的对手了……”

“我不是你的大哥，更没有你这种兄弟，也高攀不起！”蔡宗毫不客气地道。

众人禁不住都有些迷糊，弄不清他们之间究竟是什么关系。不过，这一切并不重要，也没有必要追究得太过清楚，他们之间的矛盾是显而易见的。

第一百五十四章　佛裂剑现

叶虚自讨没趣，并没有丝毫的恼怒，可见其忍耐性极强，他转头向无名三十四深深望了一眼，淡然道："蔡风，你果然是个守信之人，也十分精明，我以为你会在一群人呵护之下上山，却没想到你竟一路杀了上来。我叶虚极少看得起一个人，你是第二个！不过，若论安排之精，用心之远，你比起我的那群属下还差了一些，无论你如何掩饰身份，也逃不过我的耳目！"

"哼！"无名三十四一脸不屑，连话都不想说，只是斜眼望了望叶虚。

叶虚悠然一笑，道："我知道你不服气，不过我这人很有原则，从来都不会占对手什么便宜，特别是被我认为有资格与我交手的人，我会让他输得心服口服！"顿了一顿，接着道，"这是解药，吞下去只须半盏茶工夫就可恢复全部功力，驱除毒性。"叶虚说着自怀中掏出一个瓷壶，向无名三十四抛去。

但伸手接过瓷壶的人却是巴颜古，他冷冷地看了叶虚一眼，又以询问的目光望了望无名三十四。

三子淡淡地接过瓷壶，深深望了叶虚一眼。

蔡宗却开口道："这应该是解药！"

叶虚意味深长地也似乎感到十分欣慰地对着蔡宗浅浅一笑。

三子拔开壶塞，倒出三颗通红丹丸，首先将其中一颗纳入口中，然后向无名三十四和蔡艳龙各递出一颗丹丸。

无名三十四毫不犹豫地将丹丸吞入腹内，望着叶虚露出一个古怪的笑容。当然，蔡艳龙也在同时吞服了解药。

“蔡公子！”哈鲁日赞有些担心地呼道。

“我不是蔡风！”无名三十四望了哈鲁日赞一眼，淡淡地笑道，他并不在意吃了药丸之后将会出现怎样的后果。

无名三十四此语一出，蔡艳龙的脸色微微一变，他也给弄糊涂了，按照童山的说法，无名三十四绝对应该是蔡风，可为何无名三十四此时犹不承认呢？哈鲁日赞和巴颜古也为之呆了一呆，唯有三子神色不变。

叶虚的功力之高足以捕捉到无名三十四的声音，也禁不住有些色变地问道：“你说的可是真话？”

“我没有必要说谎，一些自以为是的人往往都是蠢不可及之人，你的那帮属下虽然不坏，但与我们公子比较起来，相差就不只是一个档次！”无名三十四傲然地讥嘲道。

叶虚的脸色一阵红一阵白，但却很快恢复了正常，淡然一笑道：“看来我仍是低估了蔡风！”

“哼，如果你早知我不是蔡风，这解药会不会变质呢？”无名三十四调谑道。

叶虚微微哑然，无名三十四似乎清楚他对叔孙怒雷所要的手段，才会说出此话，不由得干笑道：“凭你们还不值得我如此去做！”

无名三十四满意地一笑，似乎极为喜欢看到叶虚的尴尬神情。

“那你究竟是谁？”叶虚冷冷地逼问道。

蔡宗和蔡艳龙的目光全都移向无名三十四，都在期待他揭开这个谜底。

无名三十四笑了笑，伸手在面上一撕，扯下一张薄若蝉翼的面具，露出一张清秀而颇为英俊的面容，此时眼角依然泛着一丝极为自在的笑容。

“新元！公子呢？”蔡艳龙惊呼出声，又惊问道。

三子也泛起了一丝极为欣慰的笑容，解释道：“公子也许已经上山了！”

叶虚也呆了一呆，在他心中，早就估计无名三十四是蔡风所扮，可是此刻经过证实，他的估计失误，这使他在信心上立刻受挫，对蔡风的算计更多了一层顾虑，本以为自己从来都是算无遗漏的神话被打破，不可否认是对叶虚心理的一种打击。而在此之前，他的确对蔡风此次上泰山的行踪考察了一番，可是在这种情况下仍然出错，以叶虚的傲慢为人，又怎能咽得下这口冤气？

三子望了叶虚一眼，露出一个神秘莫测的笑容，他似乎看到了叶虚的心绪在动摇，将叶虚的心理活动看得一清二楚。

蔡新元笑道："公子早就知道庄中有内奸，我们一路上的行踪似乎总有一批人盯哨，而以我们的行事方针，竟仍然有人能够悄悄跟上，那肯定就是内奸在作怪！因此公子就想出了这个引蛇出洞的计划，只是没有料到，内奸竟是童山，而且他还是吐谷浑人！"

蔡艳龙恍然，唯有巴颜古在暗暗佩服蔡风的策略，未战便已先胜了一筹，挫下了叶虚的气焰，果然不愧为中原年轻一辈的杰出人物。

巴颜古是个高手，而且是超级高手，虽然武功无法与蔡风相抗衡，但他对蔡风的战略却也看得出来。高手与高手相争，最重要的是信心，更有气势的较量，如果在高手相争之时，有一方信心受挫，则战意必定大减，战意大减连锁反应是其先机必失。而蔡风不仅是个高手，更是个心理攻击的强者，在未战之时，就已挫了叶虚的信心和锐气，可以说是已经赢了一场。

三子显然也懂得蔡风的战略，所以他露出了一个难得的笑容。

蔡新元和蔡艳龙几人很快感觉到劲气在体内回流，渐渐恢复了功力，这足以证明叶虚的解药并不是假的。

"蔡风什么时候出现？"叶虚声音变冷地道。

"我妹妹呢？"哈鲁日赞更冷地问道。

"那美人的确很有性格，你别着急，我不会将她怎样的。"叶虚拍拍掌笑道。

"二哥，救我……"哈凤的声音自玉皇庙外传了进来。

巴颜古和哈鲁日赞禁不住微微变色，全都向声音传来之处望去。

哈凤在众目睽睽之下渐渐露面了，被一个头罩斗篷的女人扶着，但看其样子，似乎没有半点反抗能力，而在哈凤的身边四角分别围着四名汉子，正是曾与蔡风交手的四人，另外还有两名矮胖老者，不用看也知道都是极为可怕的高手。

哈鲁日赞想出手，但却被巴颜古阻止了，木贴赞领着一队高车武士也跟在那四人身后行了进来，每个人都满含敌意，但却不敢轻举妄动，因为哈凤仍在对方手中，只要他们稍有轻举妄动之意，哈凤就很可能是第一个受害者。因此，他们不敢动手，只是随着对方几人一同进入庙中。

“蔡风，你还不出现吗？已近午时，若你再不出来，我叶虚可是说话算数哦!”叶虚冷冷地高呼道，他相信蔡风一定在这群人之中，只是他并不知道蔡风是以何种身份出现而已。

蔡风并没有回应，三子和蔡新元诸人神态极为轻松，好像是欣赏叶虚的尴尬一般，他们对蔡风有绝对的信心，蔡风也一定会在午时之前赶到此地。为了朋友，蔡风从来都不会失信。

哈鲁日赞和巴颜古诸人的心绪却有些不安，若非叶虚手中的人质，只怕他们立刻冲过去与之拼个你死我活了，但此刻哈凤在对方的手中，就不得不静观其变。

“二哥……”哈凤的神情有些憔悴，但依然无法掩饰那种别具一格的美艳，蔡新元看得也大觉心痛。

“阿妹，你放心，二哥一定会为你出这口恶气!”哈鲁日赞望着叶虚咬牙切齿地道。

叶虚哈哈笑道：“她可是自愿跟我走的，我从来都不会勉强任何人，你要怪也不能怪我。何况，这些时日以来我并没有亏待美人儿，你们又有什么好说的？今日与蔡风之战，他若赢了，美人儿便由他带走；反之就是你们高车之福。试问如果我做了你们高车的驸马，难道还会辱没你妹妹吗？”

哈鲁日赞怒道：“你将我妹妹当什么呢？她可不是商品，哼！你就是再好，我也不稀罕！我们高车与你吐谷浑从来没有过恩怨，你这么做纯粹只是想挑起两国的争端，我警告你，我们高车可不是好惹的!”

叶虚淡淡一笑，意味深长地望了哈鲁日赞一眼，不以为然地道：“我并不想与你们高车国为敌，只是适逢其会而已，但无论什么事情等我这一战之后再说！”说着叶虚扭头向三子沉声道：“为了这一战的公平起见，我不希望有除蔡风之外的人出现在玉皇庙中，否则，后果由你们自负！”

三子和众人全都将目光移向哈凤，他们自然知道叶虚口中的“后果自负”是指什么。

“那我们怎么知道你会在输了之后依约放人呢？”三子冷冷地问道。

“你们没有选择，你也没有资格跟我说话，让蔡风来再说！”叶虚不屑地道。

“难道我们公子的话还不够直接吗？”那神秘女子插口道。

三子向神秘女子冷冷地望了一眼，心中有一种怪异的感觉，只是因为对方胸襟上斜插着一朵鲜艳的茉莉花。

此季居然仍有茉莉花，这的确有些怪异，但这个世界上的奇事向来都极多，也没有什么值得大惊小怪的。

叶虚望望天空，阳光明媚，感觉极为暖和，似乎春意渐生。此时日当中空，距午时不远了。

叶虚不再说话，缓步行上仁圣之石，盘膝而坐，并斜眼望了望三子。

三子诸人无可奈何，只好依言退至玉皇庙的一角，与那戴茉莉花的神秘女子遥遥相对，双方的气氛似乎都变得极为紧张起来。

巴颜古不时望望天空中的太阳，太阳越升越高，他也就越来越急，而蔡风仿佛像是这山顶的风一般，总不见人影，虽然似乎可以感觉到他的存在，可是那始终只是一种感觉。

“蔡风，我知道你已经来了，为什么还不现身？难道需要再等吗？”叶虚突然将头转向门口，睁开双眸，目光如电般扫过玉皇庙门口的几排人物，不过蔡风并没有回应，抑或他根本就不想回应……

玉皇庙外的众江湖人士几乎全都大感惊讶，谁也没有想到蔡风的域外对手竟会如此年轻，而且显得温文尔雅，倒像个弱不禁风的书生，可是当人们将这样一个文弱书生与红极一时、被誉为年轻第一高手的蔡风联系在一起时，又同时觉得有些不可思议。

江湖中人见过蔡风的并不多，听说过蔡风的人却绝对不少，几乎没有人不知道蔡风的大名。

当然，江湖中人喜欢以讹传讹，将人物形象全都神化起来，不可否认，蔡风的形象在江湖人口中也塑造得有些夸张，不过，蔡风真正的实力绝对不容任何一位旷世高手轻视，否则，破六韩拔陵也不会后悔得罪了蔡风。为了对付一个蔡风而使卫可孤、破六韩修远及破六韩灭魏一干高手丧命，这是对付蔡风的代价，同时也体现出蔡风的可怕。而绝情力杀莫折大提的事，江湖中人也将蔡风联系起来，从此树立了蔡风独特的威信。

其实蔡风在江湖中露面并不多，所做的事情也不多，但每一件事情都足以震惊天下，足以留下给人评价的余地。

蔡风的形象并不像蔡伤一样，蔡伤是一路直杀而上，从不断挑战之中将自己的声名推上巅峰，而蔡风却是突然崛起江湖，再加上一些宣传手段，在数日之间红遍大江南北，更因其特殊的身份，使人们不得不相信蔡风，不得不相信传言。在江湖中，任何不可能的事若与蔡伤或尔朱荣联系在一起，那不可能也会变成有可能了，这就是人性的滑稽之处。

真正见过蔡风出手的人，并不是很多，但也正因为如此，蔡风才会更为神秘，才会让人向往。

如今蔡风在哪里？有人心中思忖着，日已上中天，可是蔡风依然如悠悠清风，不知踪迹何处。午时正渐渐地逼近，哈鲁日赞的手心在冒汗，叶虚似乎有些烦了，他也不明白事情为什么会这样。

等待并不是一件很好受的事，叶虚本来不怕等待，可是他此刻清楚地感应到蔡风的存在，只是对方存在于何处，他却无从得知。

如果一个人明知自己的敌人就环伺在他身边，而且还在观察他的一举一动，而让他等待敌人出现，这是怎样的一种痛苦？怎样的一种压抑？以叶虚的功力，也无法承受这份压力。

叶虚的心有些乱，他知道这是蔡风故弄玄虚，刚一上场，他就输了蔡风一筹，而此刻，蔡风又以无形的气机干扰他的静思，他犹如坐在一个旋涡中，那种感觉再加上无声的等待，的确足够让一个人心乱。

叶虚知道这正是蔡风所需要的结果，蔡风一直不露面，就是为了制造这种结果。叶虚不得不重新考虑蔡风的可怕，不得不肃清观念，重新给蔡风定位。不可否认，此刻的他绝对处于下风，几乎丢失了先机，而这只因为蔡风的狡猾，或者说是蔡风智高一筹。

叶虚不安的神情虽然未显示在脸上，但是三子和叶虚的属下都似乎敏感地觉察到了这一点。

三子和巴颜古相视而笑，唯有蔡新元闭合着眸子一言不发，像是对身外的一切都不关心一般，哈鲁日赞也并非庸手，到目前为止，他也可以看出来，此刻蔡风无论在气势上还是心理上，都胜了对方一筹，这是一个好的开端，极好的开端，可是蔡风究竟在哪里呢？

蔡风绝对已上了玉皇顶，每个人都清晰地感觉到蔡风的存在，他似乎存在于每一寸空间，存在于每一丝每一缕的风中。那是一种气机的感应，也只有绝世高手方能达到这种无形无影的境界，虽然每个人都那般清晰地捕捉到蔡风的气机，但是却没有一个人可以根据气机找到蔡风存身的正确位置，包括叶虚！

哈鲁日赞当然也能够感应到蔡风的存在，只是他也如别人一样，不知蔡风的行踪，可此刻他可以安心了，因为蔡风一定可以在任何时间、任何地方突然出现，这绝对不会是空谈。

蔡风的神秘，在此刻似乎一下子推上了极端，也成了庙外许多人议论的话题，有人在猜测：蔡风待会儿如何出场？又如何出手？甚至有人心生奇想：蔡风会不会驾着刚才那只秃鹫飞上玉皇顶？

的确，那样大的一只秃鹫，要载一个人似乎不是什么问题，至少不会被摔死。如果蔡风驾鹫而至，可真会成为天下的美谈了。

江湖人没事就喜欢胡思乱想，正因为喜欢胡思乱想，江湖才会是一个极为活跃的地方。

叶虚望着头顶的太阳，已是正午，他再也耐不住了，长身而起，他要蔡风为此付出代价。他曾经说过，午时未到，后果则应由蔡风自己承担。

但很快叶虚便呆住了，因为在他起身的时候，仁圣之石上又多了一个人，是蔡新元！

“你想干什么？”叶虚冷冷地问道。

“你不是要与我决斗吗？”蔡新元洒然一笑，伸手在脸上一撕，竟然再次揭下一张人皮面具。

“蔡风……你终于来了……”哈凤似乎有些喜极，竟然语带呜咽。

蔡新元仍是蔡风！所有的人都大感意外，除了三子和哈凤外，大家全都似乎刚刚自梦中醒来一般。

“他就是蔡风，哇，果然是少年英雄……”“太玄了，怎么他又变成了蔡风……”庙外响起了一片嘈杂之声。蔡风由无名三十四变成蔡新元，又变回蔡风，这些过程外面的那些江湖人物都看得极为清楚，也大感精彩，甚至有人怀疑这个蔡风是否也是假的？

“哈哈哈……”叶虚竟然仰天大笑起来，这个结果的确似乎有些荒谬，他也不得不佩服蔡风的手段。

蔡风也跟着大笑起来，的确是该大笑一场，巴颜古和哈鲁日赞却面面相觑。

所有赶上玉皇顶的江湖人物都没有想到蔡风就是这样出场的，毕竟，蔡新元并不是一个很起眼的人，他是如何登上仁圣之石的并没有多少人瞧清楚。不过，这一切已不重要，因为蔡风终于还是出现了，虽然不如他们想象中那般精彩而神奇，但平凡之中更显出一种高手风范。

两大年轻高手并立台上，那疯长的气势随着大笑之声狂涨。

玉皇顶上的战意也越来越狂，越来越紧张，气机似乎弃塞了每一寸空间，在无形的虚空中交缠、排挤，似乎在天地间形成了一股股空气的暗流。

“你终于肯出现了！”叶虚笑罢，目光紧紧地锁住蔡风的目光，淡然问道。

“如果这之间没有曲折，你不觉得太过平淡吗？”蔡风耸耸肩，潇洒地一笑，反问道。

叶虚笑了起来，的确，如果这之间没有曲折的确就失去了意义，也没趣得紧。

“不过，你并不是叶虚！”蔡风悠然一笑，高深莫测地望向叶虚。

“你说得很对，此人的确不是叶虚！”说话的人竟然是慈魔蔡宗，一直都只是静坐在一旁未曾说话的他，这时终于开口了，但却依然闭合着眸子。

叶虚的脸色微微变色，淡然笑道：“果然不愧为蔡风，在你未曾出现之前，我们的少主又怎会率先出现呢？我们少主早就料到你会有这么一手。”

“叶虚果然是叶虚！”慈魔蔡宗似乎有些鄙视地道。

“哼，叶虚的气机比你所散发出来的纯多了，而且你根本无法将叶虚那份镇定假装出来，这是显而易见的破绽。叶虚在哪里？”蔡风不屑地望向假叶虚道。

“嘘！”那假叶虚搓嘴一声尖啸，啸声直冲九霄云外。

“嘎……”遥遥的天柱峰顶，一点黑影渐渐扩展、变大……

立在玉皇顶上的人忍不住惊呼道：“秃鹫……”

所有人的目光全落在那渐飞渐近的黑影之上，那果然又是一只巨大的巨鹫，其展开双翅扇动起来竟比刚才被箭射伤的那只还要大。

“叶虚！”蔡风和蔡宗眸子之中闪过一缕神光。

巨鹫那庞大的背上竟静然立着一人，儒衫飘飘，玉树临风，犹如自云端飞落的神仙。这天外来客赫然与立在仁圣之石上的叶虚一模一样，只不过比假叶虚多了几分飘逸。

众人心中的震撼是不可避免的，这似乎完全印证了那些神话。中原武林之人又哪里想过，竟然有人会真的乘鹫而至？在道教的传说中，有人驾鹤西去而成仙得道，但那毕竟只是一种传说，可事实却是的的确确展现于众人的眼前，因此，大家心中那种莫名的震撼根本就无法用言语来形容。

无论从气势还是风度上，叶虚都胜了一筹，他将蔡风最开始所营造出来的气势全都压了下去，这绝对不只是感觉，而是实实在在的。

巴颜古和哈鲁日赞的心也为之凉了一大截，真的叶虚一登场，其气势立刻压倒了所有人，无论怎样，已是胜了一筹，他还为刚才蔡风的战略称好，此刻却有些气馁，更恨眼前的叶虚为什么会是假的，同时也不明白蔡风为什么在知道对方真假时仍要现出真面目呢?

蔡风的神色并未为之动容，反而表现得极为平静，更令人奇怪的是，慈魔蔡宗此时却像一位识破天机的老者，嘴角绽出一丝轻笑。

巨鹫的大翅扇起一股强风，地上的沙石几乎全被卷起。

“吱呀!”风过之处，玉皇庙主殿的红门也被吹开，三子和蔡风的目光不经意地扫过主殿之中的几尊塑有金身的泥菩萨。

这玉皇庙曾为秦始皇所建，在秦朝鼎盛之期，每隔几年都有一次盛大的祭天仪式，秦皇便在庙中乞保国泰民安、霸业永存。是以，玉皇庙的规模极大，里面的菩萨也都镀有金身。

主殿的门开，自然也吸引了一些人的目光，包括叶虚属下的那两名老者，他们不仅注意到了主殿大门敞开，更发现一尊金身菩萨也自莲花台上倒了下去。

那尊菩萨并未倒落地上，而是飞起，快若疾电一般冲出主殿的大门……

这绝对是个意外，绝对是!假叶虚禁不住惊呼：“小心……”但他的话犹未说完，那尊会飞的金身菩萨已撞入了他同伴的圈子之中。

最先感到劲风袭面的是那头戴斗篷的女人，她的斗篷完全贴在面门上，显出那似乎极为完美的脸形，衣衫也不知是因巨鹫双翅扇起的风还是那尊金身菩萨所带起的风而显得异常飘逸，那曾与蔡风交过手的四名大汉立刻全力出手，还有两名矮胖老者，而那戴斗篷的女人却挟着哈凤疾退。

“轰!”六道掌劲齐击金身菩萨，无数泛着异样光彩的碎片炸射开来，犹如无数的利剑散射而出。

碎片之中，一道闪电在骄阳之下亮起，璀璨的亮芒使得天空再亮数倍，几乎有些刺眼。

亮芒闪过，便听“噼啪”的空气爆裂之声。

所有人都为之惊呼，身在庙外的武林人士仍能清楚地感觉到那电芒之间浓得如血的杀气，奔放狂涌的杀意几乎吞噬了所有围观者的灵魂。

头戴斗篷的女人忽觉得手臂一阵冰凉，一股汹涌奔狂的劲气蹿入她的体内，几乎让她失去了所有反抗能力。

假叶虚身子狂掠而起，向那电芒扑去，在刹那之间，他似乎明白了什么，但侧面一股霸杀的气劲斜撞而至，是蔡风出手了！

蔡风出手就是刀，绝命而无情的刀！

假叶虚只得回身格挡，心中又在暗叹无可奈何。

巨鹫上的叶虚居高临下，自五丈高空飞扑而下。

巨鹫的利爪铁喙几乎与叶虚的手掌构成了一个必杀的格局。

哈鲁日赞和巴颜古怎能再沉得住气？以疾若流星的速度飞扑而出，哈鲁日赞的怪刀无情地射向那巨大的秃鹫，他知道，只要是对方的东西，那就是自己的敌人！

三子和蔡艳龙也动了，却是截向那两名矮胖的老者。

电光再亮，如一轮旭日腾空而起，璀璨得像是无数颗明珠攒成一簇。

“轰！”那轮升起的旭日与叶虚在虚空中硬击一记，立刻散漫成一张巨大的剑网，成一个向上开口的巨大碗状，剑芒吞吐之间，美不胜收。

破开金身菩萨而出的神秘人在空中打了两个旋，漫天剑网已经将逼近的那四名曾与蔡风交过手的汉子逼退，而在人影摇晃之间，那剑的主人如伟岸的大山一般静立于仁圣之石的中心，在他的怀中，赫然正是那被叶虚留为人质的哈凤。

“蔡风！”哈凤喜极而泣地紧搂住此刻正揽着她的人。

又是一个蔡风，脸面与前者一模一样的蔡风，使人似乎做了一场荒唐而古怪的梦。

“蔡风，你的头发？”哈凤惊讶地望着蔡风那光秃秃的脑袋。

蔡风竟然秃了顶，不过，他却展现出另一种无法描述的魅力。

蔡风笑了笑，道：“剃掉了！”

众人全都为之大惑。

山风惨烈，骄阳如火，松涛，鸠鸣，孤独的庙宇空寂成一种古老的永恒。

杀意弥漫，几声闷哼夹着兵刃的脆响，竟使得玉皇顶那份超脱的恬静荡然无存。

“叮!”叶虚的折扇准确无比地射在那挥向他坐骑的怪刀上。刀落，扇旋。

折扇又再一次飞回叶虚的手中，那巨鹫的铁爪向仁圣之石上的蔡风与哈凤抓来。

哈凤在巨大的阴影之下骇然惊呼，但那立于仁圣之石的蔡风根本懒得动手，他的目光如刀一般射进巨鹫的眼中，浓厉的杀机只吓得巨鹫一声狂鸣，身子再次腾空而起，在十丈多高处打着旋儿不敢降下。

假叶虚挥掌逼开与他交手的蔡风手中之刀，惊问道：“你是假蔡风?”

那蔡风翻身落在仁圣之石上，洒然一笑道：“如果我是真蔡风，那么你早已横尸当场了。”

哈鲁日赞飞身接回自己下落的刀，退身至仁圣之石上，目光有些古怪地望着两个一模一样的蔡风，竟不知该说什么好。

“赞兄，近来可好?”那搂住哈凤的蔡风露出无比潇洒的一笑，向哈鲁日赞问道。

“你……你是真的蔡风?”哈鲁日赞愕然问道。

“不错！好了，大家可以住手了。”那搂着哈凤的蔡风悠然一笑，呼道。

那些高车武士正要一拥而上，但蔡风说出此话，便只好退下。

三子、蔡艳龙和巴颜古也迅速退下，对手的武功的确厉害，绝对不容半点疏忽，而且对方人多，不宜久战，既然蔡风如此说，也便只好先退了回来。

蔡艳龙也被弄糊涂了，他很早就上了玉皇顶，对蔡风的安排，他知道得并不多。此刻看着蔡风频繁地变化着，竟感愕然，不知如何应对。

叶虚的脸色极为难看，他身后那些属下的脸色一个比一个难看。

庙外的武林人士狂躁不已，他们做梦都未曾想到，精彩会在此刻尽数爆绽开来，这时候众江湖中人所欢呼的并不是叶虚的神话，而是蔡风刚才精彩绝伦的一剑。

没有人可以具体形容出那一剑的震撼，在金身菩萨炸开之时，蔡风竟以如此惊人的声势巧妙地救回哈凤，这的确是一件有趣的事。

那一直将面目遮在竹笠之中的蔡宗，其眸子里也闪过一缕奇异的亮芒，那是对蔡风的赞许和由衷的欣赏。

叶虚还是失算了，冷冷地盯着假蔡风问道："那你又是谁?"

"我，依然是我，无名三十四!"假蔡风笑了笑，又道，"你们真是愚蠢，我能够戴两层面具，难道就不可以再戴第三层吗?"说着伸手一撕，果然正是无名三十四的面目。

众人有些哭笑不得，他们似乎从来都没有想到今日居然被耍得这么厉害。

蔡艳龙也禁不住感到好笑，哈鲁日赞和巴颜古等高车国人全都放声大笑起来，似是对叶虚的讥嘲，抑或事情的发展的确很好笑。

假叶虚不相信地道："那葛家庄的无名三十四又是什么人?"

"哼哼!"无名三十四不屑地笑道，"没有人可以在葛家庄中探出准确的消息，若我们出庄之后被你们探知到某些消息，也许会比较实际，可是你们在庄内即使亲眼所见也不一定真实。因此，我劝你们还是别自鸣得意了。"

"你……"假叶虚气得够戗，可是实在没有办法，人质已失，他们已经不可能再要挟蔡风诸人了。

"蔡风，你想反悔?"叶虚表情冷漠地盯着蔡风问道。

"我反什么悔?"蔡风望了紧紧搂住自己的哈凤一眼，不经意地反问道。

"你此刻并未胜我，为何不守信用先劫人?"叶虚质问道。

"哦，就只是这个呀?"蔡风恍然地笑了笑，轻轻推开哈凤道，"我当初是否说过一定要胜了你之后才能救人?"

"你……"叶虚一时语塞，说不出话来。

“别忘了，我当时只是说过，就算我死了，也会让人把尸体抬上玉皇顶，可并没有承诺让哈姑娘成为我们之间决战的礼品。哈姑娘是人，有自己的思想，有自己的头脑，更有自己的决断，如果你一定要拿她来作赌注，不觉得很残忍吗？今天无论是胜是败，哈姑娘都不会落入你的手中，当然，如果是她自己的选择我也管不了！”

叶虚心头大恨，但又无可奈何，慈魔蔡宗一直抱刀而立，此刻竟难得地鼓起掌来。

蔡风目光移了过去，露出温和的一笑，哈凤敬慕地望着蔡风，眸子中尽是深情，哈鲁日赞和巴颜古也神色间泛出喜色，蔡风没有让他们失望，不仅没有让他们失望，而且使他们感受到那分真正的情谊，他们知道自己的选择没有错，不与蔡风为敌，疏远尔朱兆是极为明智之举。

庙外的江湖人士全都为蔡风助威，蔡风没令他们失望，蔡风的出场如他们想象中一般精彩，那惊世骇俗的剑法，足以惊天地、泣鬼神，在他们看来，那天下第一剑的尔朱荣也不过如此而已，更多的人则为蔡风天衣无缝的安排而惊叹。

无名三十四竟戴着三层人皮面具，这的确让人感到不可思议，但不可思议的不仅仅是那面具之精巧，更不知这种反复的布局又有何意义呢？这之中，真正明白的人，只怕唯有蔡风和无名三十四两人而已。

打一开始，就由无名三十四酿造自己是蔡风化身的假象，如果对方出现的是真叶虚，则无名三十四便是蔡新元，因为他不可能是叶虚的对手，在让真叶虚估计失误之时，便可借机打击叶虚的信心，从而大挫其锐气，削减斗志，这的确是一着很好的棋，而蔡风故意让叶虚苦等，这样更容易对叶虚造成心理上的压力，更以无形的气机干扰叶虚的心神，这样的战略步骤自然是未战先占先机。而如果叶虚是假的，蔡新元又可替蔡风出场，以假蔡风引出真叶虚也便可以保住先机不失，更能相应想出应敌对策。蔡风的安排可谓是万无一失，环环相扣，几乎是每一关每一种可能发生的细节都算无遗漏。

不过，刚开始时，就连蔡风也辨不出叶虚的真伪，后来在蔡风以气机的干扰之下，假叶虚的修为毕竟无法与真人相比，竟很快心神开始烦乱，这种情绪，蔡风的气机完全可以敏感地觉察到，因此断定那叶虚是假的，才会以心语对无名三十四说明这一切，无名三十四也就立刻采取行动。

由于无名三十四一变再变，人们自然不再怀疑蔡风的身份，何况首先还埋下了一个欲擒故纵的伏笔，假叶虚智计再高也估不到眼前变了两张脸的蔡风仍是一张假脸，这几乎是一种讽刺。

当叶虚以巨鹫先声夺人之时，蔡风却以另一种形式给他一记无情打击，一下子将先机和气势全扳了回来。这段还未正式交手的前奏无不展现出蔡风与叶虚的机智，完全是一种智慧和谋略的较量。

其实，蔡风早在两天之前便已上山，而隐身于菩萨金身之中练功养气，一心准备今日这一战，他根本就未曾离开玉皇庙一步。

第一百五十五章　公正之魔

玉皇庙本是佛门圣地，虽然里面的沙弥和尚并不多，但却也有高人，毕竟泰山乃是皇家所定的圣地，而蔡风是佛道两家的传人，更与佛家有缘。玉皇庙的住持是少林寺戒痴的师兄戒嗔大师，算起来还是蔡伤一辈人物，因此蔡风一切的饮食便由戒嗔大师准备，而蔡艳龙诸人分潜各地，并不会对玉皇庙有半丝惊忧，因此他们就不知蔡风上山之事。

而今日戒嗔大师让小沙弥全以化斋为名下山了，唯他自己一人坐于静寂禅房参悟禅机，外面的一切则全由蔡风去处理，这也就是蔡风为何会在主殿之中的原因了。

其实，无名三十四和三子一入玉皇庙就知道蔡风在主殿中，蔡风已通过心语给他们通报了一声。而此刻山下的游四所领的一批人只不过是按照计划掩人耳目而已，以葛家庄如此庞大的消息网，又怎会不知有人要打蔡风的主意？因此他们对症下药，兵分三路，而蔡风独自上山。一路以蔡艳龙为主，控制玉皇顶，接应第二路的三子诸人打通山路，第三路则以游四为主，引开敌人的注意力，引出那些想对付蔡风而潜在的敌人。同时又在第二路人马之中设下强烈的悬念，以应付诡诈百出的内奸及一些在各处布下眼线的敌人。

虽然，眼下的局势与蔡风所想稍稍有些差别，也比他想象中要复杂一些，可是仍未逃出他的算计，这就是蔡风不可否认的厉害之处。

叶虚似乎没有料到事情会转变成眼前这种形势，一切的一切，自真正的蔡风在玉皇顶现身后就不再由他主宰一般，此刻他才明白暗中为他护法的国师为什么要不择手段地除掉蔡风这个人，或是削弱蔡风的实力，避免自己与蔡风正面交手，那是因为他的国师怕他不是蔡风的对手，才会出此下策。

当然，叶虚并不后悔与蔡风正面交手，而蔡风的武功、智慧越可怕，对他来说，其目的才更容易达到，这绝不是那些不知情的外人所能够明白的，包括跟随他的国师桑达巴罕。

此时的叶虚，只有无尽的冲动，想到即将发生的事情，胸中那激扬的斗志在澎湃。

蔡风手中的剑斜指着地面，向叶虚道："我们的决斗依然有效，只要你胜了我，绝对没有人阻拦你下山！"

"很好，蔡风果然是蔡风！"叶虚欣赏道。

"蔡风从来都不在乎别人怎么看我，只是我不喜欢在决斗时有任何牵挂，那是一种变相的不公平，因此我们今日进行的是公平一搏！"蔡风傲然道。

蔡宗禁不住为之喝彩，赞道："好男儿！如果不介意的话，我就来当一次公证人如何？"

"哦？"蔡风扭头深深地望了蔡宗一眼，他很清晰地感受到自对方身上散发出来的那种阴寒而沉郁的气机，更捕捉到蔡宗那犹如寒星的眸子，清澈如水，其目光更似实质的水晶，刺骨的寒意清晰无比，不由得心头微动，道，"如果这位兄台有这个兴趣，蔡风求之不得。"

叶虚意味深长地望了蔡宗一眼，点了点头道："如果你乐意的话，我也不会反对。"

"我还有个提议！"蔡风又道。

"哦，你不妨先说出来。"叶虚眼中闪过一丝古怪的神芒道。

"我们就以十招为限，在十招之内我若无法胜你，就算是我输好了！"蔡风极为狂傲地望着叶虚，语气极为坚决地道。

叶虚和蔡宗全都为之愕然，包括三子、无名三十四及蔡艳龙也大惑不解。

哈风的脸色在发白，哈鲁日赞和巴颜古虽然也见识过蔡风武功的可怕，可是此刻蔡风作出这个决定，以十招胜过对方也未免显得狂傲了吧。

他们并未见过叶虚真正出手，但是单凭那股立如山岳的气势与域外的传说，也知道对方绝对是个可怕至极的绝顶高手，可是蔡风却说要在十招之内胜他，这的确是太过于狂傲了。

叶虚半晌才反应过来，脸上闪过一丝愤怒，他从来都没曾想到过有人胆敢如此夸下海口，在十招之内胜他，这对于狂傲而自负的他来说，简直是一种耻辱。他也不会相信，世上会有人能在十招之内败他，望着蔡风那油光发亮的光头，他禁不住阴阴一笑，狠声道："你是我见过最狂最傲的一个人，也是第一个敢说在十招内胜我的人，只不知你想好了吗?"

蔡风洒然一笑，道："我虽不在乎别人怎么看我，但会为自己所说的每一句话承担责任，这是做人的根本。"蔡风面上潇洒自如，心中却在暗暗叫苦不迭，要知道，他体内的蛊毒和毒人之毒两大隐患一直潜伏于经脉中，虽然被蔡伤和达摩两大高手的功力调护，又经过一段苦修，却仍不能完全控制毒性，想到这段时日的艰辛，他心头禁不住有些发毛。

原来，那日蔡风决意要与叶虚决斗，而达摩知道这一切后，因感其诚，便在无法中想出一个暂时抑制毒性入侵的办法。以异域的巫术引诱那毒蛊行入蔡风体内的某处经脉，再以达摩的绝世功力配合蔡伤灌入蔡风体内的强大无相佛劲将毒蛊封死于那一处，而蔡风必须靠自己的功力逼住毒人之毒，而抑制毒人之毒极其古怪。

当初蔡风被炼制成毒人之时，最后一关就是将他种入地下，让毒血上冲脑门，从而使蔡风的昔日记忆完全混乱，而田新球就在这个时候向他灌注命令和思想，因此其毒性便变得极为古怪，要想真正压制这种毒性，必须借助五行之中的金和土，因此蔡风也就想出了将自己塑成泥菩萨再镀上金身，封闭泥土的气孔。更怀抱刀与剑，他在玉皇庙中如此静坐了近两天，全心全意地逼毒以备战。出乎他意料的是，虽然他将毒性强行压住，但也有一些毒性自毛孔之中逼出被泥土所吸收。因此，他的毛发尽数脱落，竟成了秃头，这是他意想不到的结果，为此，也使得他有些哭笑不得。

在快死之前做做和尚，也算是与佛有缘的一种征兆吧。刚出江湖，蔡风就与佛扯上了千丝万缕的关系，此刻果真应验了，真是因果循环，抑或因为蔡风这样做是对菩萨的一种亵渎，将自己塑成金身而得罪了菩萨，也许这就是对他的处罚吧。

虽然毒性暂时压制住了，但并非就可以与常人无异，而是有所限制，如果蔡风功力提升太过频繁，那依然会使毒性冲破禁制，引发毒人之毒，将会再次出现经脉萎缩的现象，那时候，蔡风只有败亡一途而已。

达摩为蔡风推算，如果正常的话，蔡风全力出手，只能攻出十击，而十击之后那镇压他体内毒蛊的外来功力就会尽数被吸纳，再也无法控制毒蛊的横行，也就会使他再一次陷入危机之中，这可以说是一种残酷，但这也是没有办法中的办法。

今日之局更没有了退路，赶鸭子上架，必须硬着头皮干，因此，蔡风才会有十招之说。如果他在十招之内不能重创叶虚，那这一场仗根本不用再打了，事情就是这么简单。其实，蔡风刚开始出手已尽全力用了一招，才会来个先声夺人，一下子压住了叶虚营造的声势。实际算起来，此时蔡风最多只能与叶虚硬拼九招，他之所以说出十招，其实只想凑个整数。如果九招没有重创叶虚，蔡风绝不会再出第十招，而会认输，那是唯一的选择。这些内情当然不为外人知道，包括三子和无名三十四都无法明了蔡风的苦衷，只道蔡风有什么奇招妙杀。

蔡风的口气的确够狂傲，连慈魔蔡宗也禁不住再次将蔡风打量一番，再次估计蔡风这个人。巴颜古和哈鲁日赞虽然对蔡风有信心，可十招之数也的确太过苛刻了，这是他们一致认为的。唯有哈凤见过叶虚和蔡风交手，她几乎是感到有些绝望，叶虚的可怕之处，她可是见得多了，至于蔡风的真正实力她反而并不太清楚。

三子和无名三十四对蔡风的了解是极为深刻的，他们十分清楚，蔡风绝对不会做没有把握的事情，更不是一个狂妄自大的人，他这么说必定有他的理由。在别人眼中，也许蔡风所言显得有些疯狂，更有些离谱，可是蔡风绝对不会坠入自毁的深渊，在该收敛之时，他绝不夸张地去张扬。

叶虚望着蔡风，就像是在看一个怪物般，那油光发亮的头皮，给人的感觉极为怪异，但比起上次来，蔡风的确有精神多了，整个人的气势也似乎有了极大的改变，浑身散发着让人无法抗拒的魅力。

“难道这小子在二十多天来武功又有了什么突破?”叶虚心中画上了一个问号，蔡风高深莫测的样子的确让人不得不慎重考虑他话语之中的可信度。

一个狂人往往有本钱狂，绝对不会是胡说，一个胡说的狂人已不是狂人，而是疯子，蔡风不是疯子，那么就是个狂人。

“蔡风……”哈凤有些担心地望着蔡风，忧郁地道，却只是欲言又止，她想劝蔡风一些什么，但却知道男人决定了的事，是很难改变的，也就没有将话继续说下去。

蔡风望了她一眼，吸了口气，自信地笑了笑，安慰道：“我从来都没有做过傻事，也不会做出傻事，以前不会，现在也不会，你放心好了。”

哈凤咬了咬嘴唇，坚定地望了蔡风一眼，蓦地自哈鲁日赞背上抢过那柄怪刀。

哈鲁日赞吃了一惊，也来不及阻止，哈凤已然坚决地说道：“你一定不能输，更不能死，如果你死了，我也跟你一起去死!”哈凤说着将那柄怪异的短刀纳入袖中，痴痴地望着蔡风。

蔡风吃了一惊，场中所有人都微微吃了一惊，叶虚的眸子中妒火直冒，哈鲁日赞和巴颜古最先恢复正常，他们很明白哈凤的个性，敢爱敢恨，直率而任性，对哈凤作出这种决定并不感到太过意外。

蔡风突然神色一冷，不屑地道：“你即使跟我一起死了，我也不会喜欢你，因为我已经对女人失去了兴趣!”

哈凤一呆，三子和蔡艳龙全都为之一呆，连叶虚也有些不解。

“其实也没什么值得奇怪的，我已遁入空门，成为佛门弟子，必须断绝七情六欲。因此，我不希望有人为我而死，那样会让我的罪孽加深，永远无法修成正果，如果哈姑娘是为我好，就应该好好地活着!”蔡风的话半点都不含糊，只让所有人都听得傻眼了，庙外的那群江湖人物更是哗然，他们哪里想到红极一时、在江湖中可谓翻手为云覆手为雨的蔡风竟然投身了佛门，而且他还是如此的年轻，这岂能不令人哗然?

叶虚心中也不知道是怎样一种滋味，是喜是忧，只怕连他自己也说不清楚，也许还有一丝惋惜，蔡风的确是一个聪明而又极为可怕的人。这次参与行动的并不只有他，还有暗中跟随他的国师桑达巴罕。而他与桑达巴罕全都错了，估错了蔡风。桑达巴罕探知无名三十四是个可怕的厉害人物，可能是今日泰山上的一个厉害角色，更有可能是葛荣另一个很少为外人所知的智囊组织的重要人物，将对今日他们的安危产生极大的威胁。但叶虚却探得蔡风可能化身为无名三十四，因此，才会有童山对无名三十四的偷袭，可这却破坏在哈鲁日赞和蔡宗手中，不过，此刻他才明白，这次登临泰山的所有安排都是出自蔡风的脑子，如此一环套一环，心思之细密，简直不可思议，让人不得不承认蔡风的头脑之可怕。

叶虚在踏入中原之前，对中原的一些主要人物都有所了解，其中在他不能太早得罪的名单之中，就有蔡风，这是因为蔡风那可怕的智计，更有他的后台。

蔡风之名远播域外，杀莫折大提，败破六韩拔陵，卫可孤也是因此而死，可见其可怕之处实非等闲。当叶虚亲自领教过蔡风的可怕后，才知江湖传言非虚，而此刻蔡风竟然遁入空门，这对于叶虚来说，那就意味着在以后争夺天下时少了一个强硬可怕的对手，也同时少了一个情敌。说白了，此时叶虚的心中喜多于忧。

蔡宗也有些讶异，不过他竟意外地捕捉到蔡风那丝不想让外人知晓的苦涩，那是一种无奈的悲伤，一种无言的痛苦，蔡宗竟读懂了蔡风那一丝常人无法捕捉的表情。

“难道他有什么苦衷?”蔡宗心中暗自忖道，但他却并不想出声。

“当!”那柄怪刀重重坠落地上，哈风脸色“刷”的一下变得如纸一般惨白，虚弱地倒退两步，摇头不敢相信地道：“不，不，这不是真的，不是真的……”说着竟捂着脸“呜呜……”哭了起来。

蔡风心中轻轻一叹，忖道：“这不能怪我，只能怪命运弄人，我只有一个月的生命，如果不狠心的话，将来只会让你的心更痛。”

哈鲁日赞及巴颜古呆愣了老半天，却不得不信，因为蔡风虽然没有穿上僧衣，可是那光秃的头，若非落发出家，又为何剃去毛发?因此，蔡风的话几乎使每个人都相信了。

包括三子和无名三十四也感到茫然，因此，他们禁不住疑惑地问道：“公子，这可是真的？”

蔡风没有否认，只是自怀中掏出四封信交到三子手中，沉声道：“如果今日我发生了意外，你就将这些信分别交给瑞平、叶媚和定芳及能丽。”

三子接过四封信，几乎呆痴了，虽然他知道蔡风只有一个多月好活，但当真正面对生离死别之时，心情却是完全无法理解的。在接到蔡风手中的信时，他立刻明白蔡风刚才那番话的苦心，也知道蔡风所谓的出家只不过是无奈之说，禁不住道：“你不会有事的，别忘了天下间仍有人能够挽回残局！”

蔡风心头一动，知道三子所指的就是陶弘景，禁不住又涌出一丝希望，笑道：“我知道，也绝不会有事！”说着，立刻又充满了自信。

叶虚心中暗自揣测，忖道：“难道就因为他遁入了佛门，武功才会大进？传说中土佛门之中的确潜有绝世高手，该不会与蔡风有关吧？否则他怎敢如此夸下海口，在十招内胜我？……”

哈鲁日赞扶着哈凤，望了蔡风一眼，与巴颜古一起退到一边。

蔡风仰头一声长啸，声震长空，直冲九霄，天空中的巨鹫更是惊慌失措，似受到一股无形杀气的追逼，刹那间蹿上云霄，只留下一点小小的黑影。

“你们全都给我退下！”蔡风声音转冷，沉喝道。

叶虚也向一干属下打了个手势，那些人极为不甘地退了下去，因为蔡风一出手就抢走了他们的人质，这对于他们来说，自然是一种侮辱。特别是那胸襟前插有茉莉花的神秘女子，她正是那次被蔡风揭开面纱的唐艳，其心中本来就对蔡风存有怨隙，自是更为不服气，而那四名与蔡风交过手的大汉更感大没面子。

唐艳向蔡风深深望了一眼，心头竟涌起了一种莫名的感觉，蔡风那光秃秃的脑袋对她的震撼极大。想到在二十多天前还骂蔡风花心，可二十多天后的今天，对方竟然遁入空门，她居然再也无法找到那种鄙视的恨意，反而多了几分同情。她不明白蔡风所做的这一切是为了什么，可却隐隐感受到那潜在于蔡风心底的悲哀。毕竟，她知道蔡风并不是个极恶之人，否则也不会对她的丑脸产生同情和怜悯，可是……唐艳也弄不清楚此时心中对蔡风是恨还是什么，蔡风的目光自然地扫过唐艳的脸，依然是那么傲然而自信，空漠若无底的蓝天。更似乎可以将一切包容于其中，那是一种深湛悠远而空灵的境界。

蔡风的确有些不同，与二十多天前几乎判若两人，两个完全不同的人，任何人都可以感受到蔡风的斗志在疯长，气机如烈日所辐射的暖意，无孔不入地疯长！

叶虚眸子之中闪过一丝惊讶，蔡宗的眸子中也被激起狂而且野的战意，似乎在蔡宗的体内有一团澎湃燃烧的烈火，但蔡宗只是后退了两步，横刀静坐于仁圣之石的边缘，那正是他最初藏身之所的上部，童山鲜血染过的地方。

蔡宗的出现，其实只是个意外。蔡宗登临泰山之巅时天色仍很昏暗，别人看日出，他却静坐于石坪的凹陷之处疗伤，江湖中什么样的怪人都有，像蔡宗这般行为怪僻的人并不少见，更何况也有很多人见过蔡宗在山下的身手，知道这个人极不好惹，因此谁也没去理他。而蔡艳龙和童山诸人进入玉皇庙之时，由于蔡宗所在的位置正是仁圣之石背面，因石坪挡住了蔡宗的身形，三子和童山诸人都没注意到蔡宗的存在。

蔡艳龙让众江湖人士退出玉皇庙的话蔡宗也听到了，但却并不想走开，也便一动也不动。

蔡艳龙诸人也没太过在意玉皇庙内是否还有人，凭他的功力还无法觉察到蔡宗的存在，这也是童山的悲哀，如果他早一点绕石坪查看一周，也许现在就是另一种局面了。蔡宗自然会帮三子，他与叶虚之间只有恨而无情。

此刻的叶虚深深吸了口气，将目光悠悠投向蔡风。

两道目光在虚空之中犹如电火交缠，杀意渐浓，冷风流过毫无尘埃的石面，但却刮起一阵怪异的声响，应合松涛，与猿啼虎啸相呼应，构成一种特异的紧张气氛。

玉皇顶之上，空气似乎在突然之间变得凝重，犹如结霜凝露一般，众人的喧闹声立刻静了下来，每个人的呼吸都变得小心谨慎，似乎怕惊动了什么人似的。但在所有人的心中都存在着一种疑惑，那就是仁圣石坪为什么会有那种异常反应，而蔡风和叶虚的决斗真的只是为了分出高下这么简单吗？也许更有什么秘密，抑或真的有异宝即将现世也说不定。

当蔡风的剑斜斜抬起之时，叶虚的描金玉扇也微微扬起，一切都在沉寂之中酝酿。

凉风流过两件兵刃的尖梢，打着旋儿飘远，无声之中所酝酿的，将是最无情、最狂野、最暴裂的一击。

任何人都已嗅到了暴风雨欲来之前的气息，那种沉闷而充满感性的境界。

叶虚并不想主动进攻，因为他完全摸不透蔡风的虚实，在蔡风夸下海口的那一刻，他就改变了原先所准备的战略方针，他相信蔡风不是一个口出狂言之人，对方说出十招定胜负，那一定有他的理由。因此，此时的叶虚显得格外小心，他本不是一个喜欢太过保守防备之人，因为他年轻，年轻就代表着勇猛与冲动，更显狂妄，可是遇到蔡风这个比他更狂妄的人，他便不得不收敛改进攻为防守了。

蔡风露出一个极为自信的笑容，更有着一种高深莫测的感觉，也许是为叶虚的表现而感到高兴。当然，他所需要的就是叶虚这样，一个勇者不再勇时，则攻击力就会减少数成，可叶虚却忽略了这一点。

蔡风出手了，扬手一剑，斜斜裂开虚空，若一道凄艳的残虹横贯而过，“毕剥”的空气撕裂之声带着激涌的气劲翻转而过。

叶虚的眸子眯成一条细小的缝隙，在那被挤扁的目光中，蔡风整个人连同他的剑变成了一抹幽光。

当叶虚发现幽光锋芒所在时，蔡风已经突破了三丈空间，进入了他五尺之内。

玉皇顶，玉皇庙，历史之悠久的确可以追朔到极远的上古。它起源于秦始皇祭天，那时候的佛教并未传入中土，秦始皇数次登临泰山玉皇顶祭拜天地之神，就在玉皇顶之上筑下拜神之用的参神台，秦二世更将参神台扩建，那时已是极为雄伟，后来在东汉时期，佛教开始传入中土，使它逐渐成了一个可与道教分庭抗礼的宗教。

汉朝历代皇帝都会上泰山祭拜天地之神，东汉明帝之时，因其信奉佛教，而且极为虔诚，便允许在参神台上设置金身佛像，后索性在玉皇顶上，改参神台为寺庙，而参神台却成了玉皇庙院中的那块巨大的石坪。

关于这个石坪，还有个传说，当然，这是在江湖中流传的。传说这块巨大的石坪乃是同心石，当地的一些人经常前来乞福，认为仁圣石坪乃是历代皇帝拜神之台，肯定具有灵性，因此许多人在石坪上挖下小片石头带回家，以乞求众神庇佑，而每当有雷电击在这块主石坪上时，那些被人挖掘带回的小石块也会跟随着主石坪震动，像是与主石坪有着极强的心灵感应一般，所以人称为之同心石。至于这块石坪的来历众说不一，有人说是天外飞来的神石，有人说是当年秦始皇自东海蓬莱仙岛求得这块巨大的神石，以万夫之众抬上泰山之顶。当然，这跟神话是没有分别的，且不说泰山的山道如何险峻，单说以万人之力能否抬起这块石坪还是个问题，因为没有人知道它到底埋有多深。

其实，在江湖之中还流传着一个传说，当年慧远大师曾在玉皇庙住过一段时间，后众弟子以同心石为其做了一个巨大的莲台。后来慧远大师就在这同心石的莲台坐化升天，留下了不朽之名。更传说在慧远大师坐化升天之前，同心石竟呜咽了三天，嗡鸣不绝，被庙中之人认为是一种奇象，只是慧远大师知道自己寿辰将近，也就吩咐后事。三天之后，慧远大师果然坐化升天，那同心石的莲台也便保存在玉皇庙的密室之中，莲台之上塑有慧远大师的金身，那并不与一众菩萨摆放在一起，它只受玉皇庙的历代住持参拜。

江湖也有人说，这是慧远大师的遗嘱，更盛传一种流言，说玉皇庙中的和尚和慧远有极大的关系，甚至说慧远大师有可能是当年白莲社的人，不过，江湖中人似乎从来都未敢对玉皇庙做任何挑战。第一，玉皇庙中全是出家人，与世无争；第二，是因为敬重慧远大师，慧远大师不仅仅是佛门宗师，更是江湖中人心中的神。就因为佛、道、魔三宗那一拼，将魔门击得四分五裂，再也无法为祸武林和天下，更创下名传千古的白莲社，将正义推上了极端。白莲社几乎网罗了天下的所有精英。而四十多年前的邪宗和冥宗若非白莲社，只怕江湖已经不知会变成什么样子。因此，江湖中都极为敬重慧远大师，无论是白道还是黑道，无论是朝廷还是民间。

对于玉皇顶之上，其实江湖中还有些传说，那是烦难大师和不拜天诸人之间所发生的事情。不过，那究竟是什么事情却没有人知道，只知道冥宗曾在玉皇顶上大闹了一场，但终还是退了下去，这些都只是传说，到底是不是真有这么回事却无从查证，庙中的僧侣不会告诉任何外人。

有人怀疑庙中住着一位极为可怕的绝世高手，当然，这些并没有必要去相信，也没有必要去对他作出何种解释。江湖人总爱猜测，总爱制造谣言，这很正常，也很普通，因此，可信也可不信。

慧远大师坐化的那尊同心石莲台就在玉皇顶的密室之中，而玉皇顶的密室处于北面，与大院相隔有两百步之遥。

此刻密室之中梵音深重，檀香缭绕，木鱼之声轻响，每一下都是那么沉重。

密室之中，静坐于莲台之前蒲团上的正是玉皇庙现任住持戒嗔。自从老主持尘念圆寂后，住持之位就传给了其弟子戒嗔，这是一个全心修佛的老和尚，没有人知道他的深浅，只知这和尚佛心极高，也很少露面。

今日，玉皇庙中的小沙弥全都下山了，仅留下戒嗔与其四大弟子静参佛心，不闻外面之事。

莲台之上，慧远大师的神像在缭绕的檀香之中若隐若现。

戒嗔极为清瘦，高挺的鼻梁如枪一般标直，黄色的僧衣在半披的袈裟里面更显出一种沉稳而枯寂之感。

戒嗔一心向佛，毫无杂念，但近日来却总感觉魔障似乎隐现，那种空灵之境很难保持绝对平静。他也有些不明其因，唯有以佛经相诵，但这些似乎都无济于事，特别是今日，自早晨开始，魔障频生，使他根本就无法真正地安静参禅，就连他的四大弟子也清晰地感觉到他的不安。

“师父，要不要弟子去前院看看?”说话者是戒嗔的大弟子晦明，晦明似乎看出了戒嗔无法静心的根源。

戒嗔微微叹了口气，停止敲击座前的木鱼，低沉地道：“数十年来，为师只曾有一次如今日一般魔障频生，那就是你师祖圆寂之时，想不到我苦参数十年佛法，依然无法摒弃魔念，真有负恩师教诲!”

晦明望着师父，小心翼翼地问道:“会不会跟蔡风小师弟的决斗有关呢?”

戒嗔缓缓睁开茫然而空洞的眼睛，目光幽深，缓缓地道:“魔由心生，心感天地，天地之魔念为七杀，受七杀所感才会有魔念入侵，为师之心犹未修到通禅境界。”说着轻轻一叹，又道，“为师始终无法悟透你师祖‘无相无我’的大无相禅意，真是惭愧!”

“师父是说小师弟的无相禅意比师父更高?”这次说话者是戒嗔的三弟子晦成。

戒嗔淡淡地望了晦成一眼，目光再扫过不言不语的二弟子晦心及四弟子晦勇的面庞，又专注地望了慧远大师法像一眼，淡然道:“蔡风小师侄的慧根深种，智慧更是天下少有，且有道心为媒，其无相禅意的进境是你们永远都无法赶上的，虽然为师痴长四十年，但论到无相禅意的修为只怕不会胜过他。影响为师灵台的并不只是无相禅意，还有另外一股极为霸烈的气息，更有一种魔意在张狂，这魔气与霸烈之气夹在无相禅意之中，即使为师的心也无法完全平息，看来今日之事的确太不寻常了。”

“啊，师父是说今日登临泰山的江湖中人有许多可怕的高手?”晦心惊问道。

“凭为师的感觉，今日之事非比寻常，在玉皇顶之上，除蔡风小师侄外，至少还有三大绝世高手的存在，这也是为师心生魔念的主要原因。”戒嗔缓缓地闭上眸子，沉郁地道。

晦明、晦心诸人呆了半晌，他们想不通，怎会有如此多的绝世高手前来玉皇顶呢?但他们从来都不会怀疑师父所说的每一句话。

晦勇突然道:“难道师祖临终前的那句禅言就是指今日?”

“莲碎石裂，魔现东岳，玉顶将灭，佛莲自现。”戒嗔喃喃地念道，神情依然有些茫然，晦勇所说的似乎并不能与这句话相符，但也似乎有些道理。

戒嗔想了想道：“为师静思了近二十年，犹未能参悟这句话的真义，想来应该不会指今日之事……”

戒嗔正说话间，座前的巨大莲台竟“嗡嗡”自鸣起来，甚至有些跃跃欲动的迹象，慧远法像也跟着震动，如此奇景饶是戒嗔佛心高超也禁不住大惊，更终止了所说的话。

“诵经！”戒嗔疾呼道。

蔡风的剑在虚空之中变了三百七十六个角度，终于在叶虚的扇底下发现了破绽。

当蔡风的剑射到此处时，叶虚的描金玉扇也正好封住了这个位置。

两件兵刃相击竟没有半点声息，蔡风与叶虚错身而过的时候，叶虚的神色立刻不再镇定。

蔡风用的不再是剑，而是刀！错身拔刀、挥击，天地霎时变得惨然一片，犹如云落九霄，霞披长天。

蔡风的刀，只会比剑更为可怕，没有风声，没有杀气，只有视觉的一片茫然，使人无法解释的茫然。

蔡风是一代刀道神话蔡伤的儿子，对刀的感应绝对不能只用可怕两个字来形容。

叶虚错步、旋身、飞退、回转……连换了七十六种身法和动作，依然未能逃出刀芒所罩的范围。

叶虚感觉不到杀气，但他却感觉到那来自内心深处让人无法回避的压力，抑或蔡风的刀是自他心中攻到一般。

刀在心中，即使躲到天涯海角，仍在心中！

叶虚已经够小心谨慎的了，但是蔡风依然有着无法想象的突破，他虽然听说过蔡风不仅善于使剑，也同样是个用刀高手，可是他没有想到蔡风刀剑合并竟然这般灵活而多变，威力更强猛得超出他的想象。

“当当……”叶虚竟然闭着眼睛挡住了蔡风四十九刀之多，但同时也被震得飞退，毕竟他无法运聚全力以赴。

蔡风双眸浑圆，似乎从来都未曾睁得如此之大，他不想错过两人打斗的任何一招一式，否则将是一种遗憾。

蔡风和叶虚的动作都快得几乎超出肉眼的界限，但蔡宗的目光竟仿佛能够清楚地看到那发生的一切。生长在沼泽之中的动物，大都目力不发达，仅凭触觉、听觉和嗅觉分辨事物。但蔡宗的眼力却与所有生长在沼泽之中的动物不同，他也不明白那是什么原因。自小他的体内就似乎有一股奇异的力量，每一次他中毒之后，那股奇异的力量都能够将毒性压制，而他的眼睛也在那奇异的力量不断流转之时，渐渐明亮，看事物也渐渐清晰，而他更食过许许多多的毒蛇、毒虫，这些毒物的潜在作用更有养肝明目的功效，因此他的眼睛在不知不觉中异乎寻常，只是他从来不习惯睁大眼睛，因为他的听觉比视觉更为敏感。在一般情况下，他根本就不想让人知道他眼睛的可怕之处，但此刻两大绝世高手决斗，蔡宗再也不想错过机会，是以，耳目并用。

蔡宗的眼力的确很好，竟然能在灿烂的刀芒之中找到一片淡淡的暗影，那是一块布，一块自衣衫上切下来的布！

当布落地之前，竟被蔡风的剑气绞成碎末，那是自叶虚衣袖上割下来的。

叶虚丧失了先机，他不该等待，等到蔡风能够任意发挥之时，他便失去了先机，如果一开始叶虚就抢攻的话，那结果又会不一样。

蔡宗不得不佩服蔡风的策略，若他不说十招之约，叶虚绝对会毫无顾忌地抢攻，那时只为争一个先机就不会只是十招之数。可当蔡风说出十招之限时，叶虚立刻放弃了抢攻，改为严密防守，这就使他处于被动状态。

蔡风的确很善于心理战术，更似乎有着算无遗漏的智者心机。

叶虚正待转身抢攻，却发现面门已有一柄剑挥到，如毒龙般飞射而至。

蔡风竟将剑灌满真气直射出去，这一招大大出乎叶虚的意料，他连回扇格挡也来不及，不过，叶虚绝对不是弱者，不仅不是弱者，还是一个绝对超强的高手。否则，他也没有骄傲的资本，一个骄傲的人，必有其过人之处。

叶虚犹如劲风之下的弱草，身子若无骨地向后扭曲，脚下竟幻出一片奇异的云彩。

一旁观战的三子立刻想起蔡宗所说的那句话：“叶虚最可怕的地方并

非手，而是脚！”刚才叶虚那玄奇无伦的步法正好印证了蔡宗并没有说谎。

“哧！”利剑自叶虚的面门横划而过，仅差三寸就能将叶虚的面部划开。

“砰砰……”蔡风的身形倒飞，他的刀与叶虚的脚相击，竟然各自被震退。

“哧！”那柄飞出的剑居然在空中打个电弧倒射反击，其目标是叶虚的背后！

叶虚心下也吃了一惊，那柄剑并非蔡风舍弃之物，而是以气相御，由心意所控，这也难怪刚才他一脚竟能将蔡风反震而出。

蔡宗心中暗自感慨，盛名之下果无虚士。蔡风被公认为中土年轻第一高手，并非侥幸，单论这以气御剑之术就已是习剑之人梦寐以求的境界，而蔡风不仅可以分心以气御剑，更可一边以刀相攻，如此奇技也的确让人叹为观止。

庙外的群雄几乎全都鼓噪而呼，甚至有人呼喊得声嘶力竭，真正能见到这般绝世高手相斗的奇景的确难得，而且蔡风到目前为止仍只用了两招，还有八招那将会是怎样的一种场景和精彩呢？

战局到了这一步，其精彩已经不再在人们的想象范围之中。

叶虚处惊不乱，身子一阵乱晃，手中的描金玉扇轻轻点拨数下。

剑身自叶虚的身边滑过，却是因为玉扇之功。

此时的叶虚已被逼至石坪中心。

蔡风的身子在虚空中一缩，当叶虚险险避开那柄剑之时，他改双手握刀，以开天辟地之势猛然下劈，整个身子和刀在虚空中竟化成一团强烈的光芒。不见刀，不见人，唯有激涌奔腾的杀气，气旋如狂潮、如怒涛在翻卷，绽放出生命的最大潜能。

“怒沧海……是怒沧海……”有人终于忍不住激动地惊呼出来，整个山头都在沸腾。

“怒沧海”——传说中天下最为霸道的刀诀，也可以说是刀的神话，可是在这一刻，终于让所有人都看到了它的出现，而且出现得如此玄奇、如此曼妙。

无穷无尽的霸杀之气在向四面八方辐射、爆绽，每个角落都似乎能够感受到撕扯的力量，天空之中，所有的光亮尽数被这一刀吸引。

叶虚的眸子之中闪过火一般热烈而张狂的神采，更似乎有着一丝微微的欣慰隐于目光深处。

蔡宗清晰地感觉到自己手中的刀在颤抖，似乎是兴奋莫名的战士，更似久未饮血的魔王在刹那间被唤醒，一股萌动的生机在杀气弥漫的战圈之中无限扩绽。

蔡宗竟似乎听到了黑木刀身内所藏的冰魄寒光刀那热切的呼唤，一种迫切复苏的情绪就像是具有生命的灵物。

这是蔡宗从来都没有遇到过的事情，而事实上，他也从来都未见过比蔡风这一刀更让世人震撼的刀法，与这一刀相比，他所创的“慈心三杀”竟显得那般脆弱，那般黯然失色，他的刀在受蔡风刀气和精神所感染，才会如此不安静起来，就像蔡宗此刻那颗不安静的心一般。

“怒沧海”本就是一式将人体的精、气、神最完美结合所产生的生命最强者，“刀、人、天”再也不会分出彼此。

蔡宗的功力灌注刀身强压住躁动的冰魄寒光刀，这是一柄出鞘便必须要夺命的刀，他更不想将这柄刀显露出来。

“怒沧海”的霸杀之气无孔不入地四散传出，身在远处禅室之中的戒嗔及四大弟子同样感觉到了，而且比任何人都强烈、清晰，因为那石莲的抖动也因为这霸杀的刀气而抖动得更为强烈。

慧远的法像竟自石莲上歪倒，晦明和晦心飞身而上，及时将它扶住。

“师父！”晦成和晦勇再也坐不住了，全都站起身形，焦灼地呼道。

戒嗔似乎也无法解开此结，忧心忡忡地道：“此莲台为同心石所铸，莲动则石动，难道真是应了‘莲碎石裂，魔现东岳’这句话？”

“师父，我们快出去看看吧！”晦明和晦心两人合抱住慧远大师的法像，提议道。

戒嗔脸上的神色有些阴晴不定，喃喃自语道：“难道这魔头还没有死，又将出世祸乱人间？”

“什么魔头？”晦明有些不解地问道。

“裂裂……”石莲竟然真的开始暴裂，且一裂即为八瓣。

“不好!”戒嗔似乎想到了什么，只是低呼一声，身子便如离弦之箭飙射而出。

“师父……”晦明几人不知道出了什么事，不过，他们始终记得尘念师祖所留的四句无法悟透的警语：“莲碎石裂，魔现东岳，玉顶将灭，佛莲自现。”此刻前一句已经极为明显，至于后面的三句定会跟着应验，那又有什么可怕的事情发生呢?

没有人知道蔡风此刻在想些什么，也没有人知道他这一刀之后究竟会是怎样一个结果，也许，应该问天、问地、问刀、问变色的风云。

在那团强光一亮再亮、一绽再绽，几乎将整个石坪笼罩之时，所有人竟发现一道强烈的佛光。

那缕缕金色的淡芒在强烈的刀芒中升起。

漠漠苍苍的光影，不是叶虚的反击，绝对不是！即使叶虚也为之惊住了，光影组成了十个大字，虚浮于刀芒之上，不因刀光的强烈而模糊，更隐隐透出一道祥和的佛光，也绝不是蔡风“怒沧海”的杰作。

第一百五十六章　魔现东岳

“仁圣石裂，玉皇顶灭——烦难！”这十个字几乎比蔡风的刀更让人震撼，谁也不曾想到此地竟有烦难大师的警语，众人中也从来都没有人听说过的。更没有人知道这佛光究竟自何处而来，抑或真的是烦难大师再世显灵，那就是说，这是天意。

唯有叶虚、蔡风和蔡宗才真正知道这是怎么回事。原来，当蔡风那霸绝无伦的“怒沧海”劲气直压地面之时，石面之上竟奇迹般显出这十个大字，犹如一种虚幻投在石面之上，却有清晰的凹面，就像地上长出了一排虚无而有形的气体一般，再受强劲催发，竟然绽现佛光，光华四散，但字形却随影而浮，并不散去。这之中的奇妙，饶是蔡风、叶虚、蔡宗这些人也看得一塌糊涂。

他们三人当然不信神，那唯一的解释就是这十个字与蔡风的刀意有关，蔡风也在瞬间明白，这十个字定是师祖以最高禅意所书，那完全是一种精神的凝聚，而他的“怒沧海”乃是烦难所创，使出“怒沧海”的无相神功也是烦难所创，那这一刀之间所有的意境与烦难大师同出一源，在精与神的相逼之中，那股以禅意和精神力所凝的字迹才会以佛光乍现。而平时却无人可以发现这十个大字，别人自不明白其中道理，叶虚和蔡宗更不知道烦难和蔡风的关系。只自揣测这种异象一定与蔡风有关，却不知道其中隐秘。但不管如何，叶虚已经放弃了对蔡风的攻击，倒掠退出，并以最强烈的气劲护身。

蔡风见到这十个字，心神禁不住一松，此时叶虚绝对有机会反败为胜，更可趁机一举击败他。高手对阵，绝对不能有半点分心，何况这是在最为紧要的关头，蔡风心神一松，几乎就已与死神相见，但叶虚却不攻反退。

叶虚放弃攻击，没有人知道他为什么要放弃这个绝佳的机会，就连三子和蔡宗也清楚地看到叶虚这一大失误。

当然，叶虚是失误还是别有用心，却是没有人细想了，所有人都在默念那句“仁圣石裂，玉皇灭顶”八个字，在揣测其中的意思。

“不要击出!”一声焦虑的呼喊自玉皇庙之中传出。

“轰!”蔡风也想收刀，但他做不到，“怒沧海”既发，他已无力再收，最多也只能收回三成劲气，但剩下的七成功力竟无阻隔地尽数落在地面之上。

蔡风一声闷哼，身子若纸鸢般被一股无形气劲反弹上半空。

“蔡风……”哈风惊呼出声，三子也大惊失色，一道黑影自玉皇庙的院落深处如大鸟般疾飞而至。

不仅如此，又有一条人影自悬崖之下如冲天炮一般冲上半空，与此同时，更有一人自大门口的墙外又电射而进。

“尔朱归!”蔡宗以他那远胜常人的目力，竟能够辨出那道自院外掠进的身影。

叶虚没有进攻蔡风，他不仅仅错过刚才那个机会，此刻竟甘愿再错过这千载难逢的机会，不攻击蔡风，而是飞向尔朱归，迎击那自悬崖之下掠上的白发老者。

蔡宗想出手，但见这几人并不是去危害蔡风，也就不再答理。

“呼!”天空中的风云霎时变暗，不知何时，烈日早已无光，浓浓的乌云如潮般涌聚泰山之顶的上空，就像在众人的头顶飘浮。所有人直到此刻心神稍复之时才发现这种异象，刚才被蔡风的刀和那接二连三而出的异象给迷惑了，甚至神志也为其所夺，并无心思去注意天空和四周环境的变化，但此刻大家却感到一股空前绝后的恐慌。

天象大变，难道便是预示着“玉皇顶灭”?这使人细思起来，不得不恐慌，唯三子和蔡宗诸人知道，这只是天人交感的一种现象，当初蔡伤使出“沧海无量”之时的天象比这更可怕十倍，而蔡宗曾动用过冰魄寒光刀，刀出竟使天空在刹那间降起雪花来，这些都是天象所致，并不值得大惊小怪。

值得惊讶的应该是那自悬崖下端飞升而出的人与尔朱归！

两人竟在刹那间消失于虚空，就像是被天空中的暗云吞噬。

“裂！”一道闪电划破长空，虚空之中，蔡风的脸色微显苍白，手中的刀映射着闪电的光亮照出了尔朱归与那神秘白发老者在虚暗处的位置。

那是两团螺旋的暗云，暗云紧裹似乎成了他们惨淡的外衣。

叶虚的玉扇疾收，双腿竟绞旋而上，整个身形头下脚上地向那两团暗云间升去。

蔡宗和所有人都一样，皆为眼前的景象感到震撼不已。

人声俱寂，就连自庙中疾飞而出的戒嗔大师也立身不动，静静地望着天空那奇异无比的一幕。

叶虚在暗云之间，竟擦出一溜电火，“呼呼……”尔朱归和神秘老者所掀起的两团螺旋暗云全都无情地撞击在叶虚身上。

蔡宗大骇，所有人大骇，如此一来，叶虚焉有命在？而在此时，蔡宗手中的冰魄寒光刀再次震颤起来，“嗡”声大作，几欲脱出黑木刀鞘跃飞而出。

“啪……啪……”电火四射，云层之中，犹如万道银蛇狂舞，扭曲成一条粗大而闪亮的巨蛇，直射向叶虚身上。

尔朱归的脸色血红，那神秘老者的脸色却变得青绿，叶虚的脸上却丝毫没有血色，发结松散，犹如自天而降的神魔，电火在其周身旋绕不休。

蔡风自天空中冉冉降下，气血翻涌。

原来，他竟发觉当“怒沧海”击向仁圣石坪时，石面居然产生一股强烈的反弹力量，而且这股反弹之力似乎与他同出一源。本来，他根本不会被反弹而出，但由于当他看到那十个字后，猛地收回三成力道，而那股与他体内无相神功同出一源的劲气也被引发，正因为同出一源，才能被牵引。这么一来，使得回击之力便不止三成了，至少达到六七成，因此才使蔡风无可抗拒地被抛飞上半空。不过，幸亏他体内仍有道家的太乙真气相护，否则定会震成重伤。

蔡风降落的同时，叶虚犹如陨石一般，带着强烈的电火向那块被蔡风劲气击出一道刀坑的石面飞撞而去。

叶虚没有死，他几乎成了一个可怕的魔物，“轰!”惊天动地的炸雷以无可抵御之势击在刀坑之上。

叶虚双手直插石中，所有电火如活物般在他的双臂与巨大石坑间来回流动。

尔朱归与神秘老者身形在虚空中一错，双双下坠，竟赶在蔡风落下之前，齐声高喝：“掌托极顶，拳裂东岳!”

“轰!”碎石如风暴般夹着如巨雷滚过的吼声四散射出。

庙墙轰然倒塌，狂风大作，玉皇顶上惨呼不断。

“轰轰!”尔朱归与神秘老者一拳一掌分别重击在叶虚脚底的“涌泉”穴上。

三人同时旋转起来。

有人惊退，戒嗔大惊，狂呼道：“阻止他们!”说话之间身子化成一股强横的旋风向尔朱归和叶虚三人撞去。

蔡风虽然不知道是怎么回事，但戒嗔的呼喝肯定有道理，也不管什么，再一次双手握刀，自虚空中疾劈而下。

“快带公主退!”巴颜古也没有想到眼前竟会乱成这个样子，而且打斗几人的武功似乎皆已登峰造极，功高绝顶，包括那自庙内冲出的和尚，无论是谁的武功都绝对在他之上。巴颜古是个高手，自然眼力不会差到哪里去，更不会连自己与别人的差距也看不到，不仅仅如此，更可怕的却是在那裂开的巨石之中，传来了一股疯狂县城充满毁灭性的魔气，让人清晰地感觉到那来自地底的寒意。

仁圣石坪之下究竟有什么秘密？为什么叶虚和尔朱归及神秘老者会对这石坪如此在意？他们之间又有何关系？神秘老者究竟是什么人？

庙外的武林人物立刻想到早晨仁圣之石上出现的怪异现象，难道江湖传闻非虚，那石坪之中真的有异宝将出？那究竟是什么宝物，竟能在未出土之前拥有如此可怕的魔气？

最为吃惊的人要属蔡宗，在叶虚开始旋动的那一刻，他以全身功力竟然镇不住黑木刀鞘中的冰魄寒光刀，石坪之下所逸出的死亡气息带着毁灭性的气机破土而出。

蔡风也同样心惊至极，他居然无法抗拒那股由尔朱归、叶虚和神秘老者三人联手的疯狂旋劲，更有在石坪之下逸出的气劲，那股气劲几乎是无匹的，他犹未能接触叶虚三人的三尺之内，就被他们所形成的气团再次击飞而出。

戒嗔也遭到同样的反击，身子倒跌而出，晦勇、晦明、晦心及晦成全都被反震之力震得大口吐着鲜血。

“锵！”一声龙吟，天地间闪过一层薄薄的曙光，惨淡昏暗的玉皇顶，被一柄空蒙蒙的刀擦亮。

蔡宗的冰魄寒光刀终于再也不受控制地自动脱鞘而出！

“呀！”蔡宗一声长啸，几乎让乌云裂开一道缝隙，他的整个人更以快绝无伦的身法直追冰魄寒光刀。

“噼……啪……”一道璀璨的闪电映落在冰魄寒光刀上，刀身如迷幻的五彩精石一般，闪烁着妖异而瑰丽无伦的色彩，更见一道血丝在冰晶之中游走，如蛇虫之行。

“轰轰……”天崩地裂的巨响犹如世界的末日降临！

“仁圣石裂，玉皇顶灭！”所有人在刹那间忆起了烦难的那八个字。

石头如被强风吹起的羽毛，向空中贯飞，大块大块使得虚空成了破碎的墙洞。

叶虚和尔朱归及神秘老者也全都闷哼一声，三人身形随着那狂涌而出的气流冲上了虚空。

“哈哈哈……”一阵疯狂得已没有理性的狂笑自破裂的石底传了出来。

戒嗔的脸色骇然变得惨白无比，呆愣地喃喃自语道：“浩劫难逃，浩劫难逃！”

蔡风和蔡宗全都大惊，在仁圣石坪之底，竟然压着一个活物，而且那隔石传笑之声中的劲气之强已不是世间任何高手所能达到的。

蔡宗手中的冰魄寒光刀似乎越来越兴奋，那五彩光亮在昏暗的天空中，犹如数十轮明月，使天空变得无比妖异，更照亮了虚空中所有人的的脸色。

蔡风双足踏上一块升起的碎石，随石而升，极速地调匀胸中气血，这时他隐隐感到体内蛊虫有蠢蠢欲动之势，知道是刚才那几击所损耗功力极巨，最多也只能再出四招，可是眼下的形势已糟糕到连他也弄糊涂了，搞不懂究竟是怎么回事。

战意，无尽的战意生自蔡宗手中的刀，一旁的三子和蔡艳龙诸人也禁不住被激起了狂野的战意。

“轰！”石坪在被蔡风劈开一道刀坑之处暴裂而开，现出一个巨大的洞口，一股毁灭性的飓风自洞中卷出，天空的暗云忽裂，无数闪电劈过，竟下起疯狂的冰雹。

一条破碎的灰影如脱笼的猛兽冲天而起，所过之处那些浮在虚空中的石头尽数碎裂成粉末。

蔡宗竟受不住手中冰魄寒光刀的驱使，疯狂而无惧地第一时间迎向那道灰影。

冰魄寒光刀与那灰影似乎是千万世的宿敌，更似乎拥有自己的生命和头脑。

刀身之内那缕游动的血丝竟在刹那间璀璨成茧，在透明瑰丽的刀身之中张牙舞爪。

那些庙外的江湖人士有些竟被那灰影的怪笑震得昏死过去，也有人拼命地向山下狂奔，他们要逃离这已经临近末日的地方。

哈凤的脸色变得苍白无比，哈鲁日赞和巴颜古也全都惊退，如今的玉皇顶，所代表的似乎不再是祥和，不再是人间圣境，而是代表着死亡、地狱！

“轰！”蔡宗犹如败革一般倒飞而出，手中的冰魄寒光刀脱手射出，他根本就无法接近那个灰影。

哈凤忍不住惊叫起来，冰魄寒光刀以不可匹敌之势向她无情地射到。

哈鲁日赞大惊，正要挺身而挡，迎面却飞来一块巨石。

巴颜古因身在场中，竟无力回救，蔡宗也大惊，但他体内的真气犹如翻江倒海般乱成一片。

“哈哈哈……”那灰影扶摇直上，浓烈的死亡气息几乎让那些功力稍弱的江湖人士窒息而死。

“当!”哈凤在惊恐若死之时，一柄刀自侧面斜撞而至，却是蔡风的刀!

“啪!”蔡风的刀碎裂成无数小块，冰魄寒光刀顿了一顿，依然向哈凤射去，像是富有灵性的活物。

蔡宗心中暗叫不好，这柄邪刀对女人的阴柔之气极为敏感，此刀若不取人命，决难归鞘，哈凤是场中唯一一个女性，邪刀最先的选择目标自然就是她。冰魄寒光刀本来被极强的佛性所感染，要知道无著祖师当年以佛法练刀，更以数十年的佛心感染刀中所蕴的邪血，几乎已将毕生佛功的五成注入了刀身，后来无著祖师将此刀交给一个苦行者，那人以毕生之精力和佛法化除刀中的邪血，而那苦行者的佛功在西域几可与蓝日法王是一个级别，因此，可想而知这柄邪刀之中所封存的佛功是如何的强大，那缕邪血也渐渐淡化。

蔡宗也并非第一次使出这柄邪刀，那缕邪血根本就没有出现过，而且他也不可能完全被刀所控制，但今日却出现了这种情况，已极为意外。更且那缕邪血竟如此明显，显然已经尽数被激活，冲破佛功的禁制，这的确是一件可怕无比的事情。正因为那缕邪血才使刀身复合过来，拥有自己的生命和精神。

这本就是一件极为难以理解的事情，刀自身存在着生命，这的确有些不可思议，所以在西域，人们都称这柄刀为“邪刀”，是人世间最凶最邪的刀，只不过它的凶性被无上佛法所裹而已。

如今，冰魄寒光刀之中的邪灵被激活也并非无因，惊蛰本来就是百灵复生之日，凶邪转世之期，这天为一年之中极阴之时，此时又是在泰山巅峰，冰魄寒光刀受那潜于地底魔灵的激发，竟能意外地破开禁制，这是蔡宗自己意想不到的，即使当初的无著祖师大概也没有料到。

“呀!”哈凤一声惊呼，一股奇寒的冷气透入她的体中。她没有死，是因为蔡风，在千钧一发之际，蔡风终于追上了这柄邪恶的刀，救下了哈凤，哈凤在蔡风的眸子中找到了千丝万缕的关切之情!

刀身在嗡鸣，似乎有些不甘地抖动着，那阴邪的寒气自蔡风的手中传入，但蔡风的思想根本就不为所动。

蔡宗重重地摔在地上，吐出一小口鲜血，他看到叶虚和尔朱归及白发神秘老者满脸兴奋地坠下，而步履有些踉跄，他更看到蔡风若无其事地紧握着连他也无法控制的冰魄寒光刀，他简直有些不敢相信。

蔡宗自然不知道蔡风体内不仅身具佛门至高无上的神功，更具有道家的无上禅功，一身兼容佛道两家的极道武学，又岂是邪灵所能入侵的？邪灵无法入侵，蔡风体内的佛道两家劲气自然注入了刀身之中，将那存于刀身的无上佛性再次唤醒，更似乎把刀身中储存的佛功与自己体内的无上神功相融，感到前所未有的舒畅。

“你没事吧？”蔡风扶住哈凤，眸子之中闪过一丝无奈，更多了一份怜惜。

“你为什么要救我？”哈凤幽怨地道。

“秃驴，该死的秃驴，所有的秃驴统统都该死！”一声闷哼自虚空中传来，却正是那自石下冲出的灰影。

那是一个人，一个被胡须头发罩得无法看出面目、衣衫褴褛得难以蔽体的怪人，抑或可以说他是山魈鬼怪，那也许更贴切一些。

三子和戒嗔大吃一惊，昏暗的天地间，那如兽般的怪人俯冲直下，犹如巨大的苍鹰，拖着两片暗云。天空中的巨石似乎被一股无形的吸力会聚而起，疯狂地向蔡风砸到。

“蔡风师侄，小心老魔！”戒嗔大呼，同时身形向那自天空中扑下的怪人迎去，口中更大喝道：“区阳，让老衲来会会你！”

“大胆！竟敢直呼圣帝之名，秃驴找死！”那白发神秘老人怒喝着横扑向戒嗔。

风，惨烈至极，雷电交夹着巨大的冰雹，更有满天飞舞的碎石，阴云愁惨，寒风凛冽。

呼啸的劲气流动声，巨爆的雷声，一切的一切，似乎构成了一个虚幻的世界。松涛之声，虎啸猿啼，根本就再也无法加入这插曲之中。

“小心！”哈凤也忍不住惊呼出来。

其实，蔡风早已感觉到了那股强大无匹的压力自四面八方聚涌而至。

转身、抬头，并甩出哈凤，一切的动作是那般利落而干脆，蔡风知道自己在做什么，也清楚自己所遇到的将是有史以来最为可怕的对手。

那是一种感觉，实实在在的感觉，蔡风不仅是高手，还是猎人，猎人对于危险的敏感度绝对超过任何人！

面对如此恐怖的对手，蔡风竟有种沮丧的感觉，他从来都没有感到沮丧过，即使以前遇到的所有可怕对手。可是今日却是个例外，也许的确是，他从来都未曾想过，人世之间居然有人能将掌练到这般境界。

天与地，地与人，人与自然，一切都显得混沌，一切都没有间隙，那是一种无限收缩的网罩，而蔡风就是这张网罩之中的一条可怜小虫。

似曾相识的一掌蔡风记得叶虚曾经施展过，但那一掌与这一掌相比几乎是一个地下，一个天上，但大致的意境却是一样。

蔡风知道“怒沧海”在这一掌之下再也不是绝对的优势，甚至根本就不会起到任何作用。自从蔡风能够丝毫无忌地施展“怒沧海”之后，他对“怒沧海”的威力已有了充分的了解，可是眼前这一掌的力量完全超出了他的想象。

蔡风咬了咬牙，作出了一个决定，双手紧握冰魄寒光刀，刀身的血丝消失得无影无踪，变得晶莹剔透，更泛起一层晶工般淡淡的佛光。

蔡宗几乎呆住了，他从来都没有想过，这柄邪刀竟然有如此驯服之时，不仅驯服，更似乎成了一柄祥和的圣物，只怕无著祖师做梦也不会料到这一现象会在一个年轻人手中出现。

蔡风出刀，身子就像充满氤氲的球，悬浮而起，显得怪异莫名。

“沧海无量!”蔡风犹如一尊巨神，双手握刀直刺天幕，口中狂呼而出。

“蔡风!”三子忍不住惊呼，虽然他并不能使出这一刀，但他却知道这一刀的可怕，不仅是威力的可怕，更可怕的是那毁灭性的反冲力，就连蔡伤所具的功力也被反冲力震伤，又何况蔡风这个体内存有隐患之人?

蔡风又何尝不知呢?但在束手待毙与战死之间他必须作出选择，他更不是一个弱者！强者，那就必须选择战死，哪怕只剩最后一丝力气，也要一拼！

蔡伤曾对他讲过，施展“沧海无量”不仅要使自身功力达到巅峰状态，还需拥有至高无上的佛法修为，方能将“沧海无量”发挥至极限，而己身不受其伤。如果这其中有一点没有达到，那“沧海无量”不仅仅会伤敌，更会反噬其主，甚至会使施展之人暴体而亡，尸骨无存，这本是一种接天地之能量、超出人体极限的武学。因此，蔡伤告诫蔡风绝对不能使出这一招。

蔡伤知道，以目前蔡风的功力，要想使出“沧海无量”而自身不损仍做不到，尽管蔡风借毒人之躯将自身功力提升了数倍，甚至功力已经达到他这个级数，但其精纯程度绝对不够。还有，蔡风虽具慧根，更有佛缘，但却佛心不深，佛性更浅，世俗红尘之事绝对抛之不开，因此，他才告诫蔡风不能使出“沧海无量”。

此刻，蔡风再也顾不了这些。

“哗……”天空似乎在刹那间崩塌，雷电全都聚于冰魄寒光刀身，散发出璀璨的异彩，佛光流转，更将蔡风整个身形完全罩入其中。

整个天地似乎在瞬息间变得一片祥和，一切的转变都只是在电光石火之间。

冰雹由散而聚，碎石、断枝都向那团佛光靠拢。

蔡风在刹那间消失于瑰丽奇异的佛光之中，冰雹、碎石在他的周围形成一道飞速旋转的屏障，一股疯狂的气流夹着电火在屏障外流转。

那灰影怪人似乎也吃了一惊，蔡风竟在屏障护体时冲出了他的掌势之外，大概他做梦也没有想到，一个如此年轻的小和尚居然能闯过他的掌网，但他对和尚的恨是积下了数十年的怨毒，不杀光这里的所有和尚他绝不会罢休。

泰山风起云涌，天象骤变，百里之外全都清晰可见，这种异变对于附近的居民来说，几乎是从未有过的事情，而且还下起了冰雹。

那些抱头窜下泰山的武林人物几乎全被打得满头是包，不仅如此，更是衣衫尽湿，冻得嘴唇发青，只有少数几个戴着竹笠上山的人，此时竟成了幸运儿，不过也冻得够戗，但谁也不敢作太多的停留，玉皇顶上之乱他们是有目共睹的，似乎深怕泰山也会因此而崩塌。

有些人开始后悔上山，骂骂咧咧地，但却并不敢骂蔡风，至少众人中还有些人十分尊重蔡风。

其实也并不是每个人都急着下山，相反，在这时候竟还有人上山，此时山路渐滑，来者挤着窄而且险的山道向山上疾行，共有三人。

没有人注意到这三人的面目，也许是因为他们的面目全都掩在竹笠之下。

有个竹笠对于挡冰雹来说，的确好多了，但如果有人仔细观察这几个人的话，他们一定会发现这几人根本就不必用竹笠挡冰雹，因为冰雹落入他们头顶一丈内时已经化成气蒸发了。

这三人都是高手，而且不是普通高手，绝对不是！普通高手也没有这般可怕的绝世功力，他们并没有抓住路人询问玉皇顶之事，其实他们通过捕捉空中散发出来的劲气和风声，及密骤的雷电交击声即可知道玉皇顶发生的战况之激烈。不过，让他们心惊的却是山顶那道升腾而起的佛光。

不，应该说是佛莲，一片虚无的空中，升起一朵纯白而圣洁的佛莲，几有数丈见方。

“沧海无量！”其中一个戴着竹笠之人忍不住惊呼出声，然后才说了声，“不好，风儿他……”话未说完，整个人便已如箭一般向山顶射去。

佛莲之艳丽、之凄美、之圣洁，使人似乎做了一场梦，更让人涌起一种顶礼膜拜之感。

雷电交击声越来越狂，天空也越来越亮，只因为佛光大绽。

佛莲，一朵绽至极处，又再生一朵，那个向山顶疾奔的人禁不住立足，似乎有些不敢相信自己的目光，世间居然有人能生出两朵如此巨大的佛莲，这几乎是完全超乎了他的想象。

此人正是蔡伤，他终于赶到了泰山，而他身后的两人却是陶弘景身边的门僮之二，矮门神风扬与胖门神陶通。

蔡伤的确有些不敢相信自己的眼睛，他自己也只能将“沧海无量”推到一朵巨莲的境界，而眼下虚空之中竟出现了两朵巨莲，此等情况岂不是说这发刀之人的境界和功力比他还高？可是这怎么可能呢？当世之中会“沧海无量”的只有他与其子蔡风，而蔡风的功力和佛心又怎会达到这般境界？

“蔡师兄，怎么了？”风扬奇问道，他一向都是这般称呼蔡伤，因烦难与陶弘景为同辈，又关系极好，蔡伤也称陶弘景为师叔，所以矮门神称蔡伤为师兄，正如蔡伤与戒痴、戒嗔之间一般。

戒嗔和戒痴之师“尘念大师”并非烦难的同门师兄弟，而是同属佛门一系，又是白莲社的后人，因此，他们都以师兄弟相称，当初慧远弟子遍布天下，也便使烦难最初师叔、师伯满天下，后来他自立门户，但仍诚心向佛，依然有许多人追随。因此，蔡伤与戒痴之间就以师兄弟相称，戒痴原本在玉皇庙之中，只是后来转住少林寺。

“不可能，我们上山！”蔡伤喃喃自语道。

蔡风也有些不敢相信，自己竟能将功力提升至这种境界。

冰魄寒光刀几乎与他心心相通，满天的刀影将虚空一寸寸绞碎，包括石头、断枝，甚至空气和冰雹，一寸寸地绞碎。

佛性之中无杀，但佛性之中却存在着除恶、驱邪，在这玉皇顶上，几乎每一寸空间都弥漫着张狂的魔性。

那灰影怪人的拳和掌总是那般直接而有效，几乎包容了天地间所有的变化，那是一种让人无法形容的境界。

雷电交缠、撕扯，蔡风也不知道有多少刀与那灰影怪人正面相对，但他却十分清楚，冰魄寒光刀之中有一股超强的佛性在流动，更使他的功力在提升，也弥补了他佛心的不足之处。

蔡风当然不知道，这柄刀经过了两代异域高僧的苦炼而成，几乎倾注两人的毕生心血，而蔡风的佛学刚好将存于刀中的佛功借用，且此刻更抱着必死之心。他在知道自己只有一个多月生命后，几乎是大彻大悟，心若死灰，此时救出哈凤，生平心愿已了，其心境之恬静，更接近佛心。而且刀身本来就融入了无上禅意，这便使他无意间具备了发出“沧海无量”的条件。

劲气在虚空中不断地炸裂，外围没有来得及逃走的人群，许多禁受不住蔡风与那灰影怪人的牵扯力量，竟被拖得向两大高手所制造的气场中靠去。

没有人会不明白，进入气场之中，只有一个可能，那就是被绞成碎肉。

无数道旋转的飓风在不同的方位、不同的地方缠转成有形有色的巨龙，附和着乌云，犹如森罗地狱中的阴风愁惨，与那圣洁的佛莲形成了鲜明的对比。

其实，天空之中并看不出什么东西，只是混沌一片，混沌得有些妖异，唯有惊雷怒电怒劈不休。

蔡宗受伤的躯体被一股强大的气流掀起，禁不住骇然飞退，目光有些古怪地望着那隐显的巨大佛莲。他知道，那是无数柄冰魄寒光刀的组合，并不是一种艺术，也并非专为艺术所设，武学和艺术是相通的，只是境界的不同，什么样的境界就能达到怎样的艺术效果，这并不需要故意做作，那是一种水到渠成的过程。蔡风竟能将冰魄寒光刀发挥到这般神奇无伦的境界，的确让蔡宗感到无限心惊。

心惊的人不仅仅是蔡宗，还有叶虚、尔朱归，以及蔡风的对手——那古怪的神秘怪人。

那怪人怎么也没有想到一个如此年轻的小伙子，竟然拥有如此霸道、如此神奇而无与伦比的绝世刀技。

“玉顶将灭，佛莲自现，佛莲自现……”晦明禁不住呆呆地自语起来，眼前的这一切不正是他师祖尘念大师临终之前的预言吗？这是一种无法理解的巧合，抑或是苍天有眼？

“轰！”天空中再次爆响，那两朵巨莲散乱，无数道灰暗的飓风冲击而上，竟使佛莲灭去一朵。

天空中的乌云被两股强大的冲天气劲撕裂而开，阳光自乌云的缝隙间洒下，照在天空中那交缠的两股不停炸裂的气团上，形成一种怪异的彩芒。

所有交手的人全都停止了，包括戒嗔和那神秘的白发老者，他们的目光中都绽放出异样的神采，根本就无心再打，纷飞四射的碎石在他们周围散落，尽数被无形气墙所挡。玉皇顶上，除了几个功力极高的人外，其余观战之人几乎全都散尽，没有人敢再停留于山头，也没有多少人能够抗拒那疯狂肆掠的劲气。

天街的木屋尽数掀倒，矮桩、小树摧枯拉朽般尽数折断。

“阿弥陀佛，我佛有灵!”戒嗔面带喜色地宣了声佛号，心中更涌起了对师尊的一种敬慕，想到尘念当初所留的十六字警语，此刻才真正明白那究竟是怎么回事。

“蔡风!”哈凤惊呼出来，她是唯一一个不愿意离开而又功力不很高明的人，此刻哈凤的惊呼完全被虚空中的无形劲气给绞碎，根本就不成声调。

三子也禁不住跟着惊呼，但他的声音也与哈凤没有多大区别。

他们的确应该为之惊呼，因为那神秘怪人竟然打散了两朵巨大的刀莲，而蔡风更身现虚空。

蔡风的手中无刀，冰魄寒光刀在虚空中如一条迷幻的神龙，疯狂游走、飞翔，环绕着与那神秘怪人交缠，而蔡风的躯体飞升，竟升达十余丈高的虚空，以人们完全无法理解的形势定在高空之中。操控冰魄寒光刀的是心神，是意念，蔡风的心神和意念。

刀与人，以佛心相通，以神灵相合，以天地之间的浩然正气为媒，亲密无间地化为一个隔开的整体。

佛莲散灭，蔡风升空，异象再生，乌云又合，虚空之中，蔡风双手上举，以开天之势扬起。

“啪……噼……”电流如狂般飞射而下，直射入蔡风的双掌掌心。

“蔡风……”哈凤喊得声嘶力竭，但蔡风听不到她那急虑焦灼的呼喊，更无法感应到那种浓浓的深情。

在蔡风的心中已没有任何俗念，只有一个佛意，那就是除魔！他不知道神秘怪人是谁，也不管对方是谁，但却明白对方拥有毁灭苍生的魔意，那张狂的魔意使原本祥和的玉皇顶混沌一片，杀意和凶邪之气四处弥漫，更几乎将整个玉皇顶掀下一层，如此可怕的魔功，正激活了冰魄寒光刀潜在的佛念，刀身之中的佛念本就是为制邪抗魔而种，此刻与魔意相击，自然生出抗意。

蔡风与刀身心意相通，是以心中唯有除魔一念，灵台空明，犹如整个宇宙般空无一片，没有生与死的概念，没有情与仇的牵挂，孑然一身，与天、与地、与宇宙共生共灭共为一体。

蔡风被无情的电火烧焦，而整个身子却渐渐透明，散发出一种祥和的佛光，衣衫尽数化成灰烬，在那晶莹剔透的肌肤之中，似乎可以看到血脉的运行，电火在他周身缭绕。当蔡风的躯体几近半透明之时，双手骤合，两极的雷电疾蹿而上，接上天际两片渐合的暗云，犹如虚空之中垂落的一根光绳悬吊着蔡风的躯体，显得怪异莫名。

"沧海无量!"蔡风的声音变得低沉而郁闷，犹如自九天而下的梵音，激荡着群峰天宇，然后挥出合十的双掌。

"啪!"蔡风完全消失在电火之中，一束晶莹的强光与蔡风双掌间的电极相接。

那是冰魄寒光刀，刀身乍亮，犹如九天骄阳，璀璨无匹，照亮了昏暗的玉皇顶每一个角落，连三子的眼睛都受不了，闭合起来。

"托天裂地，两相无极!"那自石底蹿出的怪人狂吼一声，拖起数丈长的灰色气团向蔡风飞撞而至。

"啪……"那旭日般的强光陡然炸开，天空之中乍绽三朵巨莲!

天地一下子变得祥和，冰雹骤止，乌云尽散，明媚的阳光辉洒而下，那破败的场地变得那么生动。

暖风流过，有温情传送，更有一种恬静在酝酿。

恬静之中，酝酿的是毁灭，对生命的毁灭，对万物的毁灭。

晦明、晦心诸人竟然全都感动得跪下，似乎从中悟出了无穷无尽的佛法。

叶虚双手合十，做出了连他自己都未曾想过的动作，蔡宗居然在流泪，大颗大颗的泪水犹如晶莹的珍珠。其实，叶虚的眼中也闪过泪花，只不知是为了什么。

虚空之中荡漾着一片祥和的佛光，一种空无和纯静的意境使每个人在刹那间明悟了世情，明悟了一切该明悟的东西。

没有人出声，也没有声音，皆因所有人的意识全都失去了作用，全都显得虚无。唯有心在感受，用心去明悟，无论好还是坏，更不管天空中谁在交手，有什么奇景。

“轰轰……啪啪……”雷电猛劈，击落在地上，也撕裂了所有人的梦，毁灭性的气劲鼓涌而出。

叶虚首当其冲，然后是戒嗔、尔朱归与那神秘的白发老者，全都被无形的冲击力撞飞，以他们的功力也完全不受控制。

蔡宗、三子和巴颜古及哈鲁日赞亦被抛飞而出，他们的功力更显不济，几乎连挣扎的余地都没有。

哈凤惊呼，整个身形竟飞出十数丈，向南面的深谷之下抛去。

一道白虹划过天际，更有一道灰影重重坠落地上。

白虹，是蔡风手中的冰魄寒光刀，天空中的圣莲化于无形，冰魄寒光刀被震飞而出，蔡风更狂喷出一大口鲜艳的紫血，如流星般划过虚空，整个人竟向哈凤追去。

“砰!”

“师父，师祖……”尔朱归与白发老者及叶虚立稳身子后，迅速向那坠落的灰影扑去，并焦灼地呼喊道。

“蔡风!”三子声嘶力竭地叫着，而蔡风却好像听不到，即使听到了也没用。

蔡风在虚空中抱住了哈凤，但此刻二人已正向深谷之中飞坠，如一颗流星般沉入深谷之中。

“呼!”又有一道身影自深谷内飞上玉皇顶。

“公主!”巴颜古一惊，迅速扑上，接过飞上玉皇顶的躯体，却是已昏迷过去的哈凤。

“三公子!”游四竟在这时候赶到山谷边缘，只见一点犹泛着莹润之光的影子向谷下坠去，眨眼间便没入云雾之中，那是山腰上的云雾。

当叔孙怒雷赶到时却已迟了一步，他只追上了那飘洒而下的点点紫红色的血迹。

三子抱头而跪，那莫名的悲怆使他胸中的杀意狂涨。

在玉皇顶的一角，尚静静立着一个头戴斗篷的女子，她是叔孙怒雷的孙女，也就是劫走游四的少女。她呆呆地望着那白云悠悠的山谷，脑中依然在上演着蔡风那如流星般划破虚空坠入深谷的动作。她可以断定自己今生今世都不可能抹去这一刻的震撼和感动，以前也从来没有如这一刻般细想过一个男人的细节。

戒嗔也为之大惊，迅速赶到深谷边，但只能看到白云悠悠，一片空无。

蔡宗却并没有太过留意山谷旁之事，他只是在注意他的刀——冰魄寒光刀。

刀，并未落地，而是落入了一个人的手中，一个正赶上玉皇顶的人。

蔡宗见到这人欲向山谷边缘射去，但是又打住了，而将面部移向叶虚那个方向，移向那重重坠落地上的古怪老者。

“东岳圣帝区阳!”那握着蔡宗冰魄寒光刀的人冷冷地吐出这样六个字，叶虚立时感觉到那人的杀意在狂涨，这并不是受刀所控的表现，而是出自握刀之人的内心。

“蔡伤!”说话的是叔孙怒雷，在他自深谷旁转过身来之时，就看到了那个手握冰魄寒光刀的人。

“蔡伤?”尔朱归警惕地望着叔孙怒雷口中的不速之客。

那与蔡风交手的古怪老者此时轻轻地咳出一口鲜红的血，身上竟散发出阵阵雾气。

“师父，这是弟子的徒儿叶虚!”那白发神秘老者向那怪人恭敬地道，然后又朝叶虚慈祥地道：“虚儿，还不快快叩见师祖?”

“徒孙叶虚见过师祖!”叶虚忙跪下向那老怪人拜了下去，其动作似乎根本不将旁人放在眼里。

“老爷子……”三子和蔡艳龙诸人收敛悲伤，全都过来向蔡伤请安，游四更似乎深怀歉意。

“我知道，这不关你们的事。”蔡伤淡淡地道，目光依然盯在那怪人的身上。

“蔡师弟，老衲有愧……”戒嗔颓然行来道。

“师兄不必再说了，天有不测风云，人有旦夕祸福，一切都不必太过在意……”蔡伤的声音在平静中显得有些苍凉。

蔡宗心头对这初次见面的蔡伤竟有一种莫名的亲切感。

“贼秃驴，快叫尘念老秃驴出来见本帝！”那怪人似乎此刻才缓过气来，打量了叶虚一眼，便摇晃着身子站起身形，依然极为凶悍地向戒嗔喝道。

“区阳，你做恶还不够吗？放下屠刀，立地成佛，我劝你还是回头吧！”戒嗔也叱道。

“哼，本帝在这暗无天日的烂石头下受了四十五年零三个月八天的活罪，谁来偿还？放下屠刀，说得倒轻松，快去让尘念老秃驴和烦难来见我，否则，本帝就杀光你们这些光头臭和尚！”那怪人吼道。

叔孙怒雷吃了一惊，惊骇地问道：“你就是当年不拜天的大弟子区阳？”

“什么不拜天，本帝没有那种师父！你又是谁？”那怪人吼道。

“没想到你这魔头还在人世，看来老夫今日也要开开杀戒了！”叔孙怒雷心中有些暗暗吃惊，他自然知道区阳这个人，因为他们可以说是同一个时代的人物，甚至还有一段夙怨。